Anne de Windy Poplars

ANNE DE WINDY POPLARS

L.M. MONTGOMERY

Tradução e notas
ANNA MARIA DALLE LUCHE

MARTIN CLARET

Apresentação

DE ANNE PARA GILBERT, MAS OS LEITORES SOMOS NÓS!

LILIAN CRISTINA CORRÊA*

O universo de Anne Shirley Cuthbert é, efetivamente, vasto! A imensidão de espaços, da forma como são descritos pela protagonista de *Anne de Green Gables* (1908), *Anne de Avonlea* (1909) e *Anne da Ilha* (1915), assim como *Anne de Windy Poplars* (1936) surge aos olhos do leitor como uma viagem: colorida pelas descrições das belas paisagens, pelos sons dos pássaros, da chuva e do cair da tarde — sons que às vezes nem existem, mas que são extraídos da natureza pela mente imaginativa de Anne e, certamente, pelas mãos e mente brilhantes de sua autora, Lucy Maud Montgomery (1874-1942). É quase impossível não se apaixonar por Anne, em especial se você, leitor(a), acompanha a personagem desde o primeiro romance e, certamente, ao ler o último, se perguntou quando novas aventuras da garota que consegue colorir dias sombrios, que encontra o bem em todos e que não aceita

---

* Mestre e Doutora pela Universidade Presbiteriana Mackenzie.

injustiças, cairia novamente em suas mãos e, eis aqui, *Anne de Windy Poplars*.

Se nos romances anteriores acompanhamos o desenvolvimento de Anne, da infância à adolescência e, então, ao início da vida adulta, neste novo episódio de sua jornada, reconheceremos a Anne de sempre, mas um pouco mais madura em sua trajetória profissional e imensamente apaixonada por seu grande amor, Gilbert Blythe.

A grande diferença é que desta vez nós, os leitore(a)s, nos sentiremos ainda mais envolvidos com a narrativa, pois ela é, em grande parte, composta por cartas de Anne para Gilbert, considerando que estão em localidades diferentes e distantes. A distância entre as personagens se dá pelo fato de Gilbert ainda ter que passar por três anos para concluir seu curso de Medicina em Redmond College; enquanto ele está terminando seus estudos, Anne consegue uma posição como diretora e professora da escola de Summerside e, pela distância, tem que se mudar para lá, deixando Avonlea e Green Gables. Em sua nova rotina profissional Anne passará por diversas provas para ter seu trabalho reconhecido, assim como também precisará passar, novamente, pelo crivo dos moradores locais, demonstrando não apenas sua competência como professora, mas acima de tudo sua paciência, ponto de vista e empatia para com os outros, ainda que estes, nem sempre sejam inicialmente gentis ou acolhedores como se espera.

O formato deste quarto romance da série é o que mais o difere dos anteriores, pois sua estrutura em grande parte epistolar faz com que haja uma maior aproximação entre personagens e leitores, uma vez que o(a) leitor(a) acaba sendo o destinatário das cartas escritas por Anne para Gilbert, pois podemos nos colocar no lugar dele, ao mesmo tempo em que é possível dizer que o(a) leitor(a) também pode se colocar no lugar do remetente, no caso, Anne, e imaginar tudo o que quer ou precisa compartilhar com Gilbert que não se encontra ali e não conhece aquela nova comunidade em que a protagonista está e com a qual convive. Tal estrutura escolhida por Montgomery para o seu romance forma uma espécie de quadro narrativo, no qual temos as personagens internas à narrativa, as personagens externas e os leitores, todos envolvidos pela recepção das cartas, assim como as descrições do narrador e da própria Anne em seus diálogos com as outras personagens.

Considerando o aspecto literário, em termos teóricos, podemos chamar a estrutura em forma de cartas de narrativa epistolar que, segundo *Kayser* (1985) encerra uma diferente colocação temporal, uma vez que aquele que escreve as cartas está dentro do decurso dos acontecimentos e compartilha a sua visão destes com seu destinatário. Também *Tacca* (1973) menciona esta espécie de narrativa, observando que ela abre caminho para uma infinita gama de possibilidades dentro do romance, permitindo um jogo de referências entre remetente, destinatário e leitores.

É a partir das cartas que nos envolvemos com todos os acontecimentos de Summerside e também conhecemos seus habitantes, assim como caminhamos lado a lado com Anne em suas descobertas e suas dúvidas, além de sentirmos que embora a personagem esteja bem ali, seu lugar de coração está em Green Gables e com Gilbert, onde quer que ele esteja — apenas o tempo será capaz de trazer tanto para Anne quanto para Gilbert a possibilidade de estarem juntos novamente e, novamente, o(a)s leitore(a)s são levados a contar os segundos para que isso finalmente aconteça!

O interessante neste e nos romances anteriores da série é que todos envolvem a ideia de uma promessa: a de que em um futuro próximo será possível um reencontro e que a partir dele tudo será mais completo, mais feliz e com a possibilidade de novos horizontes a serem descobertos, sempre em companhia da imaginação e da mente criativa de Anne Shirley e de sua criadora, Lucy M. Montgomery. E que venham as próximas aventuras!

REFERÊNCIAS

CORRÊA, L.C. **O foco narrativo em Frankenstein**. In: Revista Todas as Letras, vol. 8, 2006, pp. 58-64.

KAYSER, Wolfgang. **Análise e interpretação da obra literária**. Coimbra: Almedina, 1985.

TACCA, O. **Las voces de la novela**. Madrid: Editorial Gredos, 1973.

ANNE D WINDY

L.M. MONTGOMERY

POPLARS

O primeiro ano

I

(Carta de Anne Shirley, bacharela e diretora da escola de ensino fundamental Summerside, para Gilbert Blythe, aluno da faculdade de medicina no colégio Redmond, em Kingsport.)

Windy Poplars
Alameda do Susto
Sul da Ilha do Príncipe Edward
Segunda-feira, 12 de setembro

Meu querido,

Um endereço como esse! Você já ouviu algo mais lindo? Windy Poplars é o nome da minha nova casa e eu a adoro. Também amo a Alameda do Susto, que oficialmente não existe. Deveria ser rua Trent, mas ninguém nunca a chama assim, exceto nas raras ocasiões em que é mencionada no Weekly Courier... *e então as pessoas se entreolham e dizem: "Onde diabos fica isso?". Alameda do Susto é chamada então... embora eu não saiba dizer por que, já perguntei a Rebecca Dew sobre, mas ela só soube me dizer que sempre foi Alameda do Susto e que havia uma história antiga de que a rua* era assombrada. Mas ela disse que nunca ouviu falar de nenhuma assombração por aqui.

Você ainda não conhece Rebecca Dew. Mas, sim, vai conhecê-la. Sinto que Rebecca Dew estará muito presente em minha futura correspondência.

É crepúsculo, querido. (Por falar nisso, "crepúsculo" não é uma palavra adorável? Gosto mais do que ocaso. Parece tão aveludado e sombrio e... e... obscuro.) À luz do dia eu pertenço ao mundo... no meio da noite pertenço ao sono e à eternidade. Mas no crepúsculo fico livre de ambos e pertenço somente a mim mesma... e a você. Então marcarei esta hora sagrada para escrever para você. Embora esta não seja uma carta de amor. A ponta da minha caneta está arranhando e não posso escrever cartas de amor com uma caneta arranhando... ou com uma caneta pontuda ou mesmo... com uma caneta rombuda. Por esse motivo você só vai receber minhas cartas de amor assim que eu tiver a caneta em condições. Enquanto isso, vou falar sobre minha nova morada e seus habitantes. Gilbert, eles são tão queridos.

Eu vim para cá ontem procurar uma pensão. A sra. Rachel Lynde veio comigo, com o propósito de apenas fazer compras, mas sei que, na verdade, veio só para escolher uma pensão para mim. Apesar de já estar formada, de ser bacharela e tudo mais, a sra. Lynde ainda pensa que sou uma jovem inexperiente que deve ser conduzida, orientada e supervisionada.

Viemos de trem e, oh, Gilbert, foi uma aventura muito engraçada. Você sabe que sempre fui alguém que parece atrair aventuras sem procurá-las. Apenas pareço atraí-las, por assim dizer.

Aconteceu no momento em que o trem parava na estação. Levantei-me e, ao me inclinar para pegar a mala da sra. Lynde (ela planejava passar o domingo com uma amiga em Summerside), apoiei meus dedos firmemente no que pensei ser o braço brilhante de um assento. Em um segundo recebi um estalo violento que quase me fez uivar. Gilbert, o que eu achei ser o braço de um assento era a careca de um homem que me olhava com ferocidade, porque, *evidentemente, tinha acabado de acordar. Pedi desculpas e saí do trem o mais rápido possível. A última vez em que o vi, ele ainda me olhava em fúria. A sra. Lynde ficou horrorizada e meus dedos ainda estão doloridos!*

Eu não esperava ter muitos problemas para encontrar uma pensão, pois a tal sra. Tom Pringle tem hospedado vários diretores da escola Summerside nos últimos quinze anos. Mas, por alguma razão desconhecida, ela se cansou de ser importunada e não quis me aceitar. Vários outros lugares desejáveis ofereceram desculpas educadas. Vários outros lugares não *eram desejáveis. Ficamos andando pela cidade a tarde toda sob o sol e estávamos com dor de cabeça, cansadas e desanimadas, prontas para desistir... quando então surgiu a Alameda do Susto!*

Tínhamos ido visitar a sra. Braddock, uma velha amiga da sra. Lynde, que disse que achava que "as viúvas" poderiam me acolher.

— Ouvi dizer que eles querem um pensionista para poder pagar o salário de Rebecca Dew. Elas não podem ficar com Rebecca por mais tempo, a menos que tenham um pouco de dinheiro sobrando. E, se Rebecca for embora, quem ordenhará a velha vaca vermelha?

A sra. Braddock me encarou com um olhar severo, como se pensasse que eu deveria ordenhar a vaca vermelha, mas não acreditaria em mim nem sob juramento se eu afirmasse que poderia.

— De que viúvas você está falando? — exigiu a sra. Lynde.

— Ora, tia Kate e tia Chatty — disse a sra. Braddock, como se todo mundo, até mesmo uma ignorante bacharela, precisasse saber disso. — Tia Kate é a sra. Amasa MacComber (ela é a viúva do capitão) e tia Chatty é a sra. Lincoln MacLean, uma viúva comum, mas todos as chamam de "tia". Elas moram no final da Alameda do Susto.

Alameda do Susto! Pronto, é isso. Eu sabia que precisava ir morar com as viúvas.

— Vamos vê-las imediatamente — implorei à sra. Lynde. Pareceu-me que, se demorássemos só mais um instante, a Alameda do Susto desapareceria de volta ao seu reino das fadas.

17

— *Vocês podem ir lá e conversar com elas, mas será Rebecca quem realmente decidirá se elas a aceitarão ou não. Rebecca Dew é quem comanda Windy Poplars, isso eu posso dizer.*

Windy Poplars! Não podia ser verdade... não, não podia. Devo estar sonhando. Mas a sra. Rachel Lynde estava dizendo que era realmente um nome engraçado para uma casa.

— *Oh, o capitão MacComber é quem deu esse nome. A casa era dele, sabe. Foi ele quem plantou todos os salgueiros ao redor e tinha muito orgulho deles, embora raramente ficasse em casa, e, quando ficava, nunca era por muito tempo. Tia Kate costumava dizer que isso era inconveniente, mas nunca descobrimos se era porque ele ficava tão pouco tempo ou se porque voltava. Bem, srta. Shirley, espero que consiga. Rebecca Dew é uma boa cozinheira e especialista em salada de batatas. Se ela gostar da senhorita, ficará bem. Se não gostar... bem, ela não vai gostar, é isso. Ouvi dizer que há um novo banqueiro na cidade procurando uma pensão e ela pode preferi-lo. É curioso a sra. Tom Pringle não a hospedar. Summerside está cheia de Pringle e parentes dos Pringle. Eles são chamados de a "Família Real" e você terá de ficar do lado deles, srta. Shirley, ou nunca se dará bem na escola Summerside. Eles sempre dão as cartas por aqui. Há uma rua batizada em homenagem ao velho capitão Abraham Pringle. Aqui temos um clã deles, mas as duas senhoras idosas em Maplehurst comandam a tribo. Ouvi que elas não gostaram da senhorita.*

— *Por que não gostariam de mim?* — exclamei. — *Ninguém me conhece aqui, sou uma completa desconhecida para elas.*

— *Bem, um primo delas de terceiro grau se candidatou ao cargo de diretor da escola e todos do clã achavam que ele é quem deveria ter sido escolhido. Mas, quando sua inscrição foi aceita, todos eles se revoltaram. Ah, as pessoas são assim. Temos de aceitá-las como são, você sabe. Essas pessoas serão suaves como creme na sua frente, mas trabalharão contra a senhorita o tempo todo. Não estou querendo desencorajá-la, mas é melhor que saiba das coisas. Espero que se dê* bem apenas para irritá-los. *Se as viúvas a aceitarem, a senhorita não se importará de comer com Rebecca Dew, certo? Ela não é uma empregada, sabe? Ela é uma prima distante do capitão. Não se senta à mesa quando há convidados... ela sabe seu lugar, então... mas, se estiver hospedada lá, então ela não a consideraria uma convidada, claro.*

Assegurei à ansiosa sra. Braddock que adoraria me sentar à mesa com Rebecca Dew e arrastei a sra. Lynde embora. Precisava chegar lá antes do banqueiro.

A sra. Braddock nos acompanhou até a porta.

— *E não magoe a tia Chatty, viu? Ela se magoa facilmente. Ela é muito sensível, pobrezinha. Veja bem, ela não tem tanto dinheiro quanto tia Kate... embora tia Kate também não tenha muito. E a tia Kate gostava muito do marido dela... quero dizer, do próprio marido... mas tia Chatty não... não gostava do próprio marido, quero dizer. Por que será? Lincoln MacLean era um velho excêntrico... mas ela acha que as pessoas usam isso contra ela. É uma sorte que hoje seja sábado. Se fosse sexta-feira, a tia Chatty nem pensaria em aceitá-la. Achou que a tia Kate seria a supersticiosa, não? Marinheiros são um pouco assim. Mas é a tia Chatty... embora o marido* dela *fosse carpinteiro. Ela era muito bonita quando jovem, coitada.*

Garanti à sra. Braddock que nunca magoaria a tia Chatty, mas mesmo assim ela nos acompanhou por todo o caminho.

— *Kate e Chatty não vão bisbilhotar seus pertences quando estiver fora. São muito corretas. Pode ser que Rebecca Dew sim, mas ela não vai contar para outras pessoas o que encontrar. E eu não usaria a porta da frente, se fosse a senhorita. Elas só a usam para algo realmente importante. Acho que essa porta não é aberta desde o funeral de Amasa. Tente a porta lateral. Elas guardam a chave sob o vaso de flores no peitoril da janela. Por isso, se ninguém estiver em casa, destranque-a, entre e espere. E, o mais importante, não elogie o gato, porque Rebecca Dew não gosta dele.*

Prometi não elogiar o gato e, enfim, conseguimos escapar de nossa companhia. Logo depois estávamos na Alameda do Susto. É uma pequena rua lateral que leva a um campo aberto, com uma colina azul ao longe completando o belo cenário. De um lado, não há nenhuma casa e o terreno desce até o porto. Do outro, há apenas três. A primeira é só uma casa... nada mais a dizer sobre ela. A outra é uma enorme mansão, imponente e sombria, de tijolos vermelhos enfeitados com pedra, um telhado de mansarda com janelas de águas-furtadas, uma grade de ferro ao redor da parte superior plana e uma infinidade de pinheiros se amontoando sobre ela que mal se consegue ver a propriedade. Deve ser assustadoramente escura por dentro, e a terceira e a última é a Windy Poplars, bem na esquina, com a rua gramada na frente e uma verdadeira estrada de campo, linda com as sombras das árvores do outro lado.

Me apaixonei na hora! Você sabe que existem casas que impressionam à primeira vista por algum motivo que não conseguimos definir. Windy Poplars é assim. Eu poderia descrevê-la como uma casa de moldura branca. Bem branca... as venezianas verdes... bem verdes... com uma "torre" no canto e uma janela de trapeira de ambos os lados, um muro baixo de pedra que a separa da rua, salgueiros crescendo intercalados ao longo dela e um grande jardim nos fundos, onde flores e plantas se misturam deliciosamente... mas tudo isso não pode transmitir o charme dela para você. Em suma, é uma casa com uma personalidade encantadora e tem alguma coisa nela que me faz lembrar de Green Gables.

— Esse é o lugar para mim... Já estava escrito — disse com entusiasmo.

A sra. Lynde não parecia confiar em algo que "estivesse escrito".

— Vai ser uma longa caminhada até a escola — disse ela, duvidosa.

— Eu não me importo com isso. Será um bom exercício. Oh, olhe aquele adorável bosque de bordos e bétulas do outro lado da rua.

A senhora Lynde olhou, mas tudo o que disse foi:

— Espero que você não se incomode com os mosquitos.

Eu também esperava. Detesto mosquitos. Um único mosquito é mais capaz de me tirar o sono do que quando estou com a consciência pesada.

Fiquei feliz por não precisar entrar pela porta da frente. Parecia tão ameaçador... uma enorme porta de madeira granulada de folhas duplas, ladeada por painéis floridos de vidro vermelho. Não parecia nem mesmo pertencer à casa. A portinha lateral verde, que chegamos por um curto e encantador caminho de areia fina batida entremeada por grama, era muito mais amigável e convidativa.

O caminho era todo margeado por canteiros bem ordenados de capim-amarelo, lamprocapnos, lírios-tigres, cravinas, abrótanos, buquês-de-noiva e margaridas vermelhas e brancas e o que a sra. Lynde chama de "pinheirinhos". É claro que não estavam todas em flor agora, mas dava para ver que floresceram bem na época certa. Havia um canteiro de rosas a uma boa distância e entre Windy Poplars e a casa sombria ao lado tinha uma parede de tijolos toda coberta por hera-americana, com uma treliça arqueada acima de uma porta verde desbotada bem no meio dela. Uma videira crescia bem em cima dela, o que deixava claro que não era aberta havia algum tempo. Era, na verdade, apenas meia porta, a metade superior um mero retângulo aberto, através do qual era possível vislumbrar um jardim cheio de mato do outro lado.

Assim que entramos no portão do jardim de Windy Poplars, notei um pequeno aglomerado de trevos bem ao lado do caminho. Um impulso me levou a me abaixar e olhá-los. Você acreditaria nisso, Gilbert? Bem diante dos meus olhos, estavam **três** *trevos de quatro folhas! Quanta sorte, não? Nem mesmo os Pringle conseguem vencer isso. Naquele momento tive certeza de que o banqueiro não teria a menor chance de conseguir morar naquele endereço!*

A porta lateral estava aberta, então era evidente que havia alguém em casa e não precisaríamos pegar a chave debaixo do vaso de flores. Batemos e Rebecca Dew atendeu. Sabíamos que era Rebecca Dew porque não poderia ser nenhuma outra pessoa em todo o mundo. E ela não poderia ter nenhum outro nome.

Rebecca Dew tem "uns quarenta anos", e, se um tomate tivesse cabelos negros caindo do alto da testa, olhinhos pretos cintilantes, um nariz minúsculo com uma pontinha meio saliente e uma pequena boca fina, seria exatamente igual a ela. Tudo nela é um pouco pequeno... braços curtos, pernas curtas, pescoço curto e nariz curto... tudo exceto o sorriso dela, que é largo o bastante para ir de orelha a orelha.

Mas não a vimos sorrir naquele momento. Ela parecia muito triste quando perguntei se podia falar com a sra. MacComber.

— Você quer dizer a sra. capitão *MacComber? — disse ela em tom reprovador, como se houvesse pelo menos uma dúzia de sras. MacComber na casa.*

— Sim — respondi humildemente. E logo fomos conduzidas à sala de estar e ali deixadas. Era um cômodo bem pequeno, um pouco entulhado de crochês, mas com uma atmosfera tranquila e amigável de que gostei. Cada peça de mobiliário tinha seu próprio lugar, que ali deveria especificamente ocupar há anos. Como brilhavam os móveis! Nada se comparava àquele brilho espelhado. Eu sabia que aquele mobiliário era lustrado pelo cotovelo de Rebecca Dew. Havia um navio totalmente equipado dentro de uma garrafa sobre a lareira, o que despertou o interesse da sra. Lynde. Ela não conseguia imaginar como aquilo tinha entrado na garrafa... mas achava que dava à sala "uma atmosfera náutica".

As viúvas entraram. Gostei delas na hora. Tia Kate era alta, magra e grisalha, e um pouco austera... O tipo exato de Marilla. E tia Chatty baixa, magra, grisalha e um pouco melancólica. Ela pode ter sido muito bonita quando jovem, mas nada restou de sua beleza, exceto os olhos. Eles são adoráveis*... tranquilos, grandes, castanhos.*

Expliquei por que estava lá e as viúvas se entreolharam.

— Precisamos consultar Rebecca Dew — disse tia Chatty.

— Sem dúvida — disse tia Kate.

Rebecca Dew foi convocada da cozinha. O gato entrou com ela... um grande gato maltês fofo, com peitoral e pescoço brancos.

Eu adoraria acariciá-lo, mas me lembrei do aviso da sra. Braddock e o ignorei.

Rebecca olhou para mim secamente e não sorriu.

— Rebecca — disse tia Kate, que, percebi, não desperdiça palavras. — A srta. Shirley deseja se hospedar aqui. Eu não acho que podemos aceitá-la.

— Por que não? — perguntou Rebecca Dew.

— Seria muito trabalho para você, infelizmente — disse tia Chatty.

— Estou acostumada a trabalhar — disse Rebecca Dew.

Não é possível separar esse nome, Gilbert. É impossível... embora as viúvas o façam. Elas a chamam de Rebecca quando falam com ela. Não sei como conseguem.

— Estamos velhas demais para ter jovens entrando e saindo — persistiu tia Chatty.

— Fale por si mesma — retrucou Rebecca Dew. — Tenho apenas quarenta e cinco anos e ainda posso usar minhas faculdades. E acho que seria bom ter uma jovem morando na casa. Uma garota é sempre melhor do que um rapaz. Certamente, ficaria fumando dia e noite... correndo o risco de pôr fogo na casa enquanto dormimos. Se você precisa de um pensionista, meu *conselho seria* aceitá-la. *Mas, claro, a casa é sua.*

Disse isso e desapareceu... como teria dito Homero. Eu sabia que a coisa toda já estava resolvida, mas tia Chatty disse que eu deveria subir e ver o que achava do meu quarto.

— Vamos lhe dar o quarto da torre, querida. Não é tão grande como o quarto de hóspedes, mas tem um nicho na parede para um aquecedor no inverno e uma vista muito mais agradável. Pode-se ver o antigo cemitério dali.

Sabia que adoraria o quarto... e o nome, "quarto da torre", me entusiasmou. Eu me senti como se estivesse vivendo naquela velha cantiga que costumávamos cantar na escola de Avonlea sobre a donzela que "morava em uma torre alta ao lado de um mar cinzento". Que lugar mais querido. Subimos até lá por um pequeno lance de escadas de canto que saía do patamar da escada. Era bem pequeno... mas não tão pequeno como aquele horrível quarto no corredor em que morei no meu primeiro ano em Redmond. Tinha duas janelas, um sótão voltado para a esquerda e a trapeira voltada para a face norte, e, no canto formado pela torre, havia outra janela de três lados, com caixilhos que se abriam para fora e prateleiras embaixo para meus livros. O chão era coberto com tapetes redondos trançados, a cama grande possuía um dossel e uma colcha bordada com um padrão de linhas entrecruzadas, tão perfeitamente lisa e nivelada que parecia uma pena desmanchá-la dormindo nela. E, Gilbert, a cama é tão alta que preciso usar uma escadinha dobrável que, durante o dia, fica guardadas embaixo dela. Parece que o capitão MacComber comprou essa engenhoca em algum lugar "do estrangeiro" e trouxe para casa.

Havia um lindo armário de canto, cujas prateleiras eram decoradas com papel branco recortado e buquês pintados na porta. Uma almofada redonda azul no assento da janela... uma almofada com um botão bem no centro, o que a fazia parecer uma gorda e fofa rosquinha azul. E um lindo lavatório com duas prateleiras... a de cima é grande o suficiente para uma bacia e um jarro azul e a de baixo para uma saboneteira e um jarro de água quente. Tinha uma pequena gaveta com alça de latão cheia de toalhas e na prateleira acima dela havia uma linda estatueta de porcelana branca de uma senhora sentada, com sapatos rosa, uma faixa dourada e uma rosa vermelha de porcelana em seu cabelo de porcelana dourada.

O ambiente estava envolto pela luz que entrava pelas cortinas cor de milho e a mais rara tapeçaria estava pendurada nas paredes caiadas de branco, de onde despontavam os padrões de sombras dos salgueiros do lado de fora... tapeçaria viva, sempre mudando e tremulando. De alguma forma, parecia um quarto tão feliz. Eu me senti a garota mais rica do mundo.

— A senhorita estará segura aqui, isso é que é — disse a sra. Lynde, ao partirmos.

— Creio que vou achar as coisas um pouco mais complicadas depois da liberdade que tive na Casa de Patty — respondi, só para provocá-la.

—Liberdade! — a sra. Lynde fungou. — Liberdade! Não fale como uma ianque, Anne.

Cheguei aqui hoje, com malas e bagagens. Claro que odiei deixar Green Gables. Não importa quantas vezes e quanto tempo eu fique longe, no minuto em que as férias chegam, eu faço parte daquilo tudo novamente como se nunca tivesse estado fora, e meu coração fica partido por ir embora. Mas sei que vou gostar daqui. E este lugar também gosta de mim. Sempre sei se uma casa gosta de mim ou não.

As vistas das minhas janelas são encantadoras... até mesmo do antigo cemitério, cercado por uma fileira de escuros pinheiros, que vão pela estrada sinuosa ladeada por diques. Da minha janela à esquerda consigo ver todo o porto até as distantes e enevoadas praias, com os adoráveis barquinhos a vela que tanto amo e os navios com destino a "portos desconhecidos"... que frase fascinante! Quanto "espaço para imaginação" nela! Da janela superior, consigo ver o bosque de bétulas e bordos do outro lado da estrada. Você sabe que sempre fui uma adoradora de árvores. Quando estudamos Tennyson em nosso curso de inglês em Redmond, eu sempre me solidarizava com a pobre Enone, chorando por seus arrebatadores pinheiros.

Além do bosque e do cemitério, há um lindo vale com uma fita vermelha brilhante de uma estrada sinuosa e casas brancas pontilhadas ao longo dela. Alguns vales são adoráveis... a gente não sabe dizer por quê. Só de olhar para eles dá prazer. E mais além, fica a minha colina azul. Estou batizando-a de Tempestade-Rei... a paixão que domina etc.

Posso ficar sozinha o quanto quiser. Você sabe como é bom poder ficar sozinha de vez em quando. Os ventos serão meus amigos. Eles vão gemer, suspirar e cantarolar em volta da minha torre... os ventos brancos do inverno... os ventos verdes da primavera... os ventos azuis do verão... os ventos carmesins do outono... e os ventos selvagens de todas as estações. "Vento tempestuoso cumprindo seu destino." Sempre me emociono com esse versículo bíblico... como se cada vento tivesse uma mensagem para mim. Sempre invejei o *menino que voou com o vento naquela adorável história antiga de George MacDonald. Uma noite, Gilbert, abrirei o caixilho da minha torre e simplesmente me lançarei nos braços do vento... e Rebecca Dew nunca saberá por que ninguém dormiu na minha cama nessa noite.*

Espero que, quando encontrarmos nossa "casa dos sonhos", querido, tenhamos ventos ao redor dela. Eu me pergunto onde estará... essa casa desconhecida. Deverei amá-la mais ao luar ou ao amanhecer? Essa casa do futuro em que haverá amor, amizade e trabalho... e algumas aventuras engraçadas para que possamos sorrir em nossa velhice. Velhice! Será que ficaremos velhos, Gilbert? Parece impossível.

Da janela esquerda da torre posso ver os telhados da cidade... esse lugar onde vou morar por pelo menos um ano. Pessoas moram nessas casas e serão minhas amigas, embora eu não as conheça ainda. Talvez minhas inimigas. Pois a laia dos Pye se encontra em toda parte, sob todos os tipos de nomes, e eu entendo que os Pringle precisam ser levados em conta. As aulas começam amanhã. Terei de ensinar geometria! Isso certamente não pode ser pior do que aprender. Rezo para que não haja gênios matemáticos na família Pringle.

Estou aqui há apenas meio dia, mas sinto como se já conhecesse as viúvas e Rebecca Dew por toda a minha vida. Elas já me pediram que as chamasse de "tia" e eu pedi que me chamassem de Anne. Chamei Rebecca Dew de "Srta. Dew"... uma vez.

— Senhorita o quê? — perguntou ela.

— Dew — disse humildemente. — Não é esse o seu nome?

— Bem, sim, é, mas faz tanto tempo que ninguém me chama de srta. Dew que me atordoou a cabeça. É melhor você não fazer mais isso, srta. Shirley, eu não estou acostumada.

— Vou me lembrar, Rebecca... Dew — respondi, tentando ao máximo deixar de fora o Dew, mas não conseguindo.

A sra. Braddock estava certa ao dizer que a tia Chatty era sensível. Descobri isso na hora do jantar. Tia Kate disse algo sobre "o sexagésimo sexto aniversário de Chatty". Ao olhar para tia Chatty, vi que ela tinha... não, não irrompido em lágrimas. Esse é um termo muito explosivo para seu comportamento. Ela simplesmente transbordou. As lágrimas brotaram de seus grandes olhos castanhos e transbordaram, sem esforço e em silêncio.

— Qual é o problema agora, Chatty? — perguntou tia Kate com certa impaciência.

— Esse... é apenas meu sexagésimo quinto aniversário — disse tia Chatty.

— Me perdoe, Charlotte — disse tia Kate... e tudo ficou bem de novo.

O gato é um grande e adorável bichano com olhos dourados e uma elegante e irrepreensível pelagem maltês empoeirada. As tias Kate e Chatty o chamam de Dusty Miller, porque esse é o nome dele, e Rebecca Dew o chama de Aquele Gato porque ela se ressente dele e do fato de ter de lhe dar um pedacinho de fígado todas as manhãs e à noite, por limpar os pelos dele das poltronas da sala com uma velha escova de dentes sempre que ele consegue sorrateiramente entrar ali e por ter de procurá-lo se ele tiver saído até tarde da noite.

— Rebecca Dew sempre odiou gatos — tia Chatty me disse —, e ela odeia principalmente o Dusty. O cachorro da velha sra. Campbell... ela tinha um cachorro na época... ele o carregou na boca para cá dois anos atrás. Suponho que ele pensou que não adiantava levá-lo até a sra. Campbell. Um pobre gatinho miserável, todo molhado e com frio, com seus pobres ossinhos quase espetados na pele. Um coração de pedra não poderia ter-lhe recusado abrigo. Então Kate e eu o adotamos, mas Rebecca Dew nunca nos perdoou de verdade. Não fomos diplomáticas naquela época. Devíamos ter nos recusado a aceitar. Não sei se você percebeu... — Tia Chatty olhou cautelosamente para a porta entre a sala de jantar e a cozinha — ... como lidamos com Rebecca Dew.

Eu tinha percebido... e foi lindo de ver. Summerside e Rebecca Dew podem pensar que ela manda no pedaço, mas as viúvas sabem que não é bem assim.

— Não queríamos aceitar o banqueiro... um rapaz teria sido muito perturbador e teríamos tanta preocupação se ele não fosse à igreja com regularidade. Mas fingimos que sim, e Rebecca Dew simplesmente não quis aceitar isso. Estou tão feliz por termos você, querida. Tenho certeza de que você será uma pessoa muito fácil de agradar. Espero que goste de todas nós. Rebecca Dew tem algumas qualidades muito boas. Ela não era tão organizada e limpa quando chegou, quinze anos atrás, como é agora. Certa vez, Kate teve de escrever o nome dela, "Rebecca Dew", bem no espelho da sala para mostrar a poeira. Mas nunca mais precisou fazer isso. Rebecca Dew consegue entender uma indireta. Espero que ache seu quarto confortável, querida. Você pode ficar com a janela aberta à noite. Kate não aprova o ar noturno, mas sabe que hóspedes devem ter privilégios. Ela e eu dormimos juntas e combinamos isso de forma que uma noite a janela fica fechada para ela e, na outra, aberta para mim. Sempre se pode resolver pequenos problemas como esse, não acha? Onde há vontade, sempre há um caminho. Não se assuste se ouvir Rebecca perambulando muito durante a noite. Ela está sempre ouvindo ruídos e se levantando para investigá-los. Acho que é por isso que ela não queria o rapaz. Estava com medo de topar de camisola com ele. Espero que você não se importe que Kate não fale muito. É apenas o jeito dela. E ela tem muitas coisas para falar... esteve em vários lugares pelo mundo com Amasa MacComber, na juventude. Eu gostaria de ter os assuntos que ela tem, mas nunca saí da Ilha do Príncipe Edward. Muitas vezes me pergunto por que as coisas foram colocadas dessa forma... eu, que adoro conversar sem nada a dizer, e Kate com tanto a dizer e odiando conversar. Mas suponho que a Providência Divina saiba melhor.

Embora tia Chatty seja muito falante, não disse tudo isso sem parar. Fiz comentários em intervalos adequados, mas eles não tiveram importância.

Elas têm uma vaca que é pastoreada na casa do sr. James Hamilton na estrada e Rebecca Dew vai lá para ordenhá-la. Há uma pequena quantidade de creme e entendi que a cada manhã e a cada noite Rebecca Dew passa um copo de leite fresco pela abertura no portão da parede para a "Mulher" da sra. Campbell. É para a "pequena Elizabeth", que deve tomá-lo conforme prescrição médica. Quem é a Mulher ou quem é a pequena Elizabeth, ainda não descobri. A sra. Campbell é a proprietária e mora na fortaleza ao lado... chamada de Evergreen.

Não espero dormir esta noite... Eu nunca durmo na minha primeira noite em uma cama estranha e esta é a cama mais estranha que já vi. Mas não me importo. Sempre adorei a noite e vou gostar de ficar acordada, pensando sobre tudo na vida, passado, presente e futuro. Especialmente o futuro.

Esta é uma carta impiedosa, Gilbert. Eu não vou infligir outra igual a esta a você novamente. Mas queria lhe contar tudo, para que você pudesse imaginar meu novo ambiente. Chego ao fim agora, pois no alto do porto "a lua está mergulhando na terra das sombras".[1] Ainda preciso escrever uma carta para Marilla. Chegará a Green Gables depois de amanhã, e Davy a trará do correio para casa, e ele e Dora se juntarão ao redor de Marilla enquanto ela a abre e a sra. Lynde estará de ouvidos atentos... Uau! Agora fiquei com saudade de casa. Uma boa noite, querido, de quem é, agora e sempre,

Carinhosamente sua,

Anne Shirley

---

[1] *The moon is sinking into shadowland*, no original. Verso do poema "Moonset", de Emily Pauline Johnson. (N.E.)

II

(Trechos de várias cartas da mesma para o mesmo.)

26 de setembro

Você sabe aonde vou para ler suas cartas? Ao outro lado da rua, no bosque. Há um pequeno vale onde o sol salpica as samambaias. Um riacho serpenteia por ali e há um tronco de árvore retorcido e já cheio de musgo no qual me sento, perto da mais encantadora fileira de bétulas jovens. Depois disso, quando tenho um sonho de certo tipo... um sonho verde-dourado com fios vermelhos... um sonho dos sonhos... vou liberar minha imaginação com a crença de que ele veio do meu vale secreto de bétulas e nasceu de alguma união mística entre a mais esguia e etérea irmã e o sussurrante riacho. Adoro sentar e ouvir o silêncio do bosque. Você já percebeu quantos silêncios diferentes existem, Gilbert? O silêncio da floresta... da praia... dos prados... Da noite... da tarde de verão. Todos diferentes porque todos os tons que os costuram são diferentes. Tenho certeza de que, se eu fosse totalmente cega e insensível ao calor e ao frio, poderia facilmente dizer onde estava pelo tipo de silêncio ao meu redor.

Já estou na escola há duas semanas e minhas coisas estão muito bem organizadas. Mas a sra. Braddock estava certa... os Pringle são um problema para mim. E ainda não vejo exatamente como vou resolvê-lo, mesmo com meus trevos da sorte. Como disse a sra. Braddock, eles são suaves como creme... e tão escorregadios quanto.

Os Pringle são um tipo de clã que mantém o controle uns sobre os outros e brigam muito entre si, mas que se une contra qualquer forasteiro. Cheguei à conclusão de que existem apenas dois tipos de pessoas em Summerside... os que são Pringle e os que não são.

Minha classe está cheia de crianças Pringle e muitos dos alunos com outros sobrenomes têm sangue Pringle. A líder deles parece ser Jen Pringle, uma pirralha de olhos verdes que se parece com Becky Sharp[1] quando tinha catorze anos. Acredito que ela esteja organizando deliberadamente uma sutil campanha de insubordinação e desrespeito, com a qual não conseguirei lidar. Ela tem o dom de fazer caretas cômicas irresistíveis, e quando ouço uma onda de risos abafados percorrendo a sala atrás de mim, sei muito bem o que a causou, mas até agora não consegui pegá-la no pulo. Ela também é muito inteligente... a bruxinha!... pode escrever composições que são primas em quarto grau da literatura e é excelente em matemática... ai de mim! Há um certo brilho em tudo o que diz ou faz e ela tem uma percepção para situações cômicas que poderia estabelecer uma ligação entre nós, se ela não tivesse me odiado desde o início. Do jeito que está, temo que levará muito tempo antes que Jen e eu possamos rir juntas de alguma coisa.

Myra Pringle, prima da Jen, é a beleza da escola... e, pelo visto, burra. Ela comete umas tolices divertidas... como, por exemplo, quando disse hoje na aula de história que os índios pensavam que Champlain e seus homens eram deuses ou "algo não humano".

Socialmente, os Pringle são o que Rebecca Dew chama de "é-lite" de Summerside. Já fui convidada para jantar em duas casas Pringle... porque é apropriado convidar um novo professor para jantar, e os

---

[1] Personagem principal de *Vanity Fair*, de William Makepeace Thackeray. É considerada uma heroína pitoresca, que expõe o comportamento da alta nobreza ao ridículo. (N.E.)

Pringle não são de abrir mão de atitudes apropriadas. Ontem à noite, eu estava na casa de James Pringle, o pai da Jen. Ele parece um professor universitário, mas na verdade é estúpido e ignorante. Falou muito sobre disciplina *batendo na toalha com um dedo cuja unha não estava impecável e, de vez em quando, fazendo coisas terríveis com a gramática. A escola Summerside sempre exigiu uma mão firme... um professor experiente, de preferência um homem. Ele temia que eu fosse muito jovem para o cargo... "falha essa que o tempo vai curar muito em breve", disse com pesar. Eu não respondi nada porque, se falasse qualquer coisa, poderia ter falado demais. Então, fui tão suave e escorregadia quanto qualquer Pringle seria e olhei tranquilamente para ele pensando comigo mesma "seu velho estúpido e preconceituoso!"*

Jen deve ter herdado a inteligência da mãe... de quem acabei gostando. Jen, na presença dos pais, parecia um modelo de educação. Mas, embora suas palavras fossem educadas, seu tom de voz era insolente. Toda vez que dizia "srta. Shirley", ela conseguia fazer com que parecesse um insulto. E toda vez que olhava para o meu cabelo, eu sentia que era da cor de uma cenoura. Tenho certeza de que nenhum Pringle admitiria que era castanho-avermelhado.

Gostei muito mais dos Morton Pringle... embora Morton Pringle nunca ouça nada do que se diz a ele. Ele diz algo para você e então, enquanto você responde, está ocupado pensando em seu próximo comentário.

A sra. Stephen Pringle, a viúva Pringle... Summerside tem várias viúvas... escreveu-me uma carta ontem. Uma carta agradável, educada, porém venenosa. Millie tem muita lição de casa... ela é uma criança muito frágil. O sr. Bell nunca *passava lição de casa para ela. É uma criança sensível que precisa ser* compreendida. *O sr. Bell a entendia muito bem! A sra. Stephen tem certeza de que eu também conseguirei, se me esforçar!*

Não duvido que a sra. Stephen ache que fui responsável pelo nariz de Adam Pringle sangrar na aula hoje, razão pela qual ele precisou ir para casa mais cedo. E acordei durante a noite e não consegui voltar a dormir porque me lembrei de um "i" que deixei sem o pingo numa questão na lousa. Tenho certeza de que Jen Pringle teria reparado e comentado com todos do clã a respeito.

Rebecca Dew diz que todos os Pringle vão me convidar para jantar, exceto as velhas senhoras em Maplehurst, e depois vão me ignorar para sempre. Como eles são a "é-lite", isso pode significar que posso ser socialmente banida de Summerside. Bem, veremos. A batalha começou, mas ainda não foi vencida nem perdida. Mesmo assim, me sinto um tanto infeliz com tudo isso. Não se pode argumentar contra o preconceito. Ainda sou como costumava ser na minha infância... Não suporto que as pessoas não gostem de mim. Não é agradável pensar que as famílias da metade dos meus alunos me odeiam. E não por culpa minha. É a injustiça que me magoa. Veja, mais destaques! Mas alguns destaques me acalmam o pensamento.

Exceto pelos Pringle, gosto muito dos meus alunos. Há alguns inteligentes, ambiciosos e esforçados, que estão realmente interessados em estudar. Lewis Allen está pagando por sua hospedagem com trabalho doméstico em sua pensão e não está nem um pouco envergonhado disso. E Sophy Sinclair cavalga sem sela na velha égua cinza de seu pai nove quilômetros para vir e nove para voltar, todo dia. Haja coragem! Se puder ajudar uma garota dessas, quem sou eu para me importar com os Pringle?

O problema é... se eu não conseguir vencer os Pringle, então não terei muitas chances de ajudar ninguém.

Mas eu adoro Windy Poplars. Não é uma pensão... é um lar! E elas gostam de mim... até mesmo Dusty Miller gosta de mim, embora às vezes me desaprove e mostre isso ao se sentar de costas para mim de propósito, erguendo um olho dourado por cima do ombro de vez em quando para ver minha reação. Eu não o acaricio muito quando Rebecca Dew está por perto porque isso realmente a irrita. De dia, ele é um animal caseiro, tranquilo e meditativo... mas com certeza é uma criatura estranha à noite. Rebecca diz que é porque ele nunca tem permissão de ficar fora de casa depois de escurecer. Ela odeia ir ao quintal para chamá-lo. Diz que todos os vizinhos dão risada dela. Ela o chama em tons tão ferozes e estrondosos que realmente consegue ser ouvida por toda a cidade em uma noite tranquila, gritando "Gato... gato... GATO!". As viúvas teriam um ataque se Dusty Miller não estivesse dentro de casa quando fossem se deitar. "Ninguém sabe o que eu passo por causa Daquele Gato... ninguém", Rebecca me assegurou.

As viúvas são bem conservadas. A cada dia gosto mais delas. Tia Kate não acredita em romances, mas me informa de que não vai censurar meu material de leitura. Tia Chatty adora romances. Ela tem um "esconderijo" onde os guarda... contrabandeia-os da biblioteca da cidade junto com um baralho de cartas de paciência e qualquer outra coisa que não deseja que tia Kate veja. Está numa cadeira que ninguém, exceto tia Chatty, sabe que é mais do que uma cadeira. Ela compartilhou o segredo comigo porque, suspeito fortemente, ela quer que eu a ajude e a estimule no contrabando que mencionei acima. Não deveria haver realmente nenhuma necessidade de esconderijos em Windy Poplars, pois nunca vi uma casa com tantos armários misteriosos. Embora, decerto, Rebecca Dew não deixa que eles sejam misteriosos. Ela está sempre limpando todos furiosamente. "A casa não se limpa sozinha", diz com tristeza quando uma das viúvas protesta. Tenho certeza de que ela faria um escândalo se encontrasse um romance ou um baralho de cartas. Ambos são um horror para sua alma ortodoxa. Rebecca Dew diz que cartas são os livros do diabo e romances são ainda piores. As únicas coisas que Rebecca lê, além da Bíblia, são as colunas sociais do Montreal Guardian. *Ela adora olhar as casas, os móveis e as atividades dos milionários.*

— *Imagine só, srta. Shirley, tomar banho numa banheira dourada* — *me disse melancolicamente.*

Mas ela tem uma boa alma mesmo. Tirou uma antiga poltrona confortável de brocado desbotado de algum lugar, que se ajusta perfeitamente ao meu corpo, e disse: "Esta é a sua *poltrona. Vamos deixá-la para* você". *Além disso, ela não deixa Dusty Miller dormir nela, para que os pelos do gato não grudem na minha saia da escola e com isso eu dê aos Pringle algum motivo de conversa.*

As três estão muito interessadas em meu anel de pérolas... e no que ele significa. Tia Kate me mostrou seu anel de noivado com turquesas (embora não possa usá-lo agora porque ficou muito pequeno). Mas a pobre tia Chatty confessou-me com lágrimas nos olhos que nunca teve um anel de noivado... o marido achou que era "uma despesa desnecessária". Naquele momento, ela estava no meu quarto, passando leitelho no rosto. Ela faz isso todas as noites para manter a pele jovem e me fez jurar que guardaria segredo porque não quer que tia Kate saiba.

— Ela acha ridículo que uma mulher da minha idade seja vaidosa. E tenho certeza de que Rebecca Dew acha que nenhuma mulher cristã deveria tentar ficar bonita. Eu costumava escapar até a cozinha para fazer isso depois de Kate ir dormir, mas sempre tive medo de que Rebecca Dew descesse. Ela tem ouvidos de gato, mesmo quando está dormindo. Se eu pudesse vir aqui toda noite e fazer isso seria ótimo... oh, obrigada, minha querida.

Descobri uma coisa sobre nossos vizinhos da casa Evergreen. A sra. Campbell (que era Pringle!) tem oitenta anos. Eu não a vi, mas, pelo que posso deduzir, é uma senhora muito severa. Eles têm uma empregada, Martha Monkman, quase tão velha e sombria quanto ela, que geralmente é chamada de a "Mulher da sra. Campbell". E ela tem uma bisneta, a pequena Elizabeth Grayson, que também mora lá. Elizabeth... que nunca vi, apesar de eu já estar aqui há duas semanas... tem oito anos e vai para a escola pública "pela porta de trás"... um atalho pelos quintais dos fundos... então nunca a encontro, indo ou vindo. A mãe, já falecida, era neta da sra. Campbell, que a criou também... Os pais dela já falecidos. Ela se casou com um tal Pierce Grayson, um "ianque", como diria a sra. Rachel Lynde. E ela morreu quando Elizabeth nasceu e, como Pierce Grayson precisou deixar a América com urgência para assumir o comando de uma filial dos negócios de sua empresa em Paris, a bebê foi mandada para a casa da velha sra. Campbell. A história diz que ele "não suportava vê-la" porque ela havia custado a vida da mãe e nunca quis saber dela. Isso, é claro, pode ser pura fofoca, porque nem a sra. Campbell nem a Mulher jamais dizem qualquer coisa a respeito dele.

Rebecca Dew diz que elas são muito rígidas com a pequena Elizabeth e ela não é muito feliz com elas.

— Ela não é como as outras crianças... muito velha para oito anos. As coisas que ela diz às vezes! "Rebecca", ela disse para mim um dia, "suponha que, quando você estava pronta para ir para a cama, sentisse um beliscão no tornozelo?". Não é à toa que ela tem medo de ir para a cama no escuro. E elas a obrigam a isso. A sra. Campbell diz que em sua casa não há lugar para covardes. Observam-na como dois gatos vigiam um rato. Se ela fizer algum barulho, praticamente desmaiam. É "silêncio, silêncio" o tempo todo. Estou lhe dizendo, essa criança está sendo silenciada até a morte. E o que fazer a respeito disso?

— O que, então?

Sinto que gostaria de vê-la. Ela me parece um pouco triste. Tia Kate diz que ela é bem cuidada do ponto de vista físico... mas o que tia Kate realmente disse foi: "Elas a alimentam e a vestem bem", mas uma criança não vive só de pão. Jamais esquecerei como era minha vida antes de ir para Green Gables.

Vou para casa na próxima sexta-feira à noite para passar dois belos dias em Avonlea. A única desvantagem é que todos que eu encontrar perguntarão se eu gosto de lecionar em Summerside.

Mas pense em Green Gables agora, Gilbert... o Lago das Águas Cintilantes com uma névoa azul sobre ele... os bordos do riacho começando a ficar escarlate... as samambaias marrom-douradas na Floresta Mal-Assombrada... e as sombras do pôr do sol na Alameda dos Namorados, lugarzinho amado. Acho que meu coração deseja estar lá agora com... com... adivinha com quem?

Sabe, Gilbert, há momentos em que suspeito seriamente que o amo!

Windy Poplars
Alameda do Susto
Sul da Ilha do Príncipe Edward
10 de outubro

Honrado e respeitado sr.,
É assim que começa uma carta de amor da avó da tia Chatty. Não é uma delícia? Que sensação de superioridade deve ter proporcionado ao avô! Você realmente não preferiria isso a "Gilbert querido etc."? Mas, no geral, acho que estou feliz por você não ser aquele avô... ou um avô. *É maravilhoso pensar que somos jovens e temos toda a vida à nossa frente... juntos... certo?*

(Várias páginas omitidas. Evidentemente a caneta de Anne não está afiada, torta nem enferrujada.)

Estou sentada na almofada da janela da torre olhando para as árvores que balançam contra um céu âmbar e para o porto além delas. Ontem à noite fiz um passeio adorável comigo mesma. Eu precisava muito sair para algum lugar porque estava um pouco triste aqui em Windy Poplars. Tia Chatty chorava na sala de estar porque estava magoada, e tia Kate chorava em seu quarto porque era o aniversário da morte do capitão Amasa, e Rebecca Dew chorava na cozinha por algum motivo que não consegui descobrir. Nunca tinha visto Rebecca Dew chorar antes. Mas, quando tentei entender o que havia de errado, ela com impertinência quis saber se é proibido chorar quando se tem vontade. Então, tirei meu cavalinho da chuva e me afastei, deixando-a se divertir sozinha.
Saí e desci a estrada do porto. Havia um cheiro agradável da geada de outubro no ar, combinado ao delicioso cheiro de campos recém-arados. Andei sem parar até o crepúsculo virar uma noite de outono iluminada pela lua. Eu estava sozinha, mas não solitária. Tive diversas conversas imaginárias com amigos imaginários e pensei em tantas bobagens que fiquei agradavelmente surpresa

comigo mesma. Não pude deixar de me divertir, apesar de minhas preocupações com os Pringle.

Meu estado de espírito me leva a proferir alguns comentários sobre os Pringle. Odeio admitir, mas as coisas não estão indo muito bem na escola Summerside. Não há dúvida de que uma conspiração foi organizada contra mim.

Para começar, nenhum Pringle, ou parte Pringle, faz as lições de casa. E não adianta apelar para os pais. Eles são gentis, educados, evasivos. Conheço todos os alunos que, como eu, não são Pringle mas parece que o vírus Pringle da desobediência está minando o ânimo da classe inteira. Uma manhã, encontrei minha mesa toda remexida e de cabeça para baixo. Ninguém soube dizer quem tinha sido, é claro. E ninguém disse também quem deixou sobre ela uma caixa, de onde saiu uma cobra falsa, quando a abri. Mas todos os Pringle da escola quase morreram de tanto rir. Suponho que pareci completamente assustada.

Metade do tempo Jen Pringle chega atrasada para a escola, sempre com alguma desculpa perfeitamente impermeável, dita de maneira educada, mas com uma torcida insolente nos lábios. Ela passa bilhetinhos na aula debaixo do meu nariz. Encontrei uma cebola descascada no bolso do meu casaco quando o vesti hoje. Eu adoraria trancar aquela garota com pão e água até que ela aprendesse a se comportar.

O pior até agora foi a caricatura de mim mesma que encontrei no quadro-negro uma manhã... feita com giz branco com cabelo escarlate. Todos negaram tê-la feito, Jen entre eles, mas eu sabia que ela era a única na sala que poderia desenhar daquela maneira. Foi bem executada. Meu nariz... que, como você sabe, sempre foi meu único motivo de orgulho e alegria, estava horrível e minha boca parecia a boca retorcida de uma solteirona que havia lecionado aos Pringle pelos últimos trinta anos. Mas era eu. *Acordei às três horas da madrugada naquela noite e me contorci com a lembrança. Não é estranho que aquilo que nos atormenta à noite raramente são as coisas ruins? São apenas as humilhantes.*

Todo tipo de coisa está sendo dita. Sou acusada de "tirar nota" das provas de Hattie Pringle só porque ela é uma Pringle. Dizem que "dou risada quando as crianças cometem erros". (Bem, eu ri quando Fred Pringle definiu um centurião como "um homem que viveu cem anos". Não consegui evitar.)

James Pringle anda dizendo que "não existe disciplina nessa escola... não tem disciplina nenhuma". E circula um relatório de que sou uma "enjeitada".

Começo a encontrar o antagonismo dos Pringle em outros lugares. No âmbito social, bem como no educacional, Summerside parece estar sob o controle deles. Não é de admirar que sejam chamados de Família Real. Não fui convidada para a excursão de Alice Pringle na sexta-feira passada. E, quando a sra. Frank Pringle promoveu um chá para ajudar um projeto da igreja (Rebecca Dew me disse que as senhoras vão "construir" a nova torre!), fui a única garota na igreja presbiteriana não convidada a participar. Ouvi dizer que a esposa do ministro, uma recém-chegada em Summerside, sugeriu me chamar para que cantasse no coro e foi informada de que todos os Pringle sairiam se ela o fizesse. Isso desfalcaria o coral de tal modo que não existiria mais.

Claro que não sou a única professora que tem problemas com os alunos. Quando os outros professores mandam os seus para mim para serem "disciplinados"... como odeio essa palavra!... metade deles são Pringle. Mas nunca há reclamações contra eles.

Dois dias atrás, segurei Jen depois da aula para fazer alguns deveres de casa que ela deliberadamente não fez. Dez minutos depois, a carruagem de Maplehurst parou diante da escola e a srta. Ellen estava na porta... uma velha senhora lindamente vestida e sorrindo com doçura, portando elegantes luvas de renda preta e um fino nariz de falcão, parecendo ter acabado de sair de uma caixinha ornamentada de 1840. Ela sentia muito, mas poderia levar Jen? Planejara visitar amigos em Lowvale e havia prometido levar Jen, que saiu triunfante. E percebi mais uma vez as forças sutis contra mim.

Em meu estado de espírito pessimista, penso que os Pringle são um composto dos Sloane e dos Pye. Mas sei que não são. Acho que poderia gostar deles se não fossem meus inimigos. Eles são, em sua maioria, francos; uma turma alegre e leal. Eu poderia até gostar da srta. Ellen. Nunca vi a srta. Sarah. A srta. Sarah não sai de Maplehurst há dez anos.

— Muito delicada... ou pensa que é — diz Rebecca Dew com uma fungada. — Mas não há nada de errado com o orgulho dela. Todos os Pringle são orgulhosos, mas aquelas duas velhas são algo além. Você deveria ouvi-las falando sobre os ancestrais delas. Bem, o velho pai delas, o capitão Abraham Pringle, era um bom sujeito. O irmão dele, Myrom, não era tão bom assim, mas você não ouve os Pringle falando muito sobre ele. Receio, porém, que você terá muita dificuldade com todos eles. Quando se decidem sobre alguma coisa ou pessoa, nunca mudam. Mas mantenha o queixo erguido, srta. Shirley... mantenha o queixo erguido.

— Eu gostaria de poder conseguir a receita de bolo inglês da srta. Ellen — suspirou tia Chatty. — Ela a prometeu para mim várias vezes, mas nunca me passou. É uma antiga receita inglesa de família. Eles são tão exclusivos com suas receitas.

Em selvagens sonhos fantásticos, me vejo obrigando a srta. Ellen a entregar de joelhos a receita para tia Chatty e fazendo Jen ficar de olho em seus p's e q's. O enlouquecedor é que eu poderia facilmente ensiná-la, se não fosse o clã inteiro a apoiando em sua maldade.

(Duas páginas omitidas.)

Sua obediente serva,

Anne Shirley

P.S.: Foi assim que a avó da tia Chatty assinou as cartas de amor dela.

15 de outubro,

Soubemos hoje que houve um roubo do outro lado da cidade na noite passada. Uma casa foi invadida e dinheiro e alguns talheres de prata foram levados. Por isso, Rebecca Dew foi até a casa do sr. Hamilton para ver se ela poderia pegar emprestado um cachorro. Ela vai mantê-lo na varanda dos fundos e me aconselha a guardar trancado meu anel de noivado!

A propósito, descobri por que Rebecca Dew chorou. Parece que houve uma convulsão doméstica. Dusty Miller tinha "se comportado mal de novo", e Rebecca Dew disse à tia Kate que ela realmente precisava fazer algo sobre Aquele Gato. Ele a estava levando ao limite. Era a terceira vez em um ano e ela sabia que ele se comportava mal de propósito. E tia Kate disse que, se Rebecca Dew deixasse o gato sair sempre que miasse, não haveria perigo de ele se comportar mal.

— Bem, essa foi a gota d'água — disse Rebecca Dew.

Consequentemente, lágrimas!

A cada semana, a situação com a família Pringle fica um pouco mais complicada. Algo muito impertinente foi escrito em um de meus livros ontem, e Homer Pringle ficou dando cambalhotas pelo corredor ao sair da escola. Além disso, recebi uma carta anônima recentemente cheia de insinuações maldosas. De alguma forma, eu não culpo Jen pelo livro ou pela carta. Arrogante como é, há coisas que ela não se atreveria a fazer. Rebecca Dew está furiosa e estremeço ao pensar no que ela faria aos Pringle se os tivesse nas mãos. O desejo de Nero não pode ser comparado ao dela. De fato, não a culpo, pois há momentos em que eu mesma sinto que poderia alegremente entregar a qualquer um dos Pringle uma taça envenenada com alguma bebida dos Borgia.

Não sei se falei muito sobre os outros professores. Há dois, você sabe... a vice-diretora da sala de Educação Infantil, Katherine Brooke, e George MacKay, do nível preparatório. De George tenho pouco a dizer. Ele é um rapaz tímido e bem-humorado de vinte anos, com um leve e delicioso sotaque das Terras Altas, sugestivo de campos baixos e ilhas cobertas por nevoeiro... seu avô "era dos da Ilha de Skye"... e ele se dá muito bem com os alunos do preparatório. Até onde o conheço, gosto dele. Mas acho que será difícil gostar de Katherine Brooke.

Katherine é uma garota com cerca de vinte e oito anos, acho, embora pareça ter trinta e cinco. Disseram-me que ela nutria esperanças de ser promovida ao cargo de diretora e suponho que se ressente por eu tê-lo conseguido, ainda mais porque sou consideravelmente mais jovem. É uma boa professora... um pouco autoritária... mas não é popular com ninguém. E não se preocupa com isso! Ela não parece ter nenhum amigo ou parente e vive numa pensão de aspecto sombrio na feia rua Temple. Ela se veste de maneira bem deselegante, nunca sai socialmente e dizem que é "má". É muito sarcástica e os alunos morrem de medo de seus comentários mordazes. Disseram-me que sua maneira de levantar as grossas sobrancelhas escuras e sua fala arrastada os deixam mortos de medo. Gostaria de poder me resolver com os Pringle. Contudo, não gostaria de governar pelo medo como ela. Quero que meus alunos me amem.

Apesar do fato de ela aparentemente não ter problemas em fazê-los andar na linha, está sempre enviando alguns deles para mim... especialmente os Pringle. Sei que ela o faz de propósito e tenho certeza de que fica feliz com minhas dificuldades e adoraria me ver derrotada.

Rebecca Dew diz que ninguém consegue fazer amizade com ela. As viúvas a convidaram várias vezes para a ceia de domingo... essas almas queridas sempre o fazem pelas pessoas solitárias, e sempre têm a mais deliciosa salada de frango para elas... mas Katherine nunca veio. Elas desistiram, então, porque, como diz a tia Kate, "há limites".

Há rumores de que ela é muito inteligente e pode cantar e recitar... "élo-quente", à la Rebecca Dew... mas não faz nem uma coisa nem outra. Certa vez, tia Chatty pediu que ela recitasse em um jantar da igreja.

— Achamos que ela recusou de forma pouco graciosa — disse tia Kate.

— Apenas rosnou — disse Rebecca Dew.

Katherine tem uma voz gutural profunda... quase como a de um homem... e soa como um rosnado quando ela não está de bom humor.

Não é bonita, mas poderia melhorar as coisas para si mesma. Ela é morena, com lindos cabelos negros, sempre puxados para longe de sua testa alta e enrolados em um desajeitado coque na base do pescoço. Os olhos não combinam com o cabelo, são da cor de âmbar claro sob as sobrancelhas escuras. Ela tem orelhas que não precisaria se envergonhar de deixar à mostra e as mãos mais bonitas que já vi. Além disso, tem uma boca bem definida. Mas se veste muito mal. Parece que adivinha as cores e os cortes que não combinam com ela. Verdes-escuros opacos e cinza desbotado, quando ela é pálida demais para verde e cinza, e listras que a tornam ainda mais alta e mais magra. E suas roupas sempre parecem como se ela tivesse dormido com elas.

Seus modos são repulsivos... como diria Rebecca Dew, ela está sempre enfezada. Cada vez que nos cruzamos na escada, sinto que está pensando coisas horríveis sobre mim. Toda vez que nos falamos, ela me faz sentir como se eu tivesse dito algo errado. Mesmo assim, sinto pena dela... embora saiba que ela ficaria furiosa com minha piedade. E não posso fazer nada para ajudá-la, porque não quer ser ajudada. Katherine é realmente horrível comigo. Um dia, quando nós três, os professores, estávamos em nossa sala, eu fiz algo que, ao que parece, transgrediu uma das leis não escritas da escola, e Katherine me disse duramente: "Talvez pense que está acima das regras, srta. Shirley". Em outra ocasião, quando sugeri algumas mudanças que pensei serem para o bem da escola, ela disse com um sorriso desdenhoso: "Não estou interessada em contos de fadas". Uma vez, quando fiz elogios sobre seu trabalho e métodos, ela respondeu: "O que será que você está querendo?".

Mas o que mais me irritou foi um dia quando, por acaso, peguei um livro dela na sala dos professores e, vendo a folha de rosto, disse:

— *Fico feliz que seu nome seja com K. Katherine é muito mais encantador do que Catherine, assim como K é uma letra muito mais boêmia do que o presunçoso C.*

Ela não respondeu, mas seu bilhete seguinte foi assinado como "Catherine Brooke"!

Assoei o nariz durante todo o caminho para casa.

Eu de fato desistiria de tentar ser amiga dela se eu não tivesse essa estranha e inexplicável sensação de que, sob toda a sua raiva e indiferença, está realmente desejosa por companhia.

No geral, com o antagonismo de Katherine e a atitude dos Pringle, não sei o que faria se não fosse pela querida Rebecca Dew, por suas cartas... e pela pequena Elizabeth.

Porque conheci a pequena Elizabeth. E ela é uma querida.

Três noites atrás, levei o copo de leite até a porta no muro e a própria Elizabeth, em sua pequenez, estava lá para buscá-lo no lugar da Mulher, sua cabeça mal aparecendo na parte sólida da porta, de modo que seu rostinho estava emoldurado pela hera. Ela é pequena, pálida, dourada e melancólica. Seus olhos, que me fitavam através do crepúsculo de outono, são grandes e dourados, da cor da avelã. Seu cabelo loiro-prateado estava repartido ao meio, escovado num penteado simples, que fazia as ondas dos cachos caírem sobre seus ombros. Usava um vestido listrado azul-claro e sua expressão era a de uma princesa da terra dos elfos. Ela tinha o que Rebecca Dew chama de "um ar delicado" e me deu a impressão de ser uma criança mais ou menos subnutrida... não de corpo, mas de alma. Mais para um raio de lua do que de sol.

— E esta é Elizabeth? — eu disse.

— Hoje não — ela respondeu com seriedade. — Esta é a minha noite de ser Betty porque hoje amo tudo no mundo. Fui Elizabeth ontem à noite e amanhã à noite provavelmente serei Beth. Tudo depende de como eu me sentir.

Senti o toque de espírito afim. Fiquei muito emocionada com isso.

— *Que bom ter um nome que você pode mudar com tanta facilidade e ainda sentir que é seu.*

A pequena Elizabeth assentiu.

— Eu posso fazer tantos nomes com isso. Elsie e Betty e Bess e Elisa e Lisbeth e Beth... mas não Lizzie. Eu nunca vou me sentir como Lizzie.

— E quem poderia? — *perguntei.*

— Acha isso bobo da minha parte, srta. Shirley? Vovó e a Mulher acham.

— Nem um pouco... muito sábio e muito encantador — *respondi.*

A pequena Elizabeth me olhou com os olhos arregalados. Senti que estava sendo pesada em alguma secreta balança espiritual, e logo percebi que não deixei a desejar, felizmente. Pois a pequena Elizabeth me pediu um favor... e ela não pede favores a pessoas de quem não gosta.

— Se importaria de levantar o gato e me deixar fazer carinho nele? — *ela perguntou com timidez.*

Dusty Miller estava se esfregando entre minhas pernas. Eu o levantei e a pequena Elizabeth estendeu a mãozinha e acariciou sua cabeça com prazer.

— Gosto mais de gatinhos do que de bebês — *disse ela, olhando para mim com um ar desafiador estranho, como se soubesse que eu ficaria chocada, mas a verdade precisava ser dita.*

— Suponho que você nunca teve muito contato com bebês, então não sabe como eles são fofos — *eu disse, sorrindo.* — Você tem um gatinho seu?

Elizabeth balançou a cabeça.

— Oh, não. Vovó não gosta de gatos. E a Mulher os odeia. A Mulher está fora esta noite, é por isso que vim pegar o leite. Eu adoro vir pegar o leite porque Rebecca Dew é uma pessoa muito agradável.

— Você está triste por ela não ter vindo hoje? — *eu ri.*

A pequena Elizabeth balançou a cabeça.

— Não. A senhorita também é agradável. Eu vinha querendo conhecê-la, mas temia que isso não acontecesse antes de o Amanhã chegar.

Ficamos ali conversando enquanto Elizabeth tomava um gole de leite com delicadeza e me contava tudo sobre o Amanhã. A Mulher havia lhe dito que o Amanhã nunca chega, mas Elizabeth sabe das coisas. Ele virá em algum momento. Alguma bela manhã ela vai acordar e descobrir que é Amanhã. Não hoje, mas Amanhã. E, então, as coisas acontecerão... coisas maravilhosas. Ela pode até ter um dia para fazer exatamente o que quiser, sem ninguém a vigiando... embora eu ache que Elizabeth sinta que isso é bom demais para acontecer até no Amanhã. Ou ela pode descobrir o que há no final da estrada do porto... aquela estrada sinuosa como uma bela cobra vermelha que leva, assim pensa Elizabeth, ao fim do mundo. Talvez a Ilha da Felicidade esteja lá. Elizabeth tem certeza de que existe uma Ilha da Felicidade em algum lugar onde todos os navios que nunca voltam estão ancorados, e ela a encontrará quando o Amanhã chegar.

— E, quando o Amanhã chegar — disse Elizabeth —, terei um milhão de cachorros e quarenta e cinco gatos. Eu perguntei à vovó por que ela não me deixava ter um gatinho, srta. Shirley, e ela ficou com raiva e disse: "Não estou acostumada que falem comigo dessa maneira, mocinha impertinente". Fui mandada para a cama sem jantar... mas eu não queria ser impertinente. E não conseguia dormir, srta. Shirley, porque a Mulher me disse que ela sabia de uma criança que tinha morrido durante o sono depois de ter sido impertinente.

Quando Elizabeth terminou seu leite, ouviu-se uma batida forte em alguma janela invisível atrás dos pinheiros. Acho que tínhamos sido vigiadas o tempo todo. Minha donzela elfa correu, a cabeça dourada brilhando ao longo do caminho escurecido pelos pinheiros até desaparecer.

— Ela é uma criaturinha fantasiosa — disse Rebecca Dew quando contei a ela sobre minha aventura. Decerto, de alguma forma, tinha a qualidade de uma aventura, Gilbert. — Um dia, ela me disse: "Você tem medo de leões, Rebecca Dew?". "Nunca conheci nenhum, então não saberia te dizer." "Haverá uma enorme

quantidade de leões no Amanhã", disse ela "mas eles serão leões amigáveis e bonzinhos." "Criança, se continuar olhando assim, se transformará em olhos." Ela estava olhando através de mim para algo que viu nesse Amanhã dela. "Estou tendo pensamentos profundos, Rebecca Dew", ela disse. O problema com essa criança é que ela não ri o suficiente.

Lembrei que Elizabeth não riu uma única vez durante nossa conversa. Sinto que ela não aprendeu como. Aquela grande casa é tão silenciosa e solitária e sem risos. Parece monótona e sombria mesmo agora, quando o mundo é uma profusão de cores outonais. A pequena Elizabeth está ouvindo demais sussurros perdidos.

Acho que uma das minhas missões em Summerside será ensiná-la a rir.

Sua amiga mais terna e fiel,

Anne Shirley

P.S.: Mais uma da avó da tia Chatty!

III

Windy Poplars
Alameda do Susto
Sul da Ilha do Príncipe Edward
25 de outubro

Querido Gilbert,

Imagine só! Fui jantar em Maplehurst!
A própria srta. Ellen escreveu o convite. Rebecca Dew estava muito animada... ela nunca acreditou que fossem me convidar. E ela tinha certeza de que o convite não era por amizade.
— Elas devem ter algum motivo escabroso, disso tenho certeza! — ela exclamou.
E, dentro de mim, também senti a mesma coisa.
— Vá com o seu melhor vestido — ordenou Rebecca Dew.
Então coloquei meu lindo vestido de seda creme com violetas roxas e arrumei meu cabelo no penteado da moda, com uma mecha caindo na testa. É uma sensação.
As senhoras de Maplehurst são positivamente encantadoras à sua maneira, Gilbert. Eu poderia amá-las, se elas deixassem. Maplehurst é uma casa imponente e original, cercada de árvores,

e não parece com as casas comuns. Há uma enorme mulher branca de madeira no pomar, que fazia parte da proa do famoso navio do velho capitão Abraham, o "Vá e peça a ela", e abundantes artemísias ao redor dos degraus da frente, trazidas há mais de cem anos pelo primeiro Pringle emigrante. Eles têm outro ancestral que lutou na batalha de Minden, cuja espada está pendurada na parede da sala ao lado do retrato do capitão Abraham. O capitão Abraham era o pai delas e é evidente como todos têm muito orgulho dele.

Elas possuem espelhos imponentes sobre as negras e estriadas cornijas velhas, uma caixa de vidro com flores de cera, quadros cheios da beleza dos navios de muito tempo atrás, uma coroa de cabelo contendo os fios de todos os Pringle conhecidos, grandes conchas e uma colcha na cama do quarto de hóspedes feita de pequeninos leques.

Sentamo-nos na sala de estar em cadeiras de mogno Sheraton. Era decorada com papel de parede com listras prateadas. Pesadas cortinas de brocado nas janelas. Mesas com tampo de mármore, uma delas com um belo modelo de um navio com casco vermelho e velas brancas como a neve — o "Vá e peça a ela". Um enorme lustre, todo de vidro, suspenso no teto. Um espelho redondo com um relógio no centro... algo que o capitão Abraham trouxe de "terras estrangeiras". Foi maravilhoso. Eu gostaria de algo parecido em nossa casa dos sonhos.

Até mesmo as sombras eram eloquentes e tradicionais. A srta. Ellen me mostrou milhões... mais ou menos... de fotografias da família Pringle, muitas delas daguerreótipos em álbuns de couro. Um grande gato escama de tartaruga entrou, pulou no meu joelho e foi imediatamente levado para a cozinha pela srta. Ellen, que se desculpou comigo. Mas imagino que ela já tivesse se desculpado com o gato na cozinha.

A senhorita Ellen foi quem mais falou. A srta. Sarah, uma senhorinha em um vestido de seda preta e anáguas engomadas, os cabelos brancos como a neve e olhos tão negros como seu vestido, mãos finas e cheias de veias cruzadas no colo em meio a babados de renda fina, triste, adorável, gentil, parecia frágil demais para falar.

Mesmo assim, tive a impressão, Gilbert, de que todos os Pringle do clã, incluindo a própria srta. Ellen, a obedeciam em tudo.

Tivemos um jantar delicioso. A água estava fria, a roupa de mesa linda, a louça e os copos finos. Fomos servidas por uma empregada tão distante e aristocrática quanto todos eles. Mas a srta. Sarah fingia ser um pouco surda sempre que eu falava com ela e pensei que cada garfada me sufocaria. Toda a minha coragem esvaiu-se de mim. Sentia-me como uma pobre mosca pega em uma armadilha. Gilbert, eu nunca, nunca conseguirei conquistar ou vencer a Família Real. Posso me ver pedindo demissão no Ano-Novo. Não tenho a menor chance contra um clã desses.

E, no entanto, não pude deixar de ter um pouco de pena das velhinhas enquanto olhava a casa delas. Ela teve vida um dia... pessoas nasceram ali... morreram ali... exultaram ali... sentiram sono, desespero, medo, alegria, amor, esperança, ódio. E agora não existe nada além das memórias pelas quais elas vivem e o orgulho que sentem.

Tia Chatty está muito chateada porque, quando desdobrou lençóis limpos para minha cama hoje, encontrou um vinco em forma de diamante no centro. Ela tem certeza de que isso quer dizer morte na família. Tia Kate está muito chateada com essa superstição. Mas acredito que até prefiro pessoas supersticiosas. Elas dão cor à vida. Não seria um mundo um tanto monótono se todos fossem sábios e sensatos... e bons? Sobre o que, então, conversaríamos?

Tivemos uma catástrofe aqui há duas noites. Dusty Miller ficou fora a noite toda, apesar dos estrondosos gritos de "Gato" de Rebecca Dew no quintal. E, quando ele apareceu pela manhã, oh, que gato tão bonito! Um olho seu estava completamente fechado e havia um caroço do tamanho de um ovo em sua mandíbula. Seu pelo endurecera pela lama e uma pata fora mordida. Mas que expressão triunfante e imponente ele guardava em seu olho bom! As viúvas ficaram horrorizadas, mas Rebecca Dew disse exultante:

— Aquele Gato nunca teve uma boa luta na vida antes. Aposto que o outro gato está muito pior do que ele!

Uma névoa sobe pelo porto esta noite, obscurecendo a estrada vermelha que a pequena Elizabeth quer explorar. Ervas daninhas e folhas queimam em toda a cidade, e essa combinação de fumaça e neblina está transformando a Alameda do Susto em um lugar misterioso, fascinante e encantado. Está ficando tarde e minha cama diz: "venha dormir". Já me acostumei a subir um lance de escada para a cama... e a descê-lo também. Oh, Gilbert, eu nunca disse isso a ninguém, mas é muito engraçado para guardar comigo por mais tempo. Na primeira manhã em que acordei em Windy Poplars, me esqueci por completo dos degraus e pulei da cama alegremente pela manhã. Caí como uma pilha de tijolos, como diria Rebecca Dew. Felizmente, não quebrei nada, mas fiquei com hematomas por uma semana.

A pequena Elizabeth e eu somos boas amigas agora. Ela vem todas as noites tomar seu leite porque a Mulher está de cama com o que Rebecca Dew chama de "bronquiches". Sempre a encontro no portão, onde fica esperando por mim com aqueles lindos olhos da cor do crepúsculo. Conversamos através do portão, que há anos não se abre. Elizabeth vai tomando seu copo de leite bem devagar, para estender nossa conversa. E toda vez que a garota dá o último gole, há um toc-toc *na janela.*

Descobri que uma das coisas que vão acontecer no Amanhã é que ela receberá uma carta do pai. Nunca recebeu nenhuma. Eu me pergunto no que esse homem pode estar pensando.

— Sabe, ele não suportava me ver, srta. Shirley — ela me disse —, mas ele poderia, ao menos, escrever para mim.

— Quem disse que ele não suportava vê-la? — perguntei indignada.

— A Mulher. (Sempre quando Elizabeth diz "A Mulher", posso visualizá-la como um grande M proibitivo em todos seus ângulos e cantos.) E deve ser verdade ou ele viria me ver de vez em quando.

Ela era Beth naquela noite... só quando é Beth é que fala do pai. Quando é Betty faz caretas para a avó e para a Mulher pelas costas;

mas quando se transforma em Elsie fica arrependida e pensa que deveria confessar, embora tenha medo de fazê-lo. Muito raramente ela é Elizabeth, e então tem o rosto de quem ouve música de fadas e sabe do que falam rosas e trevos. Ela é a coisa mais peculiar, Gilbert... tão sensível quanto uma das folhas dos salgueiros ao vento, e eu a amo. Fico furiosa em saber que aquelas duas velhas terríveis a fazem ir para a cama no escuro.

— A Mulher falou que eu era grande o suficiente para dormir sem luz. Mas me sinto tão pequena, srta. Shirley, porque a noite é tão grande e tão horrível. E há um corvo empalhado no meu quarto e eu tenho medo dele. A Mulher me disse que arrancaria meus olhos se eu chorasse. Claro, srta. Shirley, eu não acredito nisso, mas ainda estou com medo. As coisas sussurram muito umas com as outras à noite. Mas no Amanhã eu nunca terei medo de nada... nem mesmo de ser sequestrada!

— Mas não há perigo de você ser sequestrada, Elizabeth.

— A Mulher disse que há, se eu for a algum lugar sozinha ou conversar com pessoas estranhas. Mas a senhorita não é uma pessoa estranha, é, srta. Shirley?

— Não, querida. Nós nos conhecemos desde sempre no Amanhã — eu disse.

IV

Windy Poplars
Alameda do Susto
Sul da Ilha do Príncipe Edward
10 de novembro

Meu querido,

Antes, a pessoa que eu mais odiava no mundo era a que estragava a ponta da minha caneta. Mas não posso odiar Rebecca Dew, apesar de ter como hábito usar minha caneta para copiar receitas quando estou na escola. Ela está fazendo isso de novo e, como resultado, você não receberá uma carta longa ou amorosa desta vez. (Meu mais que amado.)

A cigarra cantou sua última canção. As noites estão tão frias agora que tenho um pequeno fogão a lenha rechonchudo e retangular em meu quarto. Rebecca Dew o colocou... Eu a perdoo pela caneta por isso. Não há nada que essa mulher não faça e ela sempre deixa o fogo aceso para mim quando volto da escola. É um fogão tão pequenino que poderia pegá-lo em minhas mãos. Parece um cachorrinho preto atrevido com suas quatro pernas tortas de ferro. Mas, quando é enchido com gravetos, brilha em um tom vermelho rosado e oferece um calor tão maravilhoso que você não consegue imaginar como é aconchegante. Estou sentada diante dele agora, com meus pés em seu pequeno braseiro, rabiscando esta carta para você sobre os meus joelhos.

Todos aqui do Sul... quase todos... estão no baile de Hardy Pringle. Eu *não fui convidada*. E Rebecca Dew está tão zangada com isso que eu odiaria ser Dusty Miller. Mas quando penso na filha de Hardy, Myra, linda e desmiolada, tentando provar em um exame que os ângulos na base de um triângulo isósceles são iguais, perdoo todo o clã Pringle. E, na semana passada, ela incluiu "patíbulo" com seriedade em uma lista de árvores! Mas, para ser justa, nem todas as asneiras se originam dos Pringle. Recentemente, Blake Fenton definiu um crocodilo como "um tipo de inseto muito grande". Essas são as alegrias da vida de um professor!

Parece que vai nevar hoje à noite. Gosto de noites em que parece que vai nevar. O vento está soprando "na torre e na árvore",[1] tornando meu aconchegante quarto mais aconchegante ainda. A última folha dourada será arrancada dos salgueiros esta noite.

Acho que já fui convidada para jantar em todos os lugares... Refiro-me às casas de todos os meus alunos, tanto na cidade como no campo. E, oh, querido Gilbert, estou farta de compota de abóbora! Nunca, nunca teremos compota de abóbora em nossa casa dos sonhos.

Em quase todos os lugares em que estive no mês passado me ofereceram compota de abóbora no jantar. Adorei na primeira vez em que comi... era tão dourada que senti que saboreava luz do sol em conserva... e eu descuidadamente delirei a respeito. Disseram por aí que eu gostava muito de compota de abóbora, e as pessoas a faziam especialmente para mim. Ontem à noite, estava indo para a casa do sr. Hamilton, e Rebecca Dew me garantiu que eu não teria de comer compota de abóbora lá porque nenhum dos Hamilton gosta. Mas, ao nos sentarmos para jantar, lá estava no aparador a indefectível tigela de vidro lapidado repleta de compota de abóbora!

---

[1] *The wind is blowing in turret and tree*, no original. Verso do poema "The Sisters", de Alfred Lord Tennyson.

— Eu nunca fiz compota de abóbora aqui em casa — disse a sra. Hamilton, servindo-me uma generosa porção —, mas ouvi dizer que você gostava muito e, quando fui à casa de minha prima em Lowvale, no domingo passado, disse a ela: "Vou convidar a srta. Shirley para jantar esta semana e ela adora compotas de abóbora. Gostaria que você me cedesse um pote para servir a ela. Então ela fez e aqui está, e você pode levar para casa o que sobrar.

Você deveria ter visto o rosto de Rebecca Dew quando cheguei da casa dos Hamilton carregando um vidro cheio de compota de abóbora. Ninguém gosta disso aqui, então nós o enterramos no jardim às escondidas, na calada da noite.

— A senhorita não vai colocar isso em uma história, vai? — ela perguntou ansiosamente. Desde que Rebecca Dew descobriu que às vezes escrevo contos para revistas, ela vive com o medo... ou a esperança, não sei bem... de que vou colocar tudo o que acontece em Windy Poplars em uma história. Ela quer que eu "escreva sobre os Pringle e os provoque". Mas, infelizmente, são os Pringle que estão me provocando e, entre eles e meu trabalho na escola, tenho pouco tempo para escrever ficção.

Há apenas folhas secas e caules congelados no jardim agora. Rebecca Dew enrolou as mudas de rosas comuns em palha e sacos de batata, e no crepúsculo elas ficam iguaizinhas a um grupo de anciãos curvados apoiados em cajados.

Recebi hoje um cartão postal de Davy com dez beijos e uma carta de Priscilla escrita em um papel que "um amigo dela no Japão" lhe enviaria... papel fino e sedoso com flores de cerejeira esmaecidas, como fantasmas. Estou começando a ter minhas suspeitas sobre esse amigo dela. Mas a sua grande e longa carta foi o presente especial que o dia me deu. Eu a li quatro vezes para obter cada pedacinho de seu sabor... como um cachorro limpando um prato! Essa certamente não é uma comparação romântica, mas é a que acabou de surgir na minha cabeça. Ainda assim, as cartas, mesmo as mais bonitas, não são satisfatórias. Eu quero ver você. Estou feliz que faltam apenas cinco semanas para os feriados de Natal.

V

Sentada na janela da torre em uma noite de final de novembro, com a caneta no lábio e sonhos nos olhos, Anne olhou para o crepúsculo e pensou subitamente que gostaria de dar uma caminhada até o antigo cemitério. Ela ainda não o visitara, preferindo o bosque de bétulas e bordos ou a estrada do porto para seus passeios noturnos. Mas sempre há uma janela em novembro, depois que as folhas caem, quando ela acha quase indecente se intrometer na floresta... pois a glória terrestre dela partira e sua glória celestial de espírito e pureza e brancura ainda não a havia alcançado. Então, em vez de ir para lá, Anne se dirigiu ao cemitério. Estava se sentindo tão desanimada e desesperançada que pensou que um cemitério seria um lugar comparativamente alegre. Além disso, estava cheio dos Pringle, disse Rebecca Dew. Eles enterraram gerações ali, preferindo-o ao novo cemitério até que "mais nenhum deles pudesse ser espremido ali". Anne sentiu que seria positivamente encorajador ver como os Pringle se comportavam quando não podiam incomodar mais ninguém.

Com relação aos Pringle, Anne sentiu que estava no limite. Cada vez mais a situação parecia um pesadelo. A sutil campanha de insubordinação e desrespeito que Jen Pringle havia organizado finalmente chegara ao ápice. Um dia, na semana anterior, Anne pediu aos mais velhos que escrevessem uma redação sobre "os acontecimentos mais importantes da semana". Jen Pringle escreveu uma brilhante... a pequena diabinha *era* inteligente... e inseriu no texto um insulto astuto à professora... impossível de ignorar. Anne a mandou para casa, dizendo que ela teria de se desculpar antes de ter permissão para voltar. A gordura estava praticamente no fogo. Era uma guerra aberta agora, entre ela e os Pringle. E a pobre Anne sabia muito bem em qual dos estandartes a vitória recairia. O conselho escolar apoiaria os Pringle e ela teria de escolher entre deixar Jen voltar ou pedir demissão.

Ela se sentiu muito amarga. Havia feito o seu melhor e sabia que poderia ter sido bem-sucedida se tivesse alguma chance de lutar.

"Não é minha culpa", ela pensou com profunda tristeza. "Quem poderia ter sucesso contra uma família dessas e suas táticas?"

Mas voltar derrotada para casa em Green Gables! Suportar a indignação da sra. Lynde e a exultação dos Pye! Até a compaixão de amigos seria angustiante. E, com esse seu notório fracasso em Summerside, ela nunca seria capaz de conseguir outra escola.

Ao menos eles não haviam levado a melhor na questão da peça. Anne riu um pouco perversamente e seus olhos se encheram de prazer com a lembrança.

Ela havia organizado um Clube de Teatro para o ensino médio e dirigido uma pequena peça que organizara às pressas para angariar alguns fundos para um de seus projetos especiais: o de comprar algumas belas gravuras para as salas. Fora obrigada a pedir a ajuda de Katherine Brooke porque Katherine parecia se excluir de tudo sempre. Em diversas ocasiões se arrependeu da decisão, pois Katherine estava ainda mais sombria e sarcástica do que de costume. Eram raras as vezes em que deixava alguma coisa passar sem algum comentário corrosivo, além de franzir demais as sobrancelhas. Pior ainda, foi Katherine quem insistiu para que Jen Pringle fizesse o papel de Mary, a rainha da Escócia.

— Não há mais ninguém na escola que possa interpretá-la — disse ela com impaciência. — Ninguém que tenha a personalidade necessária.

Anne não tinha tanta certeza disso. Ela preferia pensar que Sophy Sinclair, que era alta e tinha olhos e cabelos castanhos, seria uma rainha Mary muito melhor do que Jen. Mas Sophy nem mesmo participava do clube, muito menos de uma peça.

— Não queremos principiantes nisso. Não vou ser cúmplice de nada que não seja bem-sucedido — disse Katherine de forma desagradável, e Anne cedeu. Ela não podia negar que Jen era muito boa no papel. Tinha um talento natural para atuar e aparentemente se entregou a isso de todo o coração. Ensaiavam quatro noites por semana e, assim, as coisas corriam muito bem na superfície. Jen parecia estar tão interessada em seu papel que se comportou, no que dizia respeito à peça. Anne não lidou com ela, deixando-a para ser treinada por Katherine. Uma ou duas vezes, porém, Anne flagrou certa expressão de triunfo astuto no rosto de Jen, o que a deixou confusa. Ela não conseguia adivinhar o que isso significava.

Uma tarde, logo após o início dos ensaios, Anne encontrou Sophy Sinclair em lágrimas, em um canto do vestiário feminino. A princípio, ela apenas piscava os lindos olhos castanhos com força e negava, mas então... desabou.

— Eu queria muito estar na peça... ser a rainha Mary — disse ela aos soluços. — Nunca tive uma chance... meu pai não me deixou entrar no clube porque temos dívidas a pagar e cada centavo conta muito. E, é claro, não tenho experiência alguma. Eu sempre amei a rainha Mary... o próprio nome dela me arrepia inteira. Eu não acredito... Nunca vou acreditar que ela teve alguma coisa a ver com o assassinato de Darnley. Teria sido maravilhoso imaginar que eu seria ela por algum tempo!

Mais tarde, Anne concluiu que foi seu anjo da guarda que a motivou a dizer o que disse.

— Passarei as falas do papel para você, Sophy, e vamos ensaiar juntas. Será um bom treinamento. E, se der certo aqui, planejamos apresentar a peça em outros lugares, então você poderá ser uma boa substituta caso Jen nem sempre possa participar. Mas não diremos nada a ninguém.

No dia seguinte, Sophy já tinha decorado todo o papel. Ela ia com Anne para casa em Windy Poplars todas as tardes quando a escola acabava e ensaiava na torre. Elas se divertiram muito juntas, pois Sophy tinha uma vivacidade tranquila. A peça seria apresentada na última sexta-feira de novembro, na prefeitura; foi amplamente divulgada e todos os lugares reservados foram vendidos rapidamente. Anne e Katherine passaram duas noites decorando o salão, a banda foi contratada e uma famosa soprano viria de Charlottetown para cantar entre os atos. O ensaio geral foi um sucesso. Jen foi realmente excelente e todo o elenco torceu por ela. Na sexta de manhã, Jen não estava na escola; e à tarde a mãe dela mandou avisar que Jen estava doente, com muita dor de garganta... temiam que fosse amidalite. Todos os envolvidos lamentaram muito, mas estava fora de questão que ela participasse da peça naquela noite.

Katherine e Anne se entreolharam, juntas pela primeira vez em seu desânimo comum.

— Teremos de adiar — disse Katherine lentamente. — E isso significa fracasso. Uma vez que entrarmos em dezembro, muita coisa acontecerá. Bem, sempre pensei que era tolice tentar organizar uma peça nesta época do ano.

— Não vamos adiar — disse Anne, com os olhos brilhando como os de Jen. Ela não diria a Katherine Brooke, mas tinha certeza, como nunca havia tido sobre qualquer coisa em sua vida, de que Jen Pringle estava com amidalite tanto quanto ela. Foi um artifício deliberado, com participação de outros

Pringle ou não, para arruinar a peça porque ela, Anne Shirley, a patrocinara.

— Oh, se tem tanta certeza sobre isso! — disse Katherine com um dar de ombros desagradável. — Mas o que pretende fazer? Arranjar alguém para ler o texto? Isso estragaria tudo... Mary é tudo na peça.

— Sophy Sinclair pode interpretar o papel tão bem quanto Jen. A roupa vai servir nela e, graças a Deus, está com você, não com Jen.

A peça foi encenada naquela noite para um público lotado. Uma Sophy encantadora interpretou Mary... ela *foi* Mary, como Jen Pringle jamais poderia ter sido... *parecia* Mary em suas roupas de veludo, gola alta e joias. Os alunos da escola Summerside, que nunca tinham visto Sophy vestida com outras roupas a não ser seus vestidos simples, deselegantes, de sarja escura, seu casaco sem forma e seus chapéus surrados, a encaravam com espanto. Insistiu-se veementemente que ela se tornasse membro permanente do Clube de Teatro — a própria Anne pagou por sua taxa de adesão — e, a partir de então, ela foi uma das alunas que "fizeram a diferença" na escola Summerside. Mas ninguém sabia ou sonhava, muito menos a própria Sophy, que naquela noite ela dera o primeiro passo na direção que a levaria às estrelas. Vinte anos depois, Sophy Sinclair seria uma das principais atrizes da América. Mas provavelmente nenhuma ovação soou tão doce aos seus ouvidos como os incessantes aplausos em meio aos quais a cortina desceu naquela noite, no anfiteatro da prefeitura de Summerside.

A sra. James Pringle levou para casa uma história para sua filha Jen, que teria ficado verde se os olhos de donzela dela já não o fossem. Pela primeira vez, como Rebecca Dew disse com fervor, Jen recebeu o troco. E, como resultado disso, aconteceu o insulto na redação sobre Acontecimentos Importantes.

Anne desceu para o antigo cemitério ao longo de uma estrada sulcada entre diques de pedras altas e cobertas de musgo, as borlas das samambaias congeladas. Finos e pontiagudos álamos, dos quais os ventos de novembro ainda não haviam arrancado todas as folhas, cresciam ao longo dela em intervalos, contrastando melancolicamente com a ametista das colinas distantes. Mas o antigo cemitério, com metade de suas lápides inclinadas ao acaso, era cercado por uma fileira de quatro altos e sombrios eucaliptos. Anne não esperava encontrar ninguém lá e ficou um pouco surpresa quando se deparou com a srta. Valentine Courtaloe e seu nariz longo e delicado, sua boca fina também delicada, seus ombros inclinados e seu imbatível ar de dama, logo na entrada do portão. Ela conhecia a srta. Valentine, é claro, assim como todos em Summerside. Ela era "a" costureira local e o que ela não sabia sobre as pessoas, vivas ou mortas, não valia a pena levar em consideração. Anne queria caminhar sozinha, ler os velhos e estranhos epitáfios e decifrar os nomes de amantes esquecidos sob os líquenes que cresciam sobre eles. Mas não conseguiu escapar quando a srta. Valentine passou o braço pelo dela e começou a fazer as honras do cemitério, onde evidentemente havia tantos Courtaloe enterrados quanto Pringle. A srta. Valentine não tinha uma gota de sangue Pringle nela e um dos alunos favoritos de Anne era seu sobrinho. Portanto, não foi nenhum grande esforço mental ser amável com ela, exceto que é preciso ter muito cuidado para nunca insinuar que ela "costurava para fora". Dizem que a srta. Valentine é muito sensível sobre isso.

— Estou feliz por estar aqui esta noite — disse a srta. Valentine. — Posso lhe contar tudo sobre todos os que estão enterrados aqui. Eu sempre digo que você tem que conhecer as particularidades dos mortos para achar um cemitério realmente agradável. Gosto mais de passear aqui do que no novo. São apenas as famílias *antigas* que estão enterradas aqui, mas cada Tom, Dick e Harry tem sido enterrado no novo. Os Courtaloe estão enterrados neste trecho. Nossa, nós tivemos uma enorme quantidade de funerais em nossa família.

— Suponho que toda família antiga teve — disse Anne, porque a srta. Valentine evidentemente esperava que ela dissesse algo.

— Não ache que alguma família tenha tido tantos como a nossa — disse a srta. Valentine com ciúme. — Somos quase todos tuberculosos. A maioria de nós morreu de tosse. Este é o túmulo da minha tia Bessie. Ela era uma santa, se é que existiu uma. Mas não há dúvida de que sua irmã, tia Cecilia, era a mais interessante para conversar. Na última vez em que a vi, ela me disse: "Sente-se, minha querida, sente-se. Vou morrer esta noite às onze e dez, mas não é por isso que não devamos ter uma última boa fofoca". O estranho, srta. Shirley, é que ela morreu naquela noite às onze e dez. Pode me dizer como ela sabia disso?

Anne não podia.

— Meu tataravô Courtaloe está enterrado *aqui*. Morreu em 1760 e fazia rodas de fiar para viver. Ouvi dizer que ele ganhou mais de um milhão e quatrocentos ao longo da vida. Quando morreu, o ministro pregou com base no texto "Suas obras o seguem", e o velho Myrom Pringle disse que, nesse caso, a estrada para o céu atrás de meu tataravô estaria abarrotada com rodas de fiar. Acha que tal observação foi de bom gosto, srta. Shirley?

Se alguém, exceto um Pringle, tivesse dito isso, Anne poderia não ter sido tão taxativa em seu comentário:

— Eu certamente não acho — disse, olhando para uma lápide adornada com uma caveira e ossos cruzados, como se o bom gosto disso também estivesse em questão.

— Minha prima Dora está enterrada *aqui*. Ela teve três maridos, mas todos morreram muito cedo. A pobre Dora não parecia ter sorte em escolher um homem saudável. Seu último foi Benjamin Banning... que não está aqui... está enterrado em Lowvale, ao lado da *primeira* esposa... e ele não se conformava com a morte. Dora disse que ele estava indo para um mundo melhor. "Talvez, talvez", disse o pobre Ben, "mas estou mais acostumado com as imperfeições deste daqui". Ele precisou tomar sessenta e um tipos de remédios e, ainda assim, sofreu por algum tempo. Toda a família do tio David Courtaloe está *aqui*. Há uma rosa de cem folhas plantada ao pé de cada sepultura e, que coisa, como florescem! Venho aqui todos os verões e as colho para o meu jarro de rosas. Seria uma pena deixá-las ir para o lixo, não acha?

— Eu... Eu suponho que sim.

— Minha pobre irmãzinha Harriet está neste *aqui* — suspirou a srta. Valentine. — Ela tinha um cabelo magnífico... parecido com o seu... talvez não tão vermelho. Chegava até os joelhos. Estava noiva quando morreu. Foi-me dito que a senhorita está noiva. Nunca quis muito me casar, mas acho que teria sido bom estar noiva. Oh, tive algumas chances, é claro... talvez eu fosse muito criteriosa... mas uma Courtaloe não poderia se casar com *qualquer um*, não é?

Não parecia provável que pudesse.

— Frank Digby... naquele canto sob os sumagres... ele queria se casar comigo. Eu me arrependi um pouco por tê-lo recusado, mas um Digby, minha querida! Ele se casou com Georgina Troop. Ela sempre ia à igreja um pouco atrasada para exibir suas roupas. Nossa, como ela gostava de roupas. Foi enterrada com um vestido azul tão bonito... Eu o fiz para que usasse em um casamento, mas, no final, ela o usou no próprio funeral. Tinha três filhos adoráveis. Eles costumavam se sentar na minha frente na igreja e eu sempre lhes dava doces. Acha que é errado dar doces às crianças na igreja, srta. Shirley? Mas em se tratando de balas de hortelã não teria problema... há algo de *religioso* nas balas de hortelã, não acha? Mas os pobres coitados não gostavam delas.

Quando as histórias dos Courtaloe se exauriram, as reminiscências da srta. Valentine se tornaram um pouco mais picantes. Não fazia muita diferença se você não fosse um Courtaloe.

— A velha sra. Russell Pringle está aqui. Muitas vezes me pergunto se ela está no céu ou não.

— Mas por quê? — ofegou uma Anne bastante chocada.

— Bem, ela sempre odiou a irmã, Mary Ann, que havia morrido alguns meses antes. "Se Mary Ann estiver no céu, lá eu não fico", dizia ela. E era uma mulher que sempre manteve a palavra, minha querida. Como uma Pringle. Ela nasceu Pringle e se casou com o primo, Russell. Esta é a sra. Dan Pringle... Janetta Bird. Tinha setenta anos quando morreu. As pessoas dizem que ela teria achado errado morrer um dia mais velha, porque esse é o limite da Bíblia. As pessoas dizem coisas tão engraçadas, não é? Ouvi dizer que morrer foi a única coisa que ela ousou fazer sem perguntar ao marido. Sabe, minha querida, o que ele fez uma vez, quando ela comprou um chapéu de que ele não gostou?

— Não posso imaginar.

— Ele o *comeu*! — disse a srta. Valentine solenemente. — Claro que era apenas um chapéu pequeno... com rendas e flores... sem penas. Mesmo assim, deve ter sido bastante indigesto. Eu sei que ele sentiu dores fortes no estômago por um bom tempo. Claro, não o *vi* comer, mas sempre tive a certeza de que a história era verdadeira. Acha que foi?

— Eu acreditaria em qualquer coisa dos Pringle — disse Anne com amargura.

A srta. Valentine apertou seu braço com empatia.

— Sinto muito pela senhorita... de verdade. É terrível a maneira como eles a estão tratando. Mas Summerside não é *só* Pringle, srta. Shirley.

— Às vezes, acho que é, sim — disse Anne com um sorriso triste.

— Não, não é. E há muitas pessoas que gostariam de vê-la levar a melhor sobre eles. Não ceda, não importa o que façam. É apenas o velho Satanás que encarnou neles. Mas eles andam juntos e a srta. Sarah queria que aquele primo deles ficasse com a escola.

"O casal Nathan Pringle está *aqui*. Nathan sempre acreditou que a esposa estava tentando envenená-lo, mas não parecia se importar. Ele disse que tornava a existência estimulante. Uma vez ele até suspeitou que ela havia colocado arsênico em seu mingau. Ele saiu e o deu a um porco. O porco morreu três semanas depois. Mas ele disse que talvez fosse apenas coincidência, e, de qualquer maneira, ele não tinha certeza se era aquele porco mesmo. No final, ela morreu antes dele e ele afirmou que ela sempre foi uma boa esposa, exceto por essa parte. Acho que seria piedoso acreditar que ele se enganou sobre *isso*."

— "Dedicado à memória da *srta. Kinsey*" — leu Anne com espanto. — Que inscrição extraordinária! Ela não tinha outro nome?

— Se tivesse, ninguém nunca soube — disse a srta. Valentine. — Ela veio da Nova Escócia e trabalhou para George Pringle por quarenta anos. Disse que seu nome era srta. Kinsey e todos a chamavam assim. Morreu repentinamente, e então descobriu-se que ninguém sabia seu primeiro nome e ela não tinha parentes que pudessem ser encontrados. Portanto colocaram isso na lápide dela... George Pringle a enterrou muito bem e pagou pela lápide. Ela foi uma criatura fiel e trabalhadora, mas, se a tivesse visto, a senhorita pensaria que ela já nasceu como srta. Kinsey. Os James Morley estão *aqui*. Eu estava nas bodas de ouro deles. Tão cerimonioso... presentes, discursos e flores... e seus filhos todos em casa sorrindo, cumprimentando as pessoas e esses dois odiando um ao outro o máximo que podiam.

— Odiando um ao outro?

— Profundamente, minha querida. Todo mundo sabia disso. Odiaram-se por anos e anos... quase a vida toda, na verdade. Brigaram no caminho da igreja para casa depois do casamento. Muitas vezes me pergunto como eles conseguem ficar aqui tão pacificamente lado a lado.

Anne voltou a estremecer. Que terrível... sentados frente a frente à mesa... deitados um ao lado do outro à noite... indo ao batismo dos filhos na igreja... e se odiando enquanto isso! No entanto, devem ter se amado no início. Seria possível que ela e Gilbert algum dia pudessem... não! Que absurdo! Os Pringle estavam lhe dando nos nervos.

— O belo John MacTabb está enterrado aqui. Sempre suspeitaram que ele foi o motivo pelo qual Annetta Kennedy se afogou. Os MacTabb eram todos bonitos, mas não dava para acreditar em nada do que diziam. Costumava haver uma lápide aqui para o tio dele, Samuel, que teria se afogado no mar há cinquenta anos. Quando ele apareceu vivo, a família a retirou. O homem de quem a compraram não a quis de volta, então a sra. Samuel a usou como assadeira. Usar uma lápide de mármore para cozinhar! Aquela velha lápide estava ótima, disse ela. As crianças MacTabb sempre traziam biscoitos para a escola com letras e números em relevo... fragmentos do epitáfio. Elas os distribuíam generosamente, mas nunca consegui comer nenhum. Sou esquisita com essas coisas. O sr. Harley Pringle está *aqui*. Ele teve que empurrar Peter MacTabb pela rua principal uma vez em um carrinho de mão usando um boné, por causa de uma aposta sobre as eleições. Toda Summerside apareceu para vê-lo... exceto os Pringle, é claro. Quase *morreram* de vergonha.

"Milly Pringle está *aqui*. Eu gostava muito de Milly, mesmo ela sendo uma Pringle. Ela era bonita e leve como uma fada. Às vezes, minha querida, penso que em noites como esta, ela deve escapar da sepultura e dançar como costumava fazer. Mas suponho que um cristão não deveria abrigar tais pensamentos. Este é o túmulo de Herb Pringle. Ele era um dos Pringle alegres. Sempre me fazia rir. Certa vez, ele teve um ataque de riso na igreja... quando Meta Pringle se ajoelhou para rezar, e um rato caiu das flores do chapéu dela. *Eu* não fiquei com vontade de rir. Não sabia aonde o rato tinha ido. Ergui minhas saias até os tornozelos e as mantive ali até a missa acabar, mas isso estragou o sermão para mim. Herb estava sentado atrás de mim e deu um grito. Quem não viu o rato pensou que ele tivesse enlouquecido. Pareceu-me que a risada dele não terminaria *nunca*. Se *ele* estivesse vivo, a defenderia, independentemente de Sarah. *Este*, é claro, é o monumento ao capitão Abraham Pringle."

Era o maior de todo o cemitério. Quatro plataformas recuadas de pedra formavam um pedestal quadrado, sobre o qual se erguia uma enorme coluna de mármore ornada por uma ridícula urna drapeada sob a qual um querubim gordo soprava uma trompa.

— Que feio! — exclamou Anne com franqueza.

— Oh, acha mesmo? — A srta. Valentine parecia bastante chocada. — Foi considerado muito bonito quando erguido. Era para ser o arcanjo Gabriel tocando sua trombeta. Acho que dá um toque de elegância ao cemitério. Custou novecentos dólares. O capitão Abraham era um senhor muito bom. É uma pena que esteja morto. Se ele estivesse vivo, não a estariam perseguindo desse jeito. Não me surpreende que Sarah e Ellen tenham orgulho dele, embora eu ache que elas exageram.

No portão do cemitério, Anne se virou e olhou para trás. Um silêncio estranho e pacífico pairou sobre a terra sem vento. Longos raios de luar começavam a perpassar os pinheiros negros, tocando uma lápide aqui e ali e criando estranhas sombras entre eles. Mas o cemitério não era um lugar triste, afinal. De fato, as pessoas pareciam vivas depois dos relatos da srta. Valentine.

— Eu ouvi que a senhorita escreve — disse a srta. Valentine ansiosamente, enquanto desciam a rua. — Não vai colocar as coisas que eu contei nas suas histórias, vai?

— Pode ter certeza de que não — prometeu Anne.

— Acha que é realmente errado... ou perigoso... falar mal dos mortos? — sussurrou a srta. Valentine, um pouco nervosa.

— Também não acho que seja correto — disse Anne. — Apenas...bastante injusto...como bater em quem não consegue se defender. Mas a senhorita não disse nada terrível sobre ninguém, srta. Courtaloe.

— Eu disse que Nathan Pringle pensava que a esposa estava tentando envenená-lo...

— Mas também deu a ela o benefício da dúvida... — e a srta. Valentine seguiu seu caminho tranquilizada.

VI

Fui ao cemitério esta noite, escreveu Anne a Gilbert depois de chegar em casa. *Acho que "seguir seu caminho" é uma frase adorável e a utilizo sempre que posso. Parece engraçado dizer que gostei do meu passeio no cemitério, mas gostei mesmo. As histórias da srta. Courtaloe foram muito divertidas. Comédia e tragédia estão tão entrelaçadas na vida, Gilbert. A única coisa que me assombra é a história do casal que viveu junto por cinquenta anos e se odiou esse tempo todo. Eu não posso acreditar que eles realmente se odiavam. Alguém disse que "o ódio é apenas o amor que se perdeu". Tenho certeza de que sob o ódio eles se amavam de verdade... assim como eu realmente amei você todos esses anos, pensando que odiava... e acho que a morte mostrou isso a eles. Estou feliz por eu ter descoberto em vida. E descobri que* existem *alguns Pringle decentes... mortos.*

Ontem, quando desci tarde da noite para beber água, encontrei tia Kate passando leitelho no rosto dentro da despensa. Ela me pediu que não contasse a Chatty... ela acharia isso tão bobo. Prometi que não diria nada.

Elizabeth ainda vem por causa do leite, embora a Mulher esteja bem, vencida a bronquite. Eu me pergunto por que elas permitem que a criança venha, ainda mais por a velha sra. Campbell ser uma Pringle. No último sábado à noite, Elizabeth... era Betty naquela noite, eu acho... correu para dentro cantando depois de se despedir, e eu ouvi distintamente a Mulher dizer a ela na porta da varanda: "Está muito perto do sábado para você cantar essa canção". Tenho certeza de que a Mulher impediria Elizabeth de cantar em qualquer dia se pudesse!

Elizabeth estava com um vestido novo naquela noite, cor de vinho escuro... realmente a vestem bem.... e ela disse com melancolia: "Achei que estava um pouco bonita quando o coloquei esta noite, srta. Shirley, e gostaria tanto que meu pai pudesse me ver. Claro que ele vai me ver no Amanhã... mas às vezes parece que demora tanto para chegar. Gostaria que pudéssemos apressar o tempo um pouco, srta. Shirley".

Agora, querido, preciso fazer alguns exercícios de geometria. Exercícios de geometria tomaram o lugar daquilo que Rebecca chama de meus "esforços literários". O espectro que agora assombra meu caminho diário é o pavor de surgir um exercício que eu não consiga fazer durante a aula. E o que os Pringle diriam então, oh, então... oh, o que os Pringle diriam então!

Enquanto isso, como você ama a mim e à tribo dos gatos, ore por um pobre gato, Thomas, de coração partido e maltratado. Um rato passou por cima do pé de Rebecca Dew na despensa outro dia e ela está furiosa desde então. "Aquele Gato não faz nada além de comer e dormir e deixa os ratos invadirem tudo. Esta é a gota d'água." Então ela o empurra de um canto ao outro, o tira de sua almofada favorita e.... sei disso porque a peguei em flagrante... e o empurra nada delicadamente com o pé quando o coloca para fora.

VII

Numa sexta-feira à noite, no final de um dia ameno e ensolarado de dezembro, Anne foi a Lowvale para participar de um jantar onde seria servido um peru. A casa de Wilfred Bryce era em Lowvale, onde o garoto morava com um tio. Ele havia perguntado timidamente se Anne iria com ele para o jantar de peru na igreja depois da escola e passaria o sábado em sua casa. Ela concordou, na esperança de influenciar o tio a permitir que Wilfred continuasse a frequentar a escola no ensino médio. Wilfred estava com medo de não poder voltar depois do Ano-Novo. Era um menino inteligente e ambicioso, e Anne sentia um interesse especial por ele.

Não se poderia dizer que ela gostou muito da visita, exceto pelo prazer que proporcionou a Wilfred. O tio e a tia eram um casal bastante estranho e rude. Ventava muito naquela escura manhã de sábado, com pancadas de neve, e a princípio Anne se questionou sobre o que faria para sobreviver àquele dia. Ela estava cansada e com sono depois das primeiras horas do jantar de peru. Wilfred teve de ajudar com os afazeres da casa e não havia um livro sequer à vista. Então ela pensou no velho e surrado baú de marinheiro que tinha visto no fim do corredor no andar de cima, e se lembrou do pedido da sra. Stanton.

Ela estava escrevendo uma história sobre o condado de Prince e perguntou se Anne conhecia, ou poderia encontrar, algum diário ou documento antigo que lhe pudesse ser útil.

— Os Pringle, é claro, têm muita coisa que eu poderia usar. — disse ela a Anne. — Mas eu não posso perguntar a *eles*. Você sabe que os Pringle e os Stanton nunca foram amigos.

— *Eu* também não posso perguntar a eles, infelizmente. — disse Anne.

— Oh, não espero que o faça. Tudo o que quero é que fique de olhos abertos quando estiver visitando a casa de outras pessoas. E, se encontrar ou ouvir falar de algum diário ou mapa antigo, ou qualquer coisa assim, tente pegá-los emprestados para mim. Não tem ideia das coisas interessantes que encontrei em diários antigos... pedacinhos da vida real que fazem os antigos pioneiros voltarem à vida. Quero coisas assim para o meu livro, bem como estatísticas e árvores genealógicas.

Anne perguntou à sra. Bryce se eles tinham algum desses registros antigos. A sra. Bryce balançou a cabeça.

— Não que eu saiba... pensando bem — ela se animou —, o velho baú do tio Andy está lá em cima. Pode haver algo nele. Ele costumava navegar com o velho capitão Abraham Pringle. Vou sair e perguntar a Duncan se a senhorita pode mexer naquelas coisas.

Duncan mandou o recado de que ela poderia "catar" tudo o que quisesse e, se encontrasse qualquer "papelada", poderia levar. Ele pretendia queimar o conteúdo, de qualquer maneira, e usar o baú como caixa de ferramentas. Por isso, Anne catou, mas tudo o que encontrou foi um velho diário amarelado, ou caderneta, que Andy Bryce parecia ter mantido durante todos os seus anos no mar. Anne passou a tempestuosa manhã lendo o diário e se divertindo com ele. Andy era um profundo conhecedor do mar e fizera muitas viagens com o capitão Abraham Pringle, a quem, pelo visto, admirava imensamente.

O diário estava cheio de homenagens — mal escritas e com erros gramaticais — à coragem e desenvoltura do capitão, especialmente em uma ousada iniciativa de contornar o Chifre da África. Mas sua admiração, ao que parecia, não se estendia ao irmão de Abraham, Myrom, também capitão, mas de um navio diferente.

"Estou no navio de Myrom Pringle hoje. A esposa deixou ele furioso, ele se levantou e jogou um copo d'água na cara dela."

"Myrom voltou para casa. Seu navio foi incendiado e eles escaparam nos barcos salva-vidas. Quase morreram de fome. No final, eles acabaram comendo Jonas Selkirk, que tinha se matado. E se alimentaram dele até que o *Mary G.* salvou eles. Myrom me contou isso pessoalmente. Pareceu achar que era uma boa piada."

Anne estremeceu com essa última passagem, que parecia ainda pior pela forma desinteressada como Andy descrevia esses fatos sombrios. Então, caiu em devaneio. Não havia nada no livro que pudesse ser útil para a sra. Stanton, mas não estariam a srta. Sarah e a srta. Ellen interessadas no diário, já que continha tanto sobre seu adorado e velho pai? Suponha que o mandasse para elas? Duncan Bryce disse que ela poderia fazer o que quisesse com ele.

Não, ela não faria isso. Por que tentar agradá-las ou satisfazer seu orgulho absurdo, que era grande o suficiente agora sem nenhum outro estímulo? Elas tinham planejado expulsá-la da escola e estavam tendo sucesso. Elas e seu clã a haviam derrotado.

Wilfred a levou de volta para Windy Poplars naquela noite, ambos se sentindo felizes. Anne havia convencido Duncan Bryce a deixar Wilfred terminar o ano do ensino médio.

81

— Depois, vou para a Queen's por um ano e então vou eu mesmo ensinar e educar — disse Wilfred. — Como posso retribuir, srta. Shirley? O tio não teria dado ouvidos a ninguém, mas ele gosta da senhorita. Ele me disse no celeiro: "Mulheres ruivas sempre podem fazer o que quiserem comigo". Mas não acho que tenha sido seu cabelo, srta. Shirley, embora seja tão bonito. Foi só... *a senhorita* mesmo.

Às duas da madrugada, Anne acordou e decidiu que enviaria o diário de Andy Bryce para Maplehurst. Afinal, gostava um pouco das velhas. E elas tinham tão pouco que tornasse suas vidas mais agradáveis... apenas o orgulho pelo pai. Às três, Anne voltou a acordar e decidiu que não enviaria. A srta. Sarah fingindo ser surda, essa é boa! Às quatro, estava acordada de novo. Por fim, decidiu que enviaria. Ela não seria mesquinha. Anne tinha horror a ser mesquinha... como os Pye.

Tendo resolvido isso, Anne conseguiu dormir realmente, pensando em como era lindo acordar no meio da noite e ouvir a primeira tempestade de neve do inverno ao redor de sua torre, e então se aconchegar nos cobertores e mergulhar na terra dos sonhos de novo.

Na segunda-feira de manhã, ela embrulhou o velho diário com cuidado e o enviou à srta. Sarah com um pequeno bilhete:

Querida srta. Pringle,
Não sei se a senhorita estaria interessada neste velho diário. O sr. Bryce me deu para que eu desse à sra. Stanton, que está escrevendo uma história sobre o condado. Mas não acredito que seria útil para ela e achei que gostariam de tê-lo.
Com meus afetuosos cumprimentos,

Anne Shirley

"Este é um bilhete terrivelmente seco", pensou Anne, "mas não consigo escrever com naturalidade para elas. E não ficaria nem um pouco surpresa se o mandassem de volta para mim com arrogância."

No belo azul do início da noite de inverno, Rebecca Dew teve o maior choque de sua vida. A carruagem de Maplehurst veio ao longo da Alameda do Susto, debaixo da intensa neve, e parou no portão da frente. A srta. Ellen saiu da carruagem, e, então... para o espanto de todos... saiu a srta. Sarah, que não deixava Maplehurst havia dez anos.

— Elas estão vindo para a porta da frente — arquejou Rebecca Dew em pânico.

— Por onde mais entraria um Pringle? — perguntou a tia Kate.

— É claro... é claro... mas emperra — disse Rebecca tragicamente. — Mas *emperra*, você sabe que sim. E não foi aberta desde que limpamos a casa na primavera passada. Esta é a gota d'água.

A porta da frente emperrou... mas Rebecca Dew a abriu com uma violência desesperada e conduziu as damas de Maplehurst até a sala.

"Graças a Deus, temos fogo na lareira hoje", pensou ela, "e tudo que espero é que Aquele Gato não tenha enchido o sofá de pelos. Se Sarah Pringle ficar com pelos de gato no vestido em nossa sala..."

Rebecca Dew não ousou imaginar as consequências. Ela chamou Anne no quarto da torre depois de a srta. Sarah perguntar se a srta. Shirley estava, e então se dirigiu à cozinha, meio louca de curiosidade para saber o que diabos trazia as velhas senhoras Pringle para ver a srta. Shirley.

— Se houver mais perseguição à vista... — disse Rebecca Dew sombriamente.

A própria Anne desceu muito ansiosa. Teriam elas vindo devolver o diário com glacial desprezo?

Foi a pequena, enrugada e inflexível srta. Sarah que se levantou e falou sem preâmbulos quando Anne entrou na sala.

— Viemos capitular — disse ela com amargura. — Não há nada mais que possamos fazer... É claro que a senhorita sabia disso quando encontrou aquela passagem escandalosa sobre o pobre tio Myrom. Não é verdadeira... não *poderia* ser. O tio Myrom estava apenas provocando Andy Bryce... Andy era *tão* crédulo. Mas todos que não pertencem à nossa família ficarão felizes em acreditar. A senhorita sabia que isso seria motivo de chacota... ou pior. Oh, é muito inteligente. Nós admitimos *isso*. Jen vai se desculpar e se comportar no futuro. Eu, Sarah Pringle, lhe garanto. Se apenas prometer não contar à sra. Stanton... não contar a ninguém... nós faremos qualquer coisa... *qualquer coisa*.

A srta. Sarah torceu o lenço de renda fina nas mãozinhas cheias de veias azuis. Ela estava literalmente tremendo.

Anne ficou parada em choque... e horror. Pobres senhoras! Pensaram que estava as ameaçando!

— Oh, as senhoritas me entenderam mal, completamente! — ela exclamou, tomando as mãos pobres e lamentáveis da srta. Sarah entre as suas. — Eu... eu jamais imaginei que pensariam que eu estava tentando... oh, não, foi só porque achei que gostariam de saber todos aqueles detalhes interessantes sobre seu incrível pai. Nunca sonhei em mostrar ou contar aquela pequena passagem para ninguém. Não pensei que tivesse a menor importância. E nunca pensarei.

Houve um momento de silêncio. Então, a srta. Sarah soltou as mãos com delicadeza, levou o lenço aos olhos e sentou-se, com um leve rubor no rosto enrugado.

— Nós... nós a entendemos mal, minha querida. E temos sido... temos sido abomináveis com a senhorita. Consegue nos perdoar?

Meia hora depois... uma meia hora em que Rebecca Dew quase faleceu... as senhoritas Pringle foram embora. Havia sido uma meia hora de um amigável bate-papo e debate sobre os itens não inflamáveis do diário de Andy. Na porta da frente, a srta. Sarah... que naquele dia não teve o menor problema com sua audição durante a conversa... voltou-se por um momento e tirou de sua bolsa um pedaço de papel, repleto com uma escrita muito fina e nítida.

— Eu quase havia me esquecido... Prometemos à sra. MacLean nossa receita de bolo inglês algum tempo atrás. Talvez não se importe de entregar a ela? E diga que o processo de crescimento é muito importante... é indispensável, de fato. Ellen, seu gorro está ligeiramente acima de uma das orelhas. É melhor ajustá-lo antes de partirmos. Estávamos... um tanto agitadas quando nos vestimos.

Anne disse às tias e Rebecca Dew que dera o antigo diário de Andy Bryce às senhoras de Maplehurst, que vieram agradecê-la por isso. Elas tiveram de se contentar com essa explicação, embora Rebecca Dew tenha sempre achado que havia mais por trás disso... muito mais. A gratidão por um velho diário desbotado e manchado de tabaco nunca teria levado Sarah Pringle à porta da frente de Windy Poplars. A senhorita Shirley era profunda... muito profunda!

— Vou abrir a porta da frente uma vez por dia depois disso — prometeu Rebecca Dew. — Apenas para mantê-la em uso. Quase *desabei* quando cedeu. Bem, de qualquer maneira, temos a receita do bolo inglês. Trinta e seis ovos! Se se desfizessem d'Aquele Gato e me deixassem criar galinhas, teríamos dinheiro para fazê-lo uma vez por ano.

Em seguida, Rebecca Dew marchou para a cozinha e se acertou com o destino ao dar leite para Aquele Gato, quando ela sabia que ele queria fígado.

A rivalidade Shirley-Pringle acabou. Ninguém fora dos Pringle sabia o porquê, mas as pessoas de Summerside entenderam que a srta. Shirley havia, sozinha, de alguma forma misteriosa, derrotado todo o clã, que comeu em sua mão a partir de então. Jen voltou para a escola no dia seguinte e se desculpou humildemente com Anne diante de toda a sala. Ela foi uma aluna modelo depois disso, e todos os alunos Pringle seguiram seu exemplo. Quanto aos Pringle adultos, seu antagonismo desapareceu como orvalho diante do sol. Não houve mais reclamações sobre "disciprina" ou sobre a lição de casa. Acabaram-se as reprimendas finas e sutis características do clã. Eles se atropelavam ao tentar ser cordiais com Anne. Nenhuma dança ou festa de patinação estava completa sem ela. Pois, embora o diário fatal tivesse sido entregue às chamas pela própria srta. Sarah, memória era memória, e a srta. Shirley tinha uma história para contar, se decidisse contá-la. Seria inaceitável se aquela intrometida da sra. Stanton soubesse que o capitão Myrom Pringle tinha sido um canibal!

VIII

(Trecho da carta para Gilbert)

Estou em minha torre e Rebecca Dew está na cozinha entoando "Poderia eu apenas subir?".[1] O que me faz lembrar de que a esposa do ministro me pediu que cantasse no coro! Claro que foram as Pringle que disseram para me chamar. Posso fazer isso aos domingos em que não for para Green Gables. Os Pringle estenderam a mão direita da comunhão com uma desforra... me aceitaram de mala e cuia! Que clã!

Já estive em três festas dos Pringle. Não digo isso por maldade, mas acho que todas as garotas Pringle estão imitando meu estilo de penteado. Bem, "imitação é a mais sincera lisonja". E, Gilbert, estou gostando muito delas... como eu sempre soube que gostaria, se me dessem uma chance. Começo até a suspeitar que, mais cedo ou mais tarde, vou acabar gostando de Jen. Ela pode ser encantadora quando quer e está bem claro que quer sê-lo.

Ontem à noite, entrei na cova do leão... em outras palavras, subi corajosamente os degraus da entrada da mansão Evergreen até a

---

[1] *Could I but climb*, no original. Possível referência à canção "There Is a Land of Pure Delight", de Isaac Watts.

varanda quadrada, com as quatro urnas de ferro caiadas nos cantos, e toquei a campainha. Quando a srta. Monkman atendeu a porta, perguntei se ela permitiria que eu levasse a pequena Elizabeth para um passeio. Esperava uma recusa, mas depois que a Mulher entrou e conferenciou com a sra. Campbell, ela voltou e disse secamente que Elizabeth poderia ir, mas que, por favor, eu não a mantivesse fora até tarde. Eu me pergunto se até a sra. Campbell recebeu ordens da srta. Sarah.

Elizabeth desceu as escadas escuras dançando, parecendo uma fada com seu casaco vermelho e sua pequena boina verde, e quase sem palavras de tanta alegria.

— Estou toda arrepiada e animada, srta. Shirley — ela sussurrou assim que saímos. — Hoje sou Betty... sempre sou Betty quando me sinto assim.

Fomos tão longe quanto ousamos na Estrada que Leva ao Fim do Mundo e depois voltamos. O porto nessa noite, escuro sob um pôr do sol avermelhado, parecia cheio de implicações de "terras das fadas perdidas" e ilhas misteriosas em mares desconhecidos. Fiquei emocionada com isso e a pequena criatura que eu segurava pela mão também.

— Se corrermos muito, srta. Shirley, conseguimos alcançar o pôr do sol? — ela quis saber. Lembrei-me de Paul e de suas fantasias sobre a "terra do pôr do sol".

— Precisamos esperar até o Amanhã antes de conseguirmos fazer isso — respondi. — Elizabeth, veja aquela ilha dourada feita de nuvens, logo acima da entrada do porto. Vamos fingir que é a sua ilha da Felicidade.

— Há uma ilha lem algum lugar — disse Elizabeth, sonhadora. — Seu nome é Nuvem Voadora. Não é um nome adorável... um nome que acabou de sair do Amanhã? Eu consigo vê-la pelas janelas do sótão. Pertence a um senhor de Boston e ele tem uma casa de verão lá. Mas eu finjo que é minha.

Na porta, abaixei-me e beijei a bochecha de Elizabeth antes de ela entrar. Nunca me esquecerei daqueles olhos. Gilbert, aquela criança está faminta de amor.

Esta noite, quando ela veio buscar o leite, vi que havia chorado.

— Elas...me fizeram lavar seu beijo, srta. Shirley, — ela soluçou. — Eu não queria nunca mais lavar meu rosto. Jurei que não lavaria. Porque eu não queria remover o seu beijo de jeito nenhum. Fui para a escola hoje cedo sem lavar, mas hoje a Mulher me pegou e o limpou.

Permaneci séria.

— Você não poderia passar o resto da vida sem lavar o rosto de vez em quando, querida. Mas não importa o beijo. Eu vou beijá-la todas as noites quando vier buscar o leite, e então não vai importar se ele for lavado na manhã seguinte.

— Você é a única pessoa que me ama no mundo — disse Elizabeth.

— Quando a senhorita fala comigo, sinto o perfume das violetas.

Alguém já recebeu um elogio mais bonito? Mas não consegui deixar a primeira frase passar em branco

— Sua avó ama você, Elizabeth.

— Ela não me ama... ela me odeia.

— Você é só um pouco bobinha, querida. Sua avó e a srta. Monkman são mais velhas, e as pessoas idosas se perturbam e se preocupam com facilidade. Claro que você as irrita às vezes. E... é claro... quando elas eram pequenas, as crianças eram criadas com muito mais rigor do que agora. Elas são apegadas aos velhos hábitos.

Mas senti que não estava convencendo Elizabeth. Afinal, não a amam e ela sabe disso. Ela olhou cuidadosamente de volta para a casa para ver se a porta estava fechada. Então disse deliberadamente:

— Vovó e a Mulher são apenas duas velhas tiranas e quando o Amanhã chegar eu vou fugir delas para sempre.

Acho que ela esperava que eu ficasse horrorizada... Realmente suspeito que Elizabeth tenha dito isso apenas para causar uma sensação. Eu só ri e a beijei. Espero que Martha Monkman tenha visto a cena da janela da cozinha.

Consigo ver toda Summerside da janela esquerda da torre. Neste momento é um amontoado de telhados brancos enfim amigáveis, pois os Pringle são meus amigos. Aqui e ali, uma luz brilha radiante em empenas e sótãos. Aqui e ali, a impressão de fumaça acinzentada. As estrelas parecem estar vendo tudo isso. É "uma cidade de sonhos". Não é uma frase adorável? Você se lembra de... "Galahad através de cidades de sonho"?[2]

Eu me sinto tão feliz, Gilbert. Não precisarei ir para casa em Green Gables no Natal derrotada e desacreditada. A vida é boa... Boa!

O bolo da senhorita Sarah também é muito bom. Rebecca Dew fez um e deixou crescer de acordo com as instruções... o que significa que ela o embrulhou em várias camadas de papel pardo e em vários panos de prato e o deixou descansar por três dias. Eu recomendo.

(Por acaso escrevi a palavra "recomendar" corretamente? Mesmo sendo graduada, nunca sei se estou escrevendo corretamente. Imagine se os Pringle descobrissem isso antes de eu encontrar o diário de Andy!)

---

[2] *Thro' dreaming towns I go*, no original. Referência ao poema "Sir Galahad", de Alfred Lord Tennyson.

IX

Trix Taylor estava encolhida na torre, numa noite fria de fevereiro, enquanto pequenas rajadas de neve assobiavam contra as janelas e aquele fogão absurdamente minúsculo ronronava como um gato preto. Trix estava despejando suas angústias em Anne, que começava a ser o alvo de confidências de todo mundo. Sabia-se que Anne estava noiva, de modo que nenhuma das garotas de Summerside a temia como uma possível rival, e havia algo nela que fazia as pessoas se sentirem seguras para contar seus segredos.

Trix tinha subido para convidar Anne para jantar na noite seguinte. Ela era uma criaturinha alegre e rechonchuda, com olhos castanhos cintilantes e bochechas rosadas, e não parecia que a vida era um peso para seus vinte anos. Mas parecia que ela também tinha problemas.

— O dr. Lennox Carter vem jantar amanhã à noite. É exatamente por isso que a queremos. Ele é o novo chefe do Departamento de Línguas Modernas de Redmond, é superinteligente, então queremos alguém com cérebro para conversar com ele. Você sabe que não tenho nenhum motivo para me gabar, Pringle também não. Quanto a Esme... bem, você sabe, Anne, Esme é a coisa mais doce e ela é realmente inteligente, mas é tão tímida que não consegue nem pensar direito quando o dr. Carter está por perto. Está terrivelmente apaixonada por ele. É lamentável. Gosto *muito* de Johnny... mas jamais ficaria nesse estado por ele.

— Esme e o dr. Carter estão noivos?

— Ainda não, oficialmente. Mas, oh, Anne, ela espera que ele a peça em casamento dessa vez. Você acha que ele viria para a Ilha para visitar o primo bem no meio do semestre, se não tivesse a intenção? Espero que sim, pelo bem de Esme, porque ela simplesmente morrerá se ele não se declarar. Mas entre você e eu e a cabeceira da cama, não estou assim tão impressionada por ele ser meu cunhado. Ele é extremamente meticuloso, Esme diz que ele repara em tudo, e ela está morrendo de medo de que ele não nos aprove. Se isso acontecer, ela acha que ele nunca vai pedi-la em casamento. Então você não pode imaginar como ela espera que tudo corra bem no jantar de amanhã à noite. Não vejo por que não correria... Mamãe é uma excelente cozinheira... e nós temos uma boa empregada, e eu subornei Pringle com metade da minha mesada da semana para que se comporte. Claro que ele também não gosta do dr. Carter... diz que tem a cabeça inchada... mas gosta da Esme. Se ao menos papai não tiver um ataque de mau humor!

— Você tem alguma razão para temer isso? — perguntou Anne. Todos em Summerside sabiam sobre os ataques de mau humor de Cyrus Taylor.

— A gente nunca sabe quando ele vai ter um — disse Trix com tristeza. — Estava terrivelmente chateado esta noite porque não conseguia encontrar o pijama novo de flanela. Esme o havia colocado na gaveta errada. Quem sabe amanhã ele já terá superado isso... Se não, vai arruinar a família inteira, e o dr. Carter vai concluir que não deveria entrar para uma família dessas. Pelo menos, é o que Esme diz e temo que ela possa estar certa. Acho, Anne, que Lennox Carter gosta muito da Esme... pensa que ela seria uma "esposa muito adequada" para ele... mas não quer fazer nada precipitado ou desperdiçar sua magnífica pessoa. Ouvi dizer que ele disse ao primo que um homem nunca é cuidadoso demais com o tipo de família com quem vai se casar. Ele está exatamente no ponto em que pode ser influenciado, de qualquer maneira, por qualquer bobagem. E, se chegar a esse ponto, um dos acessos de mau humor de papai não é uma bobagem qualquer.

— Ele não gosta do dr. Carter?

— Oh, sim, ele gosta. Acha que seria um casamento maravilhoso para Esme. Mas, quando papai encasqueta com alguma coisa, *nada* o faz mudar até que a cisma passe. Isso é ser um Pringle, Anne. Vovó Taylor era uma Pringle, sabe. Você não acreditaria no que passamos como família. Ele nunca fica furioso, sabe... como o tio George. A família do tio George não se importa com a raiva dele. Quando ele fica irritado, explode... é possível ouvi-lo rugindo a três quarteirões de distância... e depois fica manso como um cordeiro e traz um vestido novo para todo mundo como oferta de paz. Mas meu pai fica só emburrado e carrancudo, e não se dirige a ninguém durante as refeições. Esme diz que, afinal, isso é melhor do que o primo Richard Taylor, que sempre fica dizendo coisas sarcásticas à mesa e insultando a esposa; mas parece-me que nada poderia ser pior do que aqueles silêncios terríveis de papai. Eles nos abalam e temos medo de abrir a boca. Não seria tão ruim, é claro, se fosse apenas quando estivéssemos sozinhos. Mas é muito provável que ele fique assim mesmo quando temos visitas. Esme e eu estamos simplesmente cansadas de tentar explicar os silêncios insultantes de papai. Ela está morrendo de medo de que ele não tenha superado o pijama fora de lugar antes de amanhã à noite... e o que Lennox vai pensar? E ela quer que você use seu vestido azul. O vestido novo dela é azul, porque Lennox gosta da cor. Mas papai odeia. O seu pode fazê-lo gostar do dela.

— Não seria melhor para ela usar outra roupa?

— Ela não tem mais nada que sirva para vestir em um jantar especial, exceto o de popeline verde dado por papai no Natal. É um lindo vestido... Papai gosta que tenhamos vestidos bonitos... mas não há nada mais horroroso que Esme de verde. Pringle diz que a faz parecer como se estivesse nos últimos estágios da tuberculose. E o primo de Lennox Carter disse a Esme que ele nunca se casaria com uma pessoa frágil. Estou mais do que feliz por Johnny não ser tão "chatinho".

— Você já contou ao seu pai sobre seu noivado com Johnny? — perguntou Anne, que sabia tudo sobre o romance de Trix.

— Não — a pobre Trix gemeu. — Não consigo reunir coragem, Anne. Eu sei que ele vai fazer uma cena assustadora. Papai sempre foi contra Johnny por ele ser pobre. Papai se esquece de que era mais pobre do que Johnny quando começou no negócio de ferragens. Claro, ele precisará ser informado em breve... mas quero esperar até que a situação de Esme esteja resolvida. Sei que papai não falará com nenhuma de nós por semanas depois que eu contar a ele, e mamãe ficará chateada... ela não suporta os ataques de mau humor dele. Somos todos tão covardes na presença de papai. Claro, mamãe e Esme são naturalmente tímidas com todos, mas Pringle e eu temos mais coragem. Só papai pode nos intimidar. Às vezes penso que, se tivéssemos alguém para nos apoiar... mas não o enfrentamos, ficamos todos paralisados. Você não imagina, Anne, querida, como é um jantar formal em nossa casa quando papai está de mau humor. Mas, se ao menos ele se comportar amanhã à noite, o perdoarei por tudo. Ele pode ser muito agradável quando quer... Papai é realmente igual à garotinha de Longfellow: "Quando ele é bom, ele é muito, muito bom, e quando é mau, ele é horrível".[1] Eu já o vi sendo a alma da festa.

---

[1] *When he's good he's very, very good and when he's bad he's horrid*, no original. Referência ao poema "There Was a Little Girl", de Henry Wadsworth Longfellow.

— Ele estava muito bem na noite em que jantei com vocês, no mês passado.

— Oh, ele gosta de você, como eu disse. Essa é uma das razões pelas quais queremos tanto que você venha. Pode ser uma boa influência sobre ele. Não estamos esquecendo de *nada* que possa agradá-lo. Mas, quando ele tem uma crise de mau humor, parece que odeia tudo e todos. De qualquer forma, planejamos um jantar excelente, com uma elegante sobremesa de creme de laranja. Mamãe queria torta porque diz que qualquer homem preferiria tortas, menos papai, até mesmo professores de línguas modernas. Mas, como papai não gosta, não seria bom arriscar amanhã à noite, quando tanto depende disso. O creme de laranja é a sobremesa favorita do papai. Quanto a mim e ao pobre Johnny, acho que terei de fugir com ele algum dia, e papai nunca me perdoará.

— Acho que, se apenas reunisse coragem suficiente para contar a ele e suportar o mau humor resultante, descobriria que ele aceitaria lindamente, e você se livraria de meses de angústia.

— Você não conhece o papai — disse Trix sombriamente.

— Talvez eu o conheça melhor do que você. Você perdeu a perspectiva.

— Perdi a... o quê? Anne, querida, lembre-se de que não sou bacharela. Estudei até o ensino médio. Adoraria ir para a faculdade, mas papai não acredita em educação superior para mulheres.

— Eu só quis dizer que você está próxima demais dele para entendê-lo. Um estranho poderia muito bem vê-lo com mais clareza... entendê-lo melhor.

— Eu entendo que nada pode induzi-lo a falar se ele estiver decidido a não fazê-lo... nada. E se orgulha disso.

— Então por que vocês só não continuam conversando como se nada os incomodasse?

— Não *conseguimos*... Já disse que ele nos paralisa. Você vai descobrir por si mesma amanhã à noite, se o episódio do pijama não tiver sido superado. Eu não sei como ele consegue, mas papai faz isso. Não acredito que nos importaríamos tanto com o mau humor dele se ao menos ele falasse a respeito. É o silêncio que nos despedaça. Nunca o perdoarei se ele fizer cena amanhã à noite, quando tanta coisa está em jogo.

— Vamos torcer pelo melhor, querida.

— Estou tentando. E sei que vai ajudar ter você lá. Mamãe achava que devíamos chamar Katherine Brooke também, mas eu sabia que isso não teria um bom efeito em papai. Ele a odeia. Não o culpo por isso, devo dizer. Não tenho simpatia por ela. Não vejo como você pode ser tão boa com ela.

— Sinto pena dela, Trix.

— Sente pena dela! Mas é tudo culpa de Katherine se ninguém gosta dela. Oh, bem, são necessários todos os tipos de pessoa para criar um mundo... mas Summerside poderia nos poupar de Katherine Brooke, aquela velha rabugenta!

— Ela é uma excelente professora, Trix...

— Oh, e não sei? Eu estava na classe dela. Ela de *fato* martelou coisas na minha cabeça... e também arrancou a carne dos meus ossos com sarcasmo. E a maneira como se veste! Papai não suporta ver uma mulher malvestida. Ele diz que não gosta de gente mal-arrumada e tem certeza de que Deus também não. Mamãe ficaria horrorizada se soubesse que eu lhe contei isso, Anne. Ela relevou o que ele disse porque ele é homem. Se fosse apenas isso que precisássemos relevar sobre ele! E o pobre Johnny dificilmente ousaria entrar em casa agora, porque papai é muito rude com ele. Eu escapo em noites bonitas, e nós damos voltas e mais voltas na praça até ficarmos quase congelados.

Anne deu um suspiro de alívio quando Trix foi embora e desceu para surrupiar um lanche de Rebecca Dew.

— Indo jantar com os Taylor amanhã, não é? Bem, espero que o velho Cyrus esteja bem amanhã. Se a família não tivesse tanto medo dele em seus ataques de mau humor, não os teria com tanta frequência, tenho absoluta certeza do que falo. E eu lhe digo uma coisa, srta. Shirley, ele *gosta* de ficar de mau humor. E agora suponho que eu deva aquecer o leite Daquele Gato. Bicho mimado!

X

Quando Anne chegou à casa de Cyrus Taylor na noite seguinte, sentiu a frieza no ambiente assim que passou pela porta. Uma empregada hábil a conduziu ao quarto de hóspedes, mas, enquanto subia as escadas, Anne avistou a sra. Cyrus Taylor apressando-se da sala de jantar para a cozinha enquanto enxugava lágrimas de seu pálido rosto preocupado, ainda assim de feições doces. Ficou claro que Cyrus ainda não havia "superado" o episódio do pijama.

Isso tudo foi confirmado por uma angustiada Trix, que entrou sorrateiramente no cômodo e sussurrou com nervosismo:

— Oh, Anne, ele está de péssimo humor. Parecia muito amigável esta manhã e nossas esperanças aumentaram. Mas Hugh Pringle o venceu em um jogo de damas esta tarde e papai não *suporta* perder em um jogo de damas. E isso tinha que acontecer hoje, é claro. Ele viu Esme "se admirando no espelho", como ele mesmo disse, e simplesmente a tirou do próprio quarto e trancou a porta. A pobrezinha só queria ver se estava bem-arrumada para agradar o PhD. Lennox Carter. Ela nem teve a chance de colocar o colar de pérolas. E olhe só para mim. Não ousei enrolar meu cabelo... papai não gosta de cachos que não sejam naturais... e minha aparência está um horror. Não que isso importe para mim hoje... apenas ilustra o caso. Papai jogou as flores que mamãe colocou na mesa da sala de jantar fora, e ela ficou triste por isso. Ela se dedicou tanto a essas flores... e ele nem mesmo a deixou colocar seus brincos de granada. Papai não tem um episódio tão ruim desde que voltou para casa após viajar para o interior, na primavera, passada e descobriu que mamãe tinha colocado cortinas vermelhas na sala de estar, quando ele preferia da cor da amoreira. Oh, Anne, fale o máximo que puder no jantar, se ele não falar. Se você não o fizer, será horrível *demais*.

— Farei o meu melhor — prometeu Anne, que certamente nunca se viu sem saber o que dizer. Mas nunca estivera na situação em que se encontrava naquele momento.

Estavam todos reunidos em volta da mesa... uma mesa muito bonita e bem-arrumada, apesar das flores que faltavam. A tímida sra. Cyrus, em um vestido de seda cinza, tinha um rosto mais acinzentado que a vestimenta. Esme, a beleza da família... uma beleza muito pálida, cabelos dourados claros, lábios rosados claros, inesquecíveis olhos claros... que aparentavam estar mais claros que o normal, e ela parecia estar prestes a desmaiar a qualquer momento. Pringle, normalmente um menino rechonchudo e alegre de catorze anos, com olhos redondos, óculos e cabelos quase brancos de tão claros, parecia um cachorrinho na coleira. Trix tinha o ar de uma colegial apavorada.

O dr. Carter, inegavelmente bonito e de aparência distinta, cabelo escuro crespo, olhos escuros brilhantes e óculos de aro prateado — mas que Anne considerava enfadonho e pomposo dos tempos como professor assistente em Redmond —, parecia pouco à vontade. Evidentemente, ele sentiu que algo estava errado de alguma forma... uma conclusão razoável quando o anfitrião simplesmente se aproxima da cabeceira da mesa e se deixa cair em sua cadeira sem dizer uma palavra a ninguém.

Cyrus não disse as orações. A sra. Cyrus, ruborizada como uma beterraba, murmurou quase baixinho:

— Pelo que recebemos do Senhor, somos verdadeiramente gratos.

A refeição começou mal quando Esme, nervosa, deixou cair o garfo no chão. Todos, exceto Cyrus, se sobressaltaram, com os nervos à flor da pele. Cyrus olhou para Esme com seus olhos azuis esbugalhados em uma espécie de enfurecida quietude. Então olhou em volta e congelou a todos em mudez. Olhou para a pobre sra. Cyrus quando ela pegou uma porção de molho de rábano com um olhar que a lembrou de seu estômago fraco. Ela não conseguiu comer mais do molho... do qual gostava muito. Não acreditava que pudesse lhe fazer mal. Mas, na verdade, ela não conseguiu comer mais nada, nem Esme. Elas apenas fingiam comer. A refeição prosseguiu em um silêncio sepulcral, com esporádicas interrupções de Trix e Anne sobre o tempo. Com os olhos, Trix implorava a Anne que dissesse algo, mas, pela primeira vez na vida, Anne se viu sem nada para dizer. Sentia desesperadamente que *precisava* falar, mas apenas as coisas mais idiotas vinham à sua cabeça... coisas que seriam impossíveis de dizer em voz alta. Todo mundo havia sido enfeitiçado? Era curioso o efeito que um homem mal-humorado e teimoso tinha sobre as pessoas. Anne não conseguia acreditar que isso fosse possível. E não havia dúvida de que ele estava de fato muito feliz em saber que deixara todos ao seu redor terrivelmente desconfortáveis. O que diabos se passava pela mente dele? Pularia se alguém enfiasse um alfinete nele? Anne queria estapeá-lo... dar um peteleco nos nós dos dedos dele... colocá-lo em um canto... e tratá-lo como a criança mimada que ele era, apesar do cabelo grisalho espetado e do bigode assustador.

Acima de tudo, ela queria fazê-lo *falar*. Ela sentiu instintivamente que nada no mundo o puniria tanto quanto ser induzido a falar quando estava tão determinado a não fazê-lo.

Suponha que ela se levantasse e quebrasse de propósito aquele vaso enorme, horrível e antiquado na mesa de canto... aquela quinquilharia ornamentada de grinaldas de rosas e folhas, difícil de limpar, mas que precisava ser mantida imaculadamente limpa. Anne sabia que toda a família odiava o vaso, mas Cyrus Taylor não queria saber de colocá-lo no sótão, porque tinha sido de sua mãe. Anne pensou que o quebraria num piscar de olhos, se acreditasse de verdade que isso faria Cyrus explodir de raiva.

E por que Lennox Carter não falava? Se falasse, ela, Anne, também poderia falar, e talvez Trix e Pringle escapassem do feitiço que os prendia, e algum tipo de conversa seria possível. Mas ele apenas ficou lá sentado, mudo, comendo. Talvez tenha pensado que era de fato a melhor coisa a fazer... talvez estivesse com medo de dizer algo que enfurecesse ainda mais o evidentemente já enfurecido pai de sua noiva.

— Pode começar com os picles, srta. Shirley? — disse a sra. Taylor com timidez.

Algo esquisito aconteceu dentro de Anne. Ela pegou os picles... mas não parou por aí. Sem hesitar, se inclinou para a frente, seus grandes olhos verde-acinzentados brilhando límpidos, e disse gentilmente:

— Talvez ficasse surpreso em saber, dr. Carter, que o sr. Taylor ficou surdo de repente na semana passada?

Anne se recostou, depois de lançar a bomba. Ela não sabia dizer exatamente o que esperava. Se o dr. Carter tivesse a impressão de que seu anfitrião era surdo, em vez de estar furiosamente em silêncio, isso poderia soltar sua língua. Ela não havia contado uma mentira... *não* disse que Cyrus Taylor *era* surdo. Quanto a Cyrus Taylor, se esperava fazê-lo falar, fracassou. Ele apenas a olhou, ainda em silêncio.

Mas a sua observação teve um efeito sobre Trix e Pringle que ela nunca tinha sonhado. Trix também sentia uma raiva silenciosa. Um momento antes de Anne lançar sua pergunta retórica, ela viu Esme furtivamente enxugar uma lágrima que escapara de um de seus desesperados olhos azuis. Tudo estava perdido... Lennox Carter nunca a pediria em casamento agora... não importava o que fosse dito ou feito. Trix foi subitamente possuída por um desejo ardente de ajustar as contas com seu tosco pai. O discurso de Anne deu a ela uma estranha inspiração, e Pringle, uma bomba reprimida de travessuras, piscou os cílios brancos por um momento de perplexidade e, em seguida, logo seguiu seu exemplo. Nunca, enquanto vivessem, Anne, Esme ou a sra. Cyrus esqueceriam o terrível quarto de hora que se seguiu.

— Uma grande aflição para o pobre papai — disse Trix, dirigindo-se ao dr. Carter do outro lado da mesa. — E ele tem só sessenta e oito anos.

Duas pequenas rugas brancas apareceram nos cantos das narinas de Cyrus Taylor quando ele ouviu que sua idade tinha sido aumentada em seis anos. Mas continuou em silêncio.

— É um prazer ter uma refeição decente — disse Pringle, de forma clara e distinta. — O que pensaria, dr. Carter, de um homem que faz sua família viver de frutas e ovos... nada além de frutas e ovos... somente por causa de um capricho?

— Seu pai...? — começou o dr. Carter perplexo.

— O que pensaria de um marido que mordeu a esposa quando ela colocou cortinas de que não gostou? Que a mordeu de propósito? — indagou Trix.

— Até que sangrasse — acrescentou Pringle solenemente.

— Quer dizer que seu pai...?

— O que acharia de um homem que rasgou um vestido de seda da esposa só porque o modelo não o agradava? — disse Trix.

— O que pensaria — disse Pringle — de um homem que se recusa a deixar a esposa ter um cachorro?

— Quando ela adoraria ter um — suspirou Trix.

— O que pensaria de um homem — continuou Pringle, que estava começando a se divertir enormemente — que presentou a esposa com um par de galochas de Natal... apenas um par de galochas?

— Galochas não aquecem o coração exatamente — admitiu o dr. Carter. Seus olhos encontraram os de Anne e ele sorriu. Anne pensou que nunca o tinha visto sorrir antes. Isso mudou seu rosto maravilhosamente para melhor. O que Trix estava *dizendo*? Quem teria pensado que ela poderia ser um demônio?

— Já se perguntou, dr. Carter, como deve ser horrível viver com um homem que não pensa em nada... nada além de pegar o assado, se não estiver perfeitamente cozido, para jogá-lo na empregada?

O dr. Carter olhou apreensivo para Cyrus Taylor, como se temesse que ele pudesse jogar os ossos dos frangos em alguém. Então, pareceu se lembrar confortavelmente de que seu anfitrião estava surdo.

— O que pensaria de um homem que acreditasse que a Terra fosse plana? — perguntou Pringle.

Anne achou que Cyrus *falaria* enfim. Um tremor pareceu passar por seu rosto avermelhado, mas nenhuma palavra saiu. Ainda assim, ela tinha certeza de que seus bigodes pareciam um pouco menos desafiadores.

— O que pensaria de um homem que permite que a tia... sua única tia... vá para um asilo? — perguntou Trix.

— E que levou a vaca para pastar no cemitério? — disse Pringle. — Summerside ainda não superou essa visão.

— O que acharia de um homem que escreve em seu diário todos os dias o que comeu no jantar? — perguntou Trix.

— O grande Samuel Pepys fazia isso — disse o dr. Carter com outro sorriso.

Sua voz soava como se ele quisesse rir. Talvez não fosse tão arrogante, afinal, pensou Anne... apenas jovem, tímido e excessivamente sério. Mas ela estava muito apavorada. Nunca teve a intenção de que as coisas fossem tão longe assim. E estava descobrindo que é muito mais fácil começar coisas do que encerrá-las. Trix e Pringle estavam sendo diabolicamente inteligentes. Não afirmaram que o pai fizera nenhuma dessas coisas. Anne poderia imaginar Pringle dizendo, seus olhos redondos ainda maiores com pretensa inocência:

— Só fiz aquelas perguntas ao dr. Carter para obter *informações*.

— O que pensaria — continuou Trix — de um homem que abre e lê as cartas da esposa?

— O que pensaria de um homem que vai a um funeral... ao funeral do próprio pai... de macacão? — perguntou Pringle.

O que *eles* pensariam a seguir? A sra. Cyrus estava chorando abertamente e Esme estava bastante calma com o desespero. Nada mais importava. Ela se virou e olhou para o dr. Carter, a quem havia perdido para sempre. Pela primeira vez na vida, ela foi forçada a dizer algo de fato inteligente.

— O que — ela perguntou baixinho — pensaria de um homem que passou um dia inteiro procurando os filhotinhos de uma pobre gata que havia levado um tiro, porque não suportava pensar que eles fossem morrer de fome?

Um estranho silêncio caiu sobre a sala. Trix e Pringle pareceram subitamente envergonhados. E, então, a sra. Cyrus se adiantou, sentindo ser seu dever de esposa apoiar a defesa inesperada de Esme a seu pai.

— E que consegue fazer um crochê tão lindo... que fez uma toalha de centro tão linda para a mesa do hall no inverno passado, quando ficou doente com lumbago?

Cada um tem algum limite de resistência, e Cyrus Taylor atingiu o dele. Deu um empurrão tão furioso para trás que sua cadeira deslizou instantaneamente pelo chão polido e atingiu a mesa onde estava o vaso. A mesa cambaleou, o vaso caiu e se estilhaçou nos tradicionais mil pedaços. Cyrus, com as sobrancelhas espessas e brancas bastante eriçadas de raiva, se empertigou e finalmente explodiu.

— Eu não faço crochê, mulher! Será que um desprezível guardanapo vai destruir a reputação de um homem para sempre? Eu estava tão mal com aquele maldito lumbago que não sabia o que estava fazendo. E eu sou surdo, não é, srta. Shirley? Eu sou surdo?

— Ela nunca *disse* que você era, papai — gritou Trix, que nunca tinha medo do pai quando sua raiva era vocalizada.

— Oh, não, ela não disse isso. Nenhum de vocês disse nada! Você não disse que eu tinha sessenta e oito anos quando tenho apenas sessenta e dois, disse? Você não disse que eu não deixaria sua mãe ter um cachorro! Meu Deus, mulher, você pode ter quarenta mil cachorros se quiser e sabe disso! Quando eu já neguei alguma coisa que você quis... quando?

— Nunca, pai, nunca — soluçou a sra. Cyrus com a voz entrecortada. — E eu nunca quis um cachorro. Nunca *pensei* em ter um cachorro, pai.

— Quando foi que eu abri suas cartas? Quando é que tive um diário? Um diário! Quando foi que eu usei macacão no funeral de alguém? Quando foi que levei uma vaca para pastar no cemitério? Que tia minha está no asilo? Alguma vez joguei um assado em alguém? Alguma vez fiz vocês viverem de frutas e ovos?

— Nunca, pai, nunca — chorou a sra. Cyrus. — Você sempre foi um bom provedor... o melhor.

— Não foi você mesma quem disse que queria galochas no último Natal?

— Sim, oh, sim, claro que sim, pai. E meus pés ficaram protegidos e quentinhos durante todo o inverno.

— Bem, então!

Cyrus lançou um olhar triunfante pela sala. Seus olhos encontraram os de Anne. De repente, o inesperado aconteceu. Cyrus deu uma risadinha. Suas bochechas realmente formaram covinhas. Essas covinhas fizeram um milagre com toda a sua expressão. Ele trouxe sua cadeira de volta para a mesa e se sentou.

— Eu tenho o péssimo hábito de ficar de mau humor, dr. Carter. Cada um tem um mau hábito... esse é o meu. O único. Venha, venha, mãe, pare de chorar. Admito que mereci tudo o que ouvi hoje, exceto aquela sua piada sobre crochê. Esme, minha filha, não vou esquecer que você foi a única que me defendeu. Diga a Maggie que venha limpar essa bagunça... Eu sei que você está feliz que o maldito vaso esteja quebrado... e traga o pudim.

Anne nunca acreditaria que uma noite que começou tão mal pudesse terminar de forma tão agradável. Ninguém foi mais cordial ou melhor companhia do que Cyrus: e evidentemente não houve consequências do acerto de contas, pois, quando Trix apareceu algumas noites depois, foi para dizer a Anne que ela enfim reunira coragem suficiente para contar ao pai sobre Johnny.

— Ele foi terrível, Trix?

— Que nada... ele não foi nada terrível — admitiu Trix timidamente. — Ele apenas bufou e disse que estava na hora de Johnny tomar uma iniciativa, depois de dois anos e de manter todos os outros afastados. Acho que ele sentiu que não poderia ter uma crise de mau humor logo depois da última. E, você sabe, Anne, entre os ataques de mau humor, papai é realmente uma pessoa boa.

— Acho que ele é um pai muito melhor para você do que você merece — disse Anne, bem ao estilo Rebecca Dew. — Você foi simplesmente ultrajante naquele jantar, Trix.

— Bem, você sabe que foi você quem começou — disse Trix. — E o bom e velho Pringle ajudou um pouco. Tudo fica bem quando termina bem... e graças a Deus nunca mais terei que tirar o pó daquele vaso.

XI

(Trecho da carta para Gilbert duas semanas depois)

O noivado de Esme Taylor com o dr. Lennox Carter foi anunciado. Por tudo que posso deduzir de várias fofocas locais, acho que ele decidiu naquela fatal sexta-feira que queria protegê-la e salvá-la de seu pai e de sua família... e, quem sabe, de seus amigos! A situação dela evidentemente apelou para a noção de cavalheirismo dele. Trix insiste em pensar que eu era o meio de fazer isso acontecer, e talvez eu tenha ajudado, mas acho que nunca vou voltar a fazer um experimento como aquele. É muito parecido com tentar pegar um relâmpago pela cauda.

Eu realmente não sei o que deu em mim, Gilbert. Deve ter sido uma ressaca do meu antigo ódio por qualquer coisa que tenha sabor de Pringleísmo. **Parece** *coisa do passado agora. Quase me esqueci. Mas outras pessoas ainda estão se perguntando. Ouvi a srta. Valentine Courtaloe dizer que não está nem um pouco surpresa por eu ter contornado os Pringle, porque eu "carrego uma maneira comigo"; e a esposa do ministro pensa que é uma resposta para as orações que fez. Bem, quem sabe não foi?*

Jen Pringle e eu andamos parte do caminho da escola para casa ontem e conversamos sobre "navios e sapatos e selos de cera"...[1] *sobre quase tudo, exceto geometria. Evitamos esse assunto. Jen sabe que não sei muito sobre, mas meu próprio conhecimento sobre o capitão Myrom contrabalança isso. Eu emprestei a ela meu* Livro dos mártires, *de John Foxe. Odeio emprestar um livro que amo... nunca parece o mesmo quando o devolvem... mas eu amo o* Mártires *de Foxe apenas porque a querida sra. Allan o deu para mim como um prêmio da escola dominical, muitos anos atrás. Não gosto de ler sobre mártires porque eles sempre me fazem sentir mesquinha e envergonhada... Tenho vergonha de admitir que odeio sair da cama nas manhãs geladas e estremeço para ir ao dentista!*

Enfim, estou contente que Esme e Trix estejam felizes. Já que meu próprio romance está indo bem, estou ainda mais interessada no de outras pessoas. Um interesse bom, *você sabe. Não curioso ou malicioso, mas apenas contente que haja tanta felicidade espalhada por aí.*

Ainda é fevereiro e "nas profundezas do telhado do convento as neves estão brilhando para a lua",...[2] *só que não é um convento, apenas o telhado do celeiro do sr. Hamilton. Mas começo a pensar "só mais algumas semanas até a primavera... e mais algumas até o verão... e as férias... e Green Gables... e a luz do sol dourada nos prados de Avonlea... e um golfo que será prateado ao amanhecer e azul ao meio-dia e avermelhado ao pôr do sol... e você".*

A pequena Elizabeth e eu não temos planos para a primavera. Somos tão boas amigas! Eu levo leite para ela todas as noites e de vez em quando ela tem permissão para passear comigo. Descobrimos que nossos aniversários são no mesmo dia, e Elizabeth corou de "um rosado maravilhoso" de emoção. Ela é tão doce quando enrubesce.

---

[1] *Ships and shoes and sealing wax*, no original. Referência ao poema "A morsa e o carpinteiro", de Lewis Carroll.
[2] *On the convent roof the snows are sparkling to the moon*, no original. Referência ao poema "St. Agnes' Eve", de Lord Tennyson.

Normalmente é muito pálida e não fica mais corada por causa do leite. Só quando voltamos de nossos passeios ao crepúsculo com os ventos da noite é que ela fica com uma linda cor rosa em suas bochechas. Uma vez, ela me perguntou solenemente: "Terei uma pele cremosa e adorável como a sua quando crescer, srta. Shirley, se eu colocar leitelho no meu rosto todas as noites?". Leitelho parece ser o cosmético preferido na Alameda do Susto. Descobri que Rebecca Dew usa. Ela me pediu segredo das viúvas, porque achariam muito frívolo para sua idade. O número de segredos que tenho de manter em Windy Poplars está me fazendo envelhecer antes do tempo. Pergunto-me se, caso eu passasse leitelho no nariz, isso eliminaria minhas sete sardas. A propósito, já lhe ocorreu, senhor, que eu tenho uma "pele adorável e cremosa"? Se sim, você nunca me disse isso. E você percebeu que eu sou "comparativamente bonita"? Porque descobri que sou.

— Como é ser linda, srta. Shirley? — perguntou Rebecca Dew com solenidade outro dia... quando eu usava meu novo chale bege.

— Eu sempre me perguntei — respondi.

— Mas a senhorita é linda — disse Rebecca Dew.

— Nunca pensei que você pudesse ser sarcástica, Rebecca — eu disse em tom de censura.

— Eu não queria ser sarcástica. A senhorita é linda... comparativamente.

— Oh! Comparativamente! — disse eu.

— Olhe-se no espelho do aparador — disse Rebecca Dew, apontando. — Comparada a mim, você é.

Bem, eu era!

Mas ainda não concluí sobre Elizabeth. Numa noite tempestuosa, quando o vento soprava ao longo da Alameda do Susto, não podíamos sair para um passeio, então subimos ao meu quarto e desenhamos um mapa do país das fadas. Elizabeth se sentou na minha almofada redonda azul para deixá-la mais alta, e ficou parecida com um gnominho sério quando se curvou sobre o desenho.

(A propósito, não há nenhuma correção fonética aqui! "Gnominho" é muito mais misterioso e fadístico do que "gnomo".)

Nosso mapa ainda não está concluído... pensamos todos os dias em mais alguma coisa para incluir nele. Ontem à noite, localizamos a casa da Bruxa da Neve e desenhamos uma colina tripla, totalmente coberta por cerejeiras selvagens floridas atrás dela. (A propósito, quero algumas cerejeiras selvagens perto da nossa casa dos sonhos, Gilbert.) Claro que temos um Amanhã no mapa... localizado à direita de Hoje e à esquerda de Ontem... e não temos fim dos "tempos" no país das fadas. Primavera, muito tempo, pouco tempo, tempo de lua nova, tempo de boa-noite, da próxima vez... mas não a última vez, porque é uma época muito triste para o país das fadas; velhos tempos, jovens tempos... porque, se existe um tempo antigo, deveria haver um tempo jovem também; tempo de montanha... porque tem um som tão fascinante; noite e dia... mas não existe hora de dormir ou de ir para a escola; tempo de Natal; não há único tempo, porque isso também é muito triste... mas há perder tempo, porque é tão bom encontrá-lo; algum tempo, tempo bom, tempo rápido, tempo lento, tempo do beijo, tempo de ir para casa e tempos imemoriais... que é uma das frases mais bonitas do mundo. E temos pequenas e engenhosas setas vermelhas em todos os lugares, apontando para os diferentes "tempos". Eu sei que Rebecca Dew acha que sou muito infantil. Mas, oh, Gilbert, não fiquemos velhos e sábios demais... não, não velhos e bobos demais *para o país das fadas.*

Rebecca Dew, sei disso, não tem certeza de que sou uma boa influência para Elizabeth. Ela acha que a encorajo a ser "fantasiosa". Uma noite, quando eu estava fora, Rebecca Dew levou o leite para ela e a encontrou já no portão, olhando para o céu com tanta atenção que nem ouviu os passos (nada) leves de Rebecca.

— Eu estava *ouvindo*, Rebecca — *explicou ela.*

—*A senhorita escuta demais* — disse Rebecca em desaprovação.

Elizabeth sorriu, longe, austera. (Rebecca Dew não usou essas palavras, mas eu sei exatamente como Elizabeth sorriu.)

— Você ficaria surpresa, Rebecca, se soubesse o que eu ouço às vezes — disse ela, de uma forma que fez a carne de Rebecca Dew se arrepiar em seus ossos... ou assim ela afirma.

Mas Elizabeth é sempre tocada por assuntos de fadas, e o que se pode fazer sobre isso?

Sua mais Anne das Annes

P.S.1: Nunca, nunca, nunca esquecerei o rosto de Cyrus Taylor quando a esposa o acusou de fazer crochê. Mas sempre vou gostar dele por ter ido atrás daqueles gatinhos. E gosto da Esme por defender o pai mesmo com a possível destruição de todas as suas esperanças.

P.S.2: Estou usando uma nova pena em minha caneta. E amo você por não ser pomposo como o dr. Carter... e amo você por não ter orelhas de abano como Johnny. E... a melhor razão de todas... amo você por ser simplesmente você!

XII

Windy Poplars,
Alameda do Susto
30 de maio

Queridíssimo e ainda mais querido,

É primavera!
Talvez você, preocupadíssimo com seus exames em Kingsport, ainda não tenha se dado conta. Mas estou completamente ciente disso, da cabeça aos pés. Toda Summerside está. Mesmo as ruas mais feiosas estão agora transfiguradas por galhos floridos que chegam até as velhas cercas de madeira e por uma fileira de dentes-de-leão na grama que margeia as calçadas. Até mesmo a bailarina de porcelana na minha prateleira está ciente e sei que, se eu acordasse de repente, no meio de uma madrugada qualquer, eu a flagraria dançando *pas seul* com seus lindos sapatos rosa de salto dourado.

Tudo me lembra a primavera... os pequenos riachos risonhos, as brumas azuis no Tempestade-Rei, os bordos no bosque onde vou ler suas cartas, as cerejeiras brancas ao longo da Alameda do Susto, os elegantes e atrevidos tordos-americanos saltando e desafiando *Dusty Miller* no quintal, a verdejante trepadeira pendurada sobre *a meia-porta pela qual a pequena Elizabeth pega o leite, os abetos se envaidecendo com novas pontas de borlas em torno do velho cemitério... até mesmo ali todos os tipos de flores plantadas nos túmulos estão brotando e florescendo, como se dissessem: "Mesmo aqui a vida triunfa sobre a morte". Fiz uma caminhada adorável no cemitério outra noite. (Tenho certeza de que Rebecca Dew acha meu gosto para caminhadas terrivelmente mórbido. "Não consigo imaginar por que você gosta tanto daquele lugar desagradável", diz ela.) Eu vaguei pela relva sob a luz perfumada do crepúsculo e me perguntei se a esposa de Nathan Pringle de fato tentara envenená-lo. Seu túmulo parecia tão inocente com a grama nova e os lírios juninos que concluí que ela havia sido totalmente caluniada.*

Só mais um mês e estarei em casa nas férias! Fico pensando no velho pomar de Green Gables, com suas árvores ainda cobertas de neve... a velha ponte sobre o Lago das Águas Cintilantes... o murmúrio do mar em meus ouvidos... uma tarde de verão na Alameda dos Namorados... e você!

Hoje estou com o tipo certo de caneta, Gilbert, e, portanto...

(Duas páginas omitidas.)

Eu estava na casa dos Gibson esta noite para uma visita. Marilla me pediu há algum tempo que os procurasse, porque ela os conheceu quando moravam em White Sands. Por isso, tenho feito visitas semanais a eles desde então, pois Pauline parece gostar da minha presença e eu tenho muita pena dela. Ela é simplesmente escrava da mãe... que é uma velha terrível.

A sra. Adoniram Gibson tem oitenta anos e passa os dias em uma cadeira de rodas. Elas se mudaram para Summerside quinze anos atrás. Pauline, de quarenta e cinco anos, é a mais nova da família, e todos os seus irmãos e irmãs são casados e firmes quanto a não terem a sra. Gibson em suas casas. Ela cuida da casa e faz tudo pela mãe. É uma coisinha pálida, de olhos castanhos e cabelos castanho-dourados, ainda brilhantes e bonitos. Elas vivem uma vida confortável, mas, não fosse pela mãe, Pauline poderia ter uma vida muito agradável e tranquila. Ela adora trabalhar na igreja e ficaria perfeitamente contente em participar da Associação Assistencial das Senhoras ou da Sociedade Missionária, planejando jantares na igreja e eventos sociais de boas-vindas, para não falar do orgulho de ser a possuidora da tradescantia mais bonita da cidade. Mas é difícil que consiga sair de casa, mesmo para ir à igreja aos domingos. Não consigo ver como escaparia da velha sra. Gibson, que talvez viva até os cem anos. E, embora ela não consiga usar as pernas, certamente não há nada de errado com sua língua. Sempre sinto uma raiva impotente ao me sentar ali para ouvi-la fazer da pobre Pauline o alvo de seu sarcasmo. E, no entanto, Pauline me disse que a mãe "tem uma grande consideração" por mim, e é muito mais bondosa com ela quando estou por perto. Se assim for, estremeço ao pensar no que ela deve ser quando não estou lá.

Pauline não ousa fazer nada sem pedir à mãe. Ela não pode nem comprar as próprias roupas... nem mesmo um par de meias. Tudo deve ser enviado para a aprovação da sra. Gibson; tudo tem que ser usado até que esteja remendado duas vezes. Pauline usa o mesmo chapéu há quatro anos.

A sra. Gibson não suporta nenhum barulho em casa, nem mesmo uma lufada de ar fresco. Diz-se que ela nunca sorriu na vida... Eu mesma nunca a vi sorrir e, quando olho para ela, me pergunto o que aconteceria com seu rosto se sorrisse. Pauline não pode nem mesmo ter um quarto só para ela. Ela tem que dormir no mesmo quarto que a mãe e ficar acordada quase todas as horas da noite esfregando as costas da sra. Gibson, dando-lhe um comprimido ou pegando uma bolsa de água quente para ela... quente, não morna!... *ou trocando os travesseiros ou vendo o que é aquele barulho misterioso no quintal. A sra. Gibson dorme à tarde e passa as noites planejando tarefas para Pauline.*

No entanto, nada disso jamais deixou Pauline amarga. Ela é doce, altruísta e paciente, e estou feliz por ela ter um cachorro para amar. A única coisa que fez por si mesma foi ficar com aquele cachorro...

apenas porque houve um roubo em algum lugar da cidade, e a sra. Gibson achou que seria uma proteção. Pauline nunca se atreve a deixar a mãe ver o quanto ela ama o animal. A sra. Gibson o odeia e reclama que ele traz ossos para dentro de casa, embora nunca diga para se livrarem dele, por causa do próprio egoísmo.

Mas, finalmente, tenho a chance de dar algo a Pauline e vou fazer isso. Vou dar a ela um dia, embora isso signifique desistir do meu próximo fim de semana em Green Gables.

Esta noite, quando cheguei, pude ver que Pauline estava chorando. A sra. Gibson não me deixou sem saber a razão por muito tempo.

— Pauline quer ir embora e me deixar, srta. Shirley — disse ela. — Que bela filha ingrata eu tenho, não?

— É só por um dia, mãe — disse Pauline, engolindo um soluço e tentando sorrir.

— Só por um dia, diz ela! Bem, sabe como são meus dias, srta. Shirley... todos sabem como são os meus dias. Mas a senhorita não sabe... ainda *srta. Shirley, e espero que nunca passe por isso e veja quão longo um dia pode ser quando se está sofrendo.*

Eu sabia que a sra. Gibson não sofria nem um pouco naquele momento, então não tentei ser solidária.

— Eu arrumaria alguém para ficar com a senhora, é claro, mãe — disse Pauline. — Veja você — ela explicou para mim —, minha prima Louisa vai comemorar as bodas de prata em White Sands no próximo sábado, e ela quer que eu vá. Fui sua dama de honra quando ela se casou com Maurice Hilton. Eu gostaria muito de ir, se mamãe me desse consentimento.

— Se devo morrer sozinha, então assim seja — disse a sra. Gibson. — Deixo isso para sua consciência, Pauline.

Eu sabia que a batalha de Pauline estava perdida no momento em que a sra. Gibson deixou para a consciência dela. Durante toda a vida, a sra. Gibson conseguiu o que queria, deixando as coisas para a consciência das pessoas. Ouvi dizer que, anos atrás, alguém queria se casar com Pauline e a sra. Gibson evitou o casamento deixando o assunto para a consciência da filha.

Pauline enxugou os olhos, deu um sorriso triste e pegou um vestido que estava costurando... uma coisa medonha xadrez, verde e preta.

— Agora não fique de mau humor, Pauline — disse a sra. Gibson. — Não posso tolerar pessoas de mau humor. E lembre-se de colocar uma gola nesse vestido. Dá para acreditar, srta. Shirley, que ela realmente queria fazer o vestido sem gola? Ela usaria um vestido decotado, essa aí, se eu deixasse.

Olhei para a pobre Pauline com seu pescoço esguio... ainda bonito e liso, porém envolto em uma gola alta que parecia tolher seus movimentos.

— Vestidos sem gola alta estão na moda — eu disse.

— Vestidos sem gola alta — disse a sra. Gibson — são indecentes. (Atenção: Eu estava usando um vestido sem gola.)

— Além disso — continuou a sra. Gibson, como se tudo fosse uma coisa só —, nunca gostei de Maurice Hilton. A mãe dele era uma Crockett. Ele nunca teve qualquer senso de decoro... sempre beijando a esposa nos lugares mais inadequados!

(Tem certeza de que você me beija em lugares adequados, Gilbert? Receio que a sra. Gibson acharia a nuca, por exemplo, muito inadequada.)

— Mas, mãe, a senhora sabe que foi o dia em que ela escapou de quase ser pisoteada pelo cavalo de Harvey Wither correndo solto no gramado da igreja. É natural que Maurice tenha ficado um pouco animado.

— Pauline, por favor, não me contradiga. Ainda acho que os degraus da igreja eram um lugar inapropriado para alguém ser beijado. Mas é claro que minhas opiniões não importam mais para ninguém. Claro que todos desejam que eu morra. Bem, haverá espaço para mim na sepultura. Sei o peso que sou para você. Posso muito bem morrer. Ninguém me quer.

— Não diga isso, mãe — implorou Pauline.

— *Eu digo*, sim. Olhe só para você, determinada a ir àquelas bodas de prata, embora saiba que eu não quero que vá.

— Minha querida mãe. Eu não vou... Nunca pensaria em ir se a senhora não quisesse. Não fique tão agitada...

— Oh, eu não posso ter nem um pouco de emoção, posso, para iluminar minha vida monótona? Certamente não pretende ir embora tão cedo, srta. Shirley?

Senti que, se permanecesse mais um instante, ficaria louca ou daria um tapa na cara amarrada da sra. Gibson. Por isso falei que tinha provas para corrigir.

— Ah, bem, suponho que duas velhas como nós sejam uma péssima companhia para uma jovem — suspirou a sra. Gibson. — Pauline não é muito animada, é, Pauline? Não é animada. Não me surpreende que a srta. Shirley não queira ficar muito tempo.

Pauline foi até a varanda comigo. A lua brilhava no pequeno jardim, cintilando no porto. Um vento suave e delicioso estava falando com uma macieira branca. Era primavera... Primavera... Primavera! Nem mesmo a sra. Gibson conseguiria impedir a floração das ameixeiras. E os suaves olhos azul-acinzentados de Pauline estavam cheios de lágrimas.

— Eu gostaria tanto de ir às bodas de Louie — disse ela, com um longo suspiro de resignação desesperada.

— Você vai — eu disse.

— Oh, não, querida, não posso ir. A pobre mamãe nunca vai deixar. Vou tirar isso da minha mente. A lua não está linda hoje? — acrescentou ela, em um tom alto e alegre.

— Nunca ouvi falar de nada de bom vindo da contemplação da lua — gritou a sra. Gibson da sala de estar. — Pare de tagarelar, Pauline, e entre e pegue minhas pantufas vermelhas para mim. Esses sapatos beliscam meus pés de uma forma terrível. Mas ninguém se importa com o meu sofrimento.

Senti que eu não me importava com o quanto ela sofria. Pobre, querida Pauline! Mas ela certamente terá um dia de folga e irá às bodas de prata. Eu, Anne Shirley, asseguro isso.

Contei tudo a Rebecca Dew e às viúvas quando cheguei em casa, e nos divertimos muito pensando em todos os insultos adoráveis que eu poderia ter dito à sra. Gibson. Tia Kate não acha que vou conseguir fazer com que a sra. Gibson deixe Pauline ir, mas Rebecca Dew tem fé em mim. "De qualquer forma, se você não conseguir, ninguém consegue", disse ela.

Estive em um jantar recentemente com a sra. Tom Pringle, a que não quis me hospedar. (Rebecca diz que sou a melhor pensionista que ela já viu, porque sou convidada para jantar fora com frequência.) Fico muito feliz por ela não ter me aceitado na ocasião. Ela é agradável e alegre e suas tortas são famosas, mas sua casa não é Windy Poplars e não fica na Alameda do Susto, e ela não é tia Kate, ou tia Chatty ou Rebecca Dew. Eu amo as três e vou ficar aqui no próximo ano e no ano seguinte. Minha cadeira é sempre chamada de "cadeira da srta. Shirley" e tia Chatty me diz que, quando não estou aqui, Rebecca Dew coloca meu lugar à mesa do mesmo jeito, para não parecer tão solitário. Às vezes, os sentimentos de tia Chatty complicam as coisas um pouco, mas ela diz que me entende agora e sabe que eu nunca a magoaria intencionalmente.

A pequena Elizabeth e eu saímos para caminhar duas vezes por semana agora. A sra. Campbell concordou com isso, embora não possa ser mais que duas vezes e nunca aos domingos. As coisas estão melhores para a pequena Elizabeth na primavera. Um pouco de luz do sol penetra até mesmo naquela casa velha e sombria que, por fora, fica até bonita por causa das sombras dançantes das copas das árvores. Mesmo assim, Elizabeth gosta de escapar sempre que pode. De vez em quando vamos ao centro da cidade para que ela possa ver as vitrines iluminadas das lojas. Mas vamos principalmente tão longe quanto ousamos, descendo a Estrada que Leva ao Fim do Mundo, contornando cada esquina com aventura e expectativa, como se fôssemos encontrar o Amanhã bem ali atrás, enquanto todas as pequenas colinas verdes da noite se aninham ordenadamente à distância. Uma das coisas que Elizabeth vai fazer no Amanhã é "ir para a Filadélfia ver o anjo na igreja". Eu não disse a ela... Nunca contarei... que São João de Filadélfia não fica na cidade de Filadélfia, na Pensilvânia. Perderemos nossas ilusões em breve. E, *de qualquer forma, se pudéssemos entrar no Amanhã, quem sabe o que poderíamos encontrar lá? Anjos em todos os lugares, talvez.*

Às vezes observamos os navios chegando ao porto antes de um vento favorável, por um caminho brilhante, através do ar transparente da primavera, e Elizabeth se pergunta se é possível que o pai esteja a bordo de um deles. Ela se agarra à esperança de que ele venha algum dia. Não consigo imaginar por que ele não vem. Tenho certeza de que viria se soubesse que a filhinha querida dele sente tanta saudade. Suponho que ele nunca se dê conta de que ela é uma garota e tanto agora... Suponho que ainda pense nela como o bebezinho que custou a vida da esposa.

Em breve terei terminado meu primeiro ano na escola Summerside. Os primeiros meses foram um pesadelo, mas os últimos foram muito agradáveis. Os Pringle são pessoas encantadoras. Como pude compará-los aos Pye? Sid Pringle me trouxe um buquê de trílios hoje. Jen vai ser líder da classe, e a srta. Ellen disse que eu sou a única professora que realmente entendeu a criança! A única mosca na minha sopa é Katherine Brooke, que continua hostil e distante. Vou desistir de tentar ser amiga dela. Afinal, como diz Rebecca Dew, existem limites.

Oh, quase me esqueci de contar... Sally Nelson me pediu que fosse uma de suas damas de honra. Ela vai se casar no último dia de junho, em Bonnyview, na casa de verão do dr. Nelson, um local afastado. Vai se casar com Gordon Hill. Assim, Nora Nelson será a única das seis meninas do dr. Nelson que ficará solteira. Jim Wilcox está com ela há anos... "vai e volta", como diz Rebecca Dew. No entanto, nada nunca acontece e ninguém acha que vá acontecer agora. Gosto muito da Sally, mas nunca consegui realmente fazer amizade com a Nora. Ela é muito mais velha do que eu, claro, e bastante reservada e orgulhosa. Mesmo assim, gostaria de ser amiga dela. Ela não é bonita ou inteligente ou charmosa, mas tem algo nela. Tenho a sensação de que valeria a pena.

Falando em casamentos, Esme Taylor está casada com o seu doutor desde o mês passado. Como era quarta-feira à tarde, não pude ir à igreja para vê-la, mas todos dizem que estava muito bonita e feliz, e Lennox parecia ter certeza de que tinha feito a coisa certa e sua consciência aprovava. Cyrus Taylor e eu somos grandes amigos agora. Ele sempre se refere ao jantar que passou a considerar uma grande piada para todos. "Eu nunca mais ousei ficar de mau humor desde aquela ocasião", ele me disse. "A mãe pode me acusar de costurar retalhos da próxima vez." E então ele me diz que não me esqueça de mandar lembranças para "as viúvas". Gilbert, esse pessoal é maravilhoso e a vida é maravilhosa e eu sou

para sempre sua!

P.S.: Nossa velha vaca vermelha que fica na casa do sr. Hamilton agora tem um bezerro malhado. Há três meses compramos nosso leite de Lew Hunt. Rebecca diz que teremos creme de novo agora... e que ela sempre ouviu que a fonte dos Hunt era inesgotável e agora acredita nisso. Rebecca não queria que aquele bezerro nascesse. Tia Kate teve que fazer com que o sr. Hamilton dissesse a ela que a vaca era realmente velha demais para ter um bezerro antes de ela consentir.

XIII

— Ah, quando ficar velha e estiver de cama por tanto tempo quanto eu, terá mais compaixão — lamentou a sra. Gibson.

— Por favor, não pense que não tenho compaixão, sra. Gibson — disse Anne, que, depois de meia hora de inútil esforço, sentiu vontade de torcer o pescoço da sra. Gibson. Apenas os olhos suplicantes da pobre Pauline ao fundo a impediram de desistir e ir para casa. — Eu garanto à senhora que não ficará sozinha e desamparada. Estarei aqui o tempo todo e providenciarei para que nada falte à senhora.

— Oh, bem sei que não tenho serventia para ninguém — disse a sra. Gibson, ignorando tudo o que fora dito. — Não precisa se exasperar por isso, srta. Shirley. Estou pronta para ir a qualquer momento... a qualquer momento. Então, Pauline poderá fazer tudo o que quiser. Não estarei aqui para me sentir desamparada. Nenhum jovem hoje em dia tem bom senso. São todos uns tontos... muito tontos.

Anne não sabia se era Pauline ou ela mesma a jovem tonta sem juízo, mas fez uma última tentativa.

— Bem, a senhora sabe, sra. Gibson, que as pessoas vão falar muito se Pauline não for às bodas de prata da prima.

— Falar! — disse a sra. Gibson bruscamente. — Sobre o que vão falar?

— Querida sra. Gibson — ("Que eu seja perdoada pelo adjetivo!", pensou Anne) —, em sua longa vida, a senhora aprendeu, eu sei, o que línguas ociosas e maldosas podem dizer.

— Não precisa dizer para mim quantos anos eu tenho — retrucou a sra. Gibson. — E não preciso que me digam que este mundo está repleto de críticas. Sei disso bem demais... E não preciso ouvir que esta cidade também está cheia de pessoas tagarelas. Mas, não sei, não, acho que gosto delas tagarelando sobre mim... dizendo, suponho, que sou uma velha tirana. *Eu* não estou impedindo Pauline de ir. Não deixei isso para a consciência dela?

—Pouquíssimas pessoas acreditarão nisso — disse Anne, cuidadosamente triste.

A sra. Gibson chupou uma pastilha de hortelã com força por um ou dois minutos. Então disse:

— Ouvi dizer que White Sands está com uma onda de caxumba.

— Mãe, querida, sabe que eu já tive caxumba.

— Tem gente que tem duas vezes. Você não seria a única a ter duas vezes, Pauline. Você sempre pegou tudo o que havia para pegar. Ah, as noites que passei em claro com você, achando que não aguentaria até o dia seguinte! Pobre de mim, os sacrifícios de uma mãe não são lembrados por muito tempo. Além disso, como você chegaria a White Sands? Você não anda de trem há anos. E não há trem de volta no sábado à noite.

— Ela poderia ir no trem do sábado de manhã — disse Anne. — E tenho certeza de que o sr. James Gregor a trará de volta.

— Nunca gostei de Jim Gregor. Sua mãe era uma Tarbush.

— Ele vai com a carroça que tem dois lugares, vai descer na sexta-feira, ou então a levaria também. Mas ela ficará bastante segura no trem, sra. Gibson. É só embarcar em Summerside... e descer em White Sands... sem baldeação.

— Tem alguma coisa por trás de tudo isso — disse a sra. Gibson com desconfiança. — Por que quer tanto que ela vá, srta. Shirley? Diga-me apenas isso.

Anne sorriu para o rosto de olhos redondos.

— Porque eu acho que Pauline é uma filha boa e gentil, sra. Gibson, e precisa de um dia de folga de vez em quando, assim como todo mundo.

A maioria das pessoas acharia difícil resistir ao sorriso de Anne. Ou isso, ou o medo de fofoca venceu a sra. Gibson.

— Acredito que ninguém nunca pensou se *eu* gostaria de um dia de folga desta cadeira de rodas, se pudesse. Mas não posso... Eu apenas tenho que suportar resignada minha provação. Bem, se ela precisa ir, então que vá. Ela sempre foi uma pessoa que faz o que quer. Se pegar caxumba ou for mordida por mosquitos estranhos, não me culpe por isso. Eu terei que lidar o melhor que puder. Oh, suponho que a senhorita estará aqui, mas não está acostumada com as minhas rotinas como Pauline está. Acho que vou aguentar por um dia. Se eu não conseguir... bem, eu já vivi demais, então que diferença faz?

Não foi um consentimento gracioso de forma alguma, porém, mesmo assim, foi um consentimento. Anne, em seu alívio e gratidão, se viu fazendo algo que nunca teria se imaginado fazendo... ela se curvou e beijou a dura bochecha da sra. Gibson.

— Obrigada — disse ela.

— Não se preocupe em me bajular — disse a sra. Gibson. — Chupe uma bala de hortelã.

— Como posso agradecer, srta. Shirley? — disse Pauline, enquanto descia um pouco a rua com Anne.

— Indo para White Sands com o coração leve e aproveitando cada minuto.

— Oh, eu farei isso. Não sabe o que isso significa para mim, srta. Shirley. Não é só Louisa que quero ver. A velha casa de Luckley ao lado da casa dela vai ser vendida, e eu queria muito voltar a vê-la antes que passasse para as mãos de estranhos. Mary Luckley... ela é a sra. Howard Flemming agora e mora no oeste... era minha amiga mais querida quando menina. Éramos como irmãs. Eu costumava ir muito à casa dos Luckley e adorava. Muitas vezes tenho sonhado em voltar. Mamãe diz que estou velha demais para sonhar. Acha que estou velha, srta. Shirley?

— Ninguém nunca está velho para sonhar. E os sonhos nunca envelhecem.

— Estou tão feliz em ouvi-la dizer isso. Oh, srta. Shirley, pensar em ver o golfo novamente. Não o vejo há quinze anos. O porto é lindo, mas não é o golfo. Eu me sinto como se estivesse andando nas nuvens. E devo tudo a você. Foi só porque mamãe gosta de você que ela me deixou ir. Você me fez feliz... está sempre fazendo as pessoas felizes. Ora, sempre que entra em um lugar, srta. Shirley, as pessoas ficam mais felizes.

— Esse é o melhor elogio que já me fizeram, Pauline.

— Há apenas uma coisa, srta. Shirley... Não tenho nada para vestir, exceto meu velho vestido de tafetá preto. É muito triste para uma boda, não é? E está muito grande para mim depois que emagreci. Você vê, faz seis anos que o tenho.

— Devemos tentar convencer sua mãe a deixá-la comprar um vestido novo — disse Anne, esperançosa.

Mas isso provou estar além de seus poderes. A sra. Gibson foi inflexível. O vestido de tafetá preto de Pauline estava bom demais para as bodas de Louisa Hilton.

— Paguei dois dólares por metro desse tecido seis anos atrás e três para Jane Sharp fazê-lo. Jane era uma boa costureira. Sua mãe era uma Smiley. A ideia de você querer algo "leve", Pauline Gibson! Ela iria vestida de escarlate da cabeça aos pés, se pudesse, srta. Shirley. Está apenas me esperando morrer para fazer isso. Ah, bem, logo ficará livre de todos os problemas que eu represento para você, Pauline. Então poderá se vestir tão alegremente quanto quiser, mas, enquanto eu estiver viva, você será decente. E o que há de errado com seu chapéu? É hora de você usar uma boina, de qualquer maneira.

A pobre Pauline tinha horror de usar boina. Preferiria usar o velho chapéu pelo resto de sua vida antes de colocar uma boina na cabeça.

— Vou ficar feliz por dentro e esquecer tudo sobre minhas roupas — disse ela a Anne, quando foram ao jardim colher um buquê de lírios e lamprocapnos para as viúvas.

— Eu tenho um plano — disse Anne, com um olhar cauteloso para se certificar de que a sra. Gibson não pudesse ouvi-la, embora ela estivesse olhando da janela da sala de estar. — Sabe aquele meu vestido de popeline cinza-prateado? Vou emprestá-lo a você para o casamento.

Pauline deixou cair a cesta de flores em sua agitação, formando uma poça de doçura rosa e branca aos pés de Anne.

— Oh, minha querida, eu não poderia... Mamãe não deixaria.

— Ela não vai saber de nada. Ouça. No sábado de manhã, você vai colocá-lo sob o seu vestido de tafetá preto. Eu sei que vai caber em você. É um pouco longo, mas vou fazer algumas pregas nele amanhã... pregas estão na moda agora. Não tem gola e as mangas vão até cotovelos, então ninguém suspeitará. Assim que chegar a Gull Cove, tire o vestido de tafetá. Quando o dia acabar, pode deixar meu vestido em Gull Cove que eu consigo pegá-lo no próximo fim de semana, quando for para casa.

— Mas não seria muito jovem para mim?

— Nem um pouco. Qualquer idade pode usar cinza.

— Você acha que seria... certo... enganar mamãe? — hesitou Pauline.

— Nesse caso específico, seria totalmente certo — disse Anne sem pudor. — Sabe, Pauline, nunca é aconselhável usar um vestido preto em uma festa de casamento. Pode dar azar para a noiva.

— Oh, eu não faria isso por nada. E é claro que não vai magoar mamãe. Espero que ela fique bem no sábado. Temo que ela não coma nada enquanto eu estiver fora... ela fez isso quando fui ao funeral da prima Matilda. A srta. Prouty me disse que não comeu... A srta. Prouty ficou com ela. Ela ficou tão irritada por Matilda ter morrido... Mamãe ficou, quero dizer.

— Ela vai comer, sim... cuidarei disso.

— Eu sei que você tem muito jeito para lidar com ela — concedeu Pauline. — E não vai se esquecer de dar o remédio a ela nos horários certos, não é, querida? Oh, talvez eu não deva ir, afinal.

— Você já está aí fora tempo suficiente para escolher quarenta buquês — disse a sra. Gibson com ira. — Não sei o que as viúvas querem com suas flores. Elas têm as próprias flores. Eu ficaria muito tempo sem flores, se esperasse Rebecca Dew me enviar algumas. Estou morrendo de sede. Mas minha vontade não tem importância.

Sexta-feira à noite, Pauline chamou Anne em terrível agitação. Ela estava com dor de garganta, será que a srta. Shirley achava que poderia ser caxumba? Anne correu para tranquilizá-la, levando o vestido de popeline cinza em um pacote de papel pardo. Ela o escondeu no arbusto de lilases e tarde naquela noite Pauline, suando frio, conseguiu contrabandeá-lo para cima, para o quartinho onde guardava as roupas e se vestia, embora nunca tivesse permissão para dormir lá. Pauline estava pouco à vontade com o vestido. Talvez sua dor de garganta fosse um castigo pela mentira. Mas ela não podia ir para as bodas de prata de Louisa naquele velho e horrível vestido de tafetá preto... simplesmente não podia.

Na manhã de sábado, Anne estava na casa dos Gibson bem cedo. Sempre se sentia melhor em uma manhã de verão brilhante como essa. Parecia brilhar com o dia e se movimentava pelo ar dourado como uma figura esguia estampada em uma urna grega. A sala mais enfadonha brilharia também... *viveria*... assim que ela entrasse.

— Andando como se fosse a dona da terra — comentou a sra. Gibson sarcasticamente.

— Sim, sim — disse Anne com alegria.

— Ah, você é muito jovem — disse a sra. Gibson com braveza.

— "Não privo meu coração de nenhuma alegria"[1] — citou Anne. — Essa é uma ordem bíblica para a senhora.

— "Mas o homem nasce para a tribulação, como as faíscas se levantam para voar."[2] Isso também está na Bíblia — disse a sra. Gibson.

O fato de ter contestado a srta. Shirley, bacharela, com tanta habilidade, a deixou em uma espécie de bom humor.

— Nunca fui de bajular ninguém, srta. Shirley, mas você fica muito bem com esse seu chapéu de palha com uma flor azul. Seu cabelo não parece tão vermelho sob ele, parece-me. Você não admira uma moça tão jovem assim, Pauline? Não gostaria de ser uma garota jovem, Pauline?

Pauline estava feliz e empolgada demais para querer ser outra pessoa senão ela mesma naquele momento. Anne foi para o quarto de cima com ela para ajudá-la a se vestir.

— É tão bom pensar em todas as coisas agradáveis que podem acontecer hoje, srta. Shirley. Minha garganta está até que boa, e mamãe está de muito bom humor. A senhorita pode não pensar assim, mas eu sei que ela está bem porque está falando, mesmo que de maneira sarcástica. Se estivesse brava ou irritada, estaria emburrada. Eu descasquei as batatas e o bife está na caixa de gelo, e o manjar branco da mamãe está no porão. Tem frango enlatado para o jantar e um pão de ló na despensa. Estou por um fio. Mamãe ainda vai mudar de ideia. Não suportaria se ela mudasse. Oh, srta. Shirley, acha que é melhor eu usar esse seu vestido cinza... mesmo?

— Vista-o — disse Anne em tom professoral.

Pauline obedeceu e emergiu como uma pessoa transformada. O vestido cinza caía perfeitamente nela. Não possuía gola e

---

[1] Eclesiastes, 2,10.
[2] Jó, 5,7.

tinha babados de renda delicados nas mangas, na altura dos cotovelos. Quando Anne arrumou o cabelo dela, Pauline mal se reconheceu.

— Eu odeio cobri-lo com aquele velho tafetá preto horrível, srta. Shirley.

Mas tinha de ser assim. O tafetá escondeu o vestido cinza muito bem. O chapéu velho continuou lá, mas seria retirado também, quando ela chegasse à casa de Louisa... e Pauline tinha um novo par de sapatos. A sra. Gibson de fato permitiu que ela comprasse um novo par, embora achasse saltos altos "escandalosos".

— Vou chamar muito a atenção de todos indo pegar o trem *sozinha*. Espero que as pessoas não pensem que estou indo para um funeral. Não gostaria que as bodas de prata de Louisa estivessem relacionadas de alguma forma à ideia de morte. Oh, perfume, srta. Shirley! Flor de maçã! Não é adorável? Apenas uma borrifadinha... tão feminino, sempre achei. Mamãe não me deixa comprar perfume. Oh, srta. Shirley, não vai se esquecer de alimentar meu cachorro, não é? Deixei os ossos dele na despensa, no prato coberto. Espero... — baixou a voz para um sussurro envergonhado — que ele não se comporte mal... enquanto a senhorita estiver por aqui.

Pauline teve de passar pela inspeção da mãe antes de sair. A empolgação com o passeio e a culpa em relação ao vestido emprestado oculto serviram para lhe dar um rubor incomum. A sra. Gibson a olhou com desagrado.

— Minha nossa! Indo a Londres ver a rainha, é? Está muito corada. As pessoas vão pensar que você está pintada. Tem certeza de que não é pintura?

— Oh, não, mamãe... *não* — disse Pauline, estremecendo.

— Preste atenção aos modos e, quando for se sentar, cruze os tornozelos decentemente. Lembre-se de não insistir muito em um assunto ou falar muito.

— Não vou, mamãe — prometeu Pauline com seriedade, com uma espiada nervosa para o relógio.

— Estou mandando para Louisa uma garrafa do meu vinho de salsaparrilha para tomar com torradas. Nunca me importei com Louisa, mas mãe dela era uma Tackaberry. Lembre-se de trazer a garrafa de volta e não deixe que ela lhe dê nenhum gatinho. Louisa está sempre dando gatinhos para as pessoas.

— Não vou deixar, mamãe.

— Você tem certeza de que não deixou o sabonete na água?

— Certeza absoluta, mamãe — respondeu Pauline com outro olhar angustiado para o relógio.

— Os cadarços estão amarrados?

— Sim, mamãe.

— Você não cheira de maneira respeitável... encharcada nesse perfume.

— Oh, não, mamãe querida... passei só um pouquinho... só um pouquinho mesmo.

— Eu disse encharcada e quero dizer encharcada. Não há nenhum rasgo debaixo do braço, certo?

— Oh, não, mamãe.

— Deixe-me ver... — disse a mãe, inexoravelmente.

Pauline estremeceu. E se a barra do vestido cinza aparecesse quando ela erguesse os braços!

— Bem, vá, então — disse a mãe com um longo suspiro. — Se eu não estiver aqui quando você voltar, lembre-se de que quero ser enterrada com meu xale de renda e meus chinelos de cetim preto. E veja se meu cabelo está bem crespo.

— Não está se sentindo bem, mamãe? — O vestido de popeline deixara a consciência de Pauline muito pesada. — Se a senhora estiver se sentindo mal... eu não vou...

— E desperdiçar o dinheiro dos sapatos? Claro que você vai. E lembre-se de não escorregar pelo corrimão!

Mas, com isso, Pauline se virou.

— Mãe! Acha que eu faria isso?

— Você fez no casamento de Nancy Parker.

— Trinta e cinco anos atrás! Acha que eu faria isso agora?

— É hora de ir. Por que você ainda está tagarelando aqui? Quer perder o trem?

Pauline saiu correndo e Anne suspirou de alívio. Receava que a velha sra. Gibson tivesse, no último momento, sido tomada por um impulso diabólico de deter Pauline até que o trem partisse.

— Agora, um pouco de paz — disse a sra. Gibson. — Esta casa está em péssima ordem, srta. Shirley. Espero que saiba que nem sempre é assim. Pauline não sabia aonde ia nos últimos dias. Pode colocar esse vaso um centímetro para a esquerda? Não, mova de volta. Esse abajur está torto. Bem, está *um pouco* mais reto. Mas essa cortina está uma polegada mais baixa que a outra. Eu gostaria que a endireitasse.

Anne infelizmente deu um puxão enérgico no cordão da persiana, que escapou de seus dedos e foi zunindo para o topo.

— Ah, viu agora? — disse a sra. Gibson.

Anne não viu, mas ajustou a persiana meticulosamente.

— E agora não gostaria que eu preparasse uma boa xícara de chá, sra. Gibson?

— Eu *realmente* preciso de algo... Estou extenuada de toda essa preocupação e agitação. Meu estômago está roncando, preciso comer alguma coisa — disse a sra. Gibson, lastimosa. — Pode fazer uma xícara de chá decente? Eu preferiria beber lama em vez do chá que algumas pessoas fazem.

— Marilla Cuthbert me ensinou a fazer chá. A senhora verá. Mas primeiro vou levá-la até a varanda para que possa aproveitar o sol.

— Há anos que não saio para a varanda — objetou a sra. Gibson.

— Oh, está tão lindo hoje, não vai lhe fazer mal. Quero que veja a macieira em flor. Não pode vê-la se não sair. E o vento está vindo do sul hoje, então sentirá o cheiro do trevo do campo de Norman Johnson. Vou trazer o chá e vamos tomá-lo juntas e depois vou fazer o meu bordado e ficaremos sentadas e criticaremos todos que passarem.

— Não gosto de criticar as pessoas — disse a sra. Gibson virtuosamente. — Não é cristão. A senhorita se importaria de me dizer se isso tudo é seu cabelo?

— Cada centímetro — riu Anne.

— Pena que seja vermelho. Embora o cabelo ruivo pareça estar na moda agora. Eu até gosto da sua risada. Aquela risada afobada da pobre Pauline sempre me dá nos nervos. Bem, se eu preciso sair, que seja. Provavelmente vou morrer de frio, mas a responsabilidade é sua, srta. Shirley. Lembre-se de que tenho oitenta anos... nem um dia menos, embora eu tenha ouvido que o velho Davy Ackham disse para toda Summerside que tenho apenas setenta e nove. A mãe dele era uma Watt. Os Watt sempre foram invejosos.

Habilmente, Anne levou a cadeira de rodas para fora e mostrou que tinha um dom para arrumar travesseiros. Logo depois trouxe o chá, e a sra. Gibson se dignou a aprovar.

— Sim, isto está tomável, srta. Shirley. Pobre de mim, por um ano tive que viver inteiramente de líquidos. Nunca pensaram que eu superaria. Muitas vezes penso que teria sido melhor se não tivesse. Essa é a macieira sobre a qual estava falando tanto?

— Sim... não é linda... tão branquinha contra o céu azul profundo?

— Não é poético — foi o único comentário da sra. Gibson. Mas ela ficou bem mais tranquila depois de duas xícaras de chá, e o dia foi passando até a hora de se pensar no jantar.

— Vou prepará-lo e depois o trarei aqui para fora em uma mesinha.

— Não, não vai, senhorita. Não venha inventar moda comigo, agora! As pessoas achariam muito estranho comermos aqui em público. Não estou negando que é bom aqui fora... embora o cheiro de trevo sempre me deixe um pouco deprimida... e a tarde passou terrivelmente rápido em comparação aos outros dias, mas não vou jantar ao ar livre por ninguém. Eu não sou cigana. Lembre-se de lavar as mãos antes de preparar o jantar. Nossa, a sra. Storey deve estar esperando mais companhia. Ela colocou todas as roupas de cama sobressalentes penduradas no varal. Não é hospitalidade de verdade... simplesmente desejo de aparecer. A mãe dela era uma Carey.

O almoço que Anne preparou agradou até a sra. Gibson.

— Nunca achei que alguém que escrevesse para os jornais soubesse cozinhar. Mas é claro que Marilla Cuthbert a criou. A mãe dela era uma Johnson. Suponho que Pauline vá comer até se fartar naquela festa. Ela não sabe quando come demais... assim como o pai. Eu o vi se empanturrar de morangos quando sabia que teria dores uma hora depois. Já lhe mostrei a foto dele, srta. Shirley? Bem, vá até o quarto de hóspedes e traga-a para cá. Vai encontrá-la debaixo da cama. Cuidado para não bisbilhotar nas gavetas enquanto estiver lá. Mas dê uma olhada e veja se há poeira sob a cômoda. Não confio em Pauline... Ah, sim, é ele. A mãe dele era uma Walker. Não há homens assim hoje em dia. Esta é uma época degenerada, srta. Shirley.

— Homero disse a mesma coisa oitocentos anos antes de Cristo — sorriu Anne.

— Alguns daqueles escritores do Velho Testamento estavam sempre resmungando — disse a sra. Gibson. — Eu diria que está chocada em me ouvir dizer isso, srta. Shirley, mas meu marido tinha a mente aberta em seus pontos de vista. Soube que está noiva... de um estudante de medicina. Os estudantes de medicina bebem muito, creio eu. Precisam suportar a sala de dissecação. Nunca se case com um homem que bebe, srta. Shirley. Nem com aquele que não é um bom provedor. Um amor e uma cabana não são suficientes para se viver, posso garantir isso. Lembre-se de limpar a pia e enxaguar os panos de prato. Eu não tolero panos de prato gordurosos. Suponho que terá que alimentar o cachorro. Ele está muito gordo agora, mas Pauline o enche de comida. Às vezes acho que vou ter que me livrar dele.

— Oh, eu não faria isso, sra. Gibson. Sempre há roubos, sabe... e sua casa é solitária, isolada aqui. Vocês realmente precisam de proteção.

— Oh, bem, que seja. Eu preferiria fazer qualquer coisa a discutir com alguém, especialmente quando tenho uma pulsação estranha na nuca. Suponho que significa que vou ter um derrame.

— A senhora precisa da sua soneca. Depois disso, se sentirá melhor. Vou arrumá-la e abaixar sua cadeira. Gostaria de tirar sua soneca na varanda?

— Dormir em público! Isso seria pior do que comer. Você tem as ideias mais estranhas. Apenas me acomode bem aqui na sala de estar e feche as cortinas e a porta para manter as moscas fora. Atrevo-me a dizer que você também gostaria de um pouco de silêncio... não está cansada de tanto conversar comigo?

A sra. Gibson tirou uma boa soneca, mas acordou de mau humor. Também não deixou que Anne a levasse de volta para a varanda.

— Quer que eu encontre a morte no ar da noite, suponho? — resmungou, embora fossem apenas cinco da tarde. Nada estava bom para ela. A bebida que Anne lhe trouxe estava muito fria... a seguinte não estava fria o suficiente... é claro que *qualquer coisa* serviria para *ela*. Onde estava o cachorro? Comportando-se mal, sem dúvida. Suas costas doíam... os joelhos doíam.... a cabeça doía... seu peito doía. Ninguém nunca se solidarizou com ela... ninguém nunca soube o que ela passou. A cadeira dela estava muito alta... estava muito baixa... Ela queria um xale para os ombros e uma manta para os joelhos e uma almofada para os pés. E a srta. Shirley poderia ver de onde estava vindo aquela horrível corrente de ar? Ela gostaria de uma xícara de chá, mas não queria ser um problema para ninguém e logo estaria descansando em seu túmulo. Talvez as pessoas conseguissem gostar dela quando ela partisse.

"Seja o dia curto, seja longo, por fim ele se torna uma canção noturna." Houve momentos em que Anne pensou que jamais chegaria, mas chegou. O pôr do sol caiu, e a sra. Gibson começou a se perguntar por que Pauline não voltava. O crepúsculo veio... e ainda sem Pauline. Noite e luar e nada de Pauline.

— Eu sabia — disse a sra. Gibson enigmaticamente.

— A senhora sabe que ela não vem até o sr. Gregor chegar, e ele é o último a sair da festa — acalmou-a Anne. — Não quer me deixar colocá-la na cama, sra. Gibson? Está cansada... Eu sei que é um pouco tenso ter uma pessoa estranha por perto em vez de alguém com quem se está acostumada.

As pequenas rugas na boca da sra. Gibson se aprofundaram com obstinação.

— Eu não vou para a cama até aquela garota voltar para casa. Mas, se está tão ansiosa para ir embora, *vá*. Eu posso ficar sozinha... também posso morrer sozinha.

Às nove e meia, a sra. Gibson decidiu que Jim Gregor só voltaria para casa na segunda-feira.

— Ninguém pode depender de Jim Gregor, ele muda de ideia o tempo todo. E acha que é errado viajar no domingo até mesmo para voltar para casa. Ele está no conselho da sua escola, não está? O que realmente acha dele e das opiniões dele sobre educação?

Anne ficou transtornada. Afinal de contas, ela havia suportado o mau humor e todos os comentários da sra. Gibson naquele dia.

— Acho que ele é um anacronismo psicológico — respondeu ela com solenidade.

A sra. Gibson não pestanejou.

— Eu concordo com você — disse ela.

Mas, depois disso, fingiu que dormia.

XIV

XIV

Eram dez da noite quando Pauline finalmente chegou... uma Pauline ruborizada e de olhos brilhantes, parecendo dez anos mais jovem, apesar do velho vestido de tafetá e do chapéu igualmente velho. Carregava um lindo buquê que apressadamente deu à soturna senhora na cadeira de rodas.

— A noiva mandou o buquê para a senhora, mamãe. Não é lindo? Vinte e cinco rosas brancas.

— Presente de grego! Não acho que ninguém tenha pensado em me mandar um pedacinho de bolo sequer. As pessoas hoje em dia não parecem ter nenhuma consideração pela família. Ah, bem, vi o dia...

— Mas mandaram. Estou com um pedaço grande do bolo aqui na minha bolsa. E todos perguntaram da senhora e mandaram lembranças, mamãe.

— Você se divertiu? — perguntou Anne.

Pauline sentou-se em uma cadeira dura porque sabia que a mãe ficaria ressentida se ela se sentasse em uma macia.

— Foi muito agradável — disse ela com cautela. — Tivemos um almoço de bodas encantador e o sr. Freeman, o ministro de Gull Cove, casou Louisa e Maurice de novo...

— Eu chamo isso de sacrilégio!

— E depois o fotógrafo tirou fotos de todos nós. As flores eram simplesmente maravilhosas. A festa foi no caramanchão...

— Como em um funeral, suponho...

— E, oh, mamãe. Mary Luckley veio lá do oeste... a sra. Flemming, você sabe. Deve lembrar-se de como ela e eu sempre fomos unidas. Costumávamos nos chamar de Polly e Molly...

— Nomes muito bobos.

— E foi tão bom vê-la novamente e ter uma longa conversa sobre os velhos tempos. A irmã dela, Em, também estava lá, com um bebê tão fofinho.

— Você fala como se o bebê fosse algo para comer — grunhiu a sra. Gibson. — Os bebês são todos iguais.

— Oh, não, bebês nunca são iguais — disse Anne, trazendo um vaso com água para as rosas da sra. Gibson. — Cada bebê é um milagre.

— Bem, eu tive dez e nunca vi nada de milagroso em nenhum deles. Pauline, se importa de parar quieta? Está me incomodando. Até agora você não me perguntou como *eu* passei o dia, se tudo correu bem. Mas acho que não poderia esperar por isso.

— Eu posso dizer que deu tudo certo com a senhora sem precisar perguntar, mamãe... parece tão alegre e resplandecente. — Pauline permanecia tão animada pelo dia que conseguia ser um pouco travessa até com a mãe. — Tenho certeza de que a senhora e a srta. Shirley passaram um tempo muito agradável juntas.

— Nós nos demos bem o suficiente. Eu apenas a deixei fazer as coisas do jeito dela. Admito que é a primeira vez em anos que ouço uma conversa interessante. Não estou tão perto da sepultura como algumas pessoas gostariam que eu estivesse. Graças a Deus, nunca fiquei surda ou abobalhada. Bem, suponho que a próxima coisa que você vai fazer é ir para a lua. E suponho que eles não gostaram do meu vinho de salsaparrilha, por acaso?

— Oh, eles tomaram, sim... e o acharam delicioso.

— Você demorou para me contar isso. Trouxe de volta a garrafa? Ou seria esperar demais que você se lembrasse disso?

— Oh... a garrafa quebrou — hesitou Pauline. — Alguém a deixou cair na despensa. Mas Louisa me deu outra exatamente igual, mamãe, então não precisa se preocupar.

— Eu tinha aquela garrafa desde que comecei a cuidar da casa. A de Louisa não pode ser exatamente a mesma. Não se fazem mais dessas garrafas hoje em dia. Gostaria que você me trouxesse outro xale. Estou espirrando... Acho que peguei um resfriado terrível. Vocês duas parecem não se lembrar de não deixar o ar noturno me atingir. Provavelmente vai trazer minha neurite de volta.

Um antigo vizinho subindo a rua apareceu naquele momento, e Pauline agarrou a chance de ir um pouco mais longe com Anne.

— Boa noite, srta. Shirley — disse a sra. Gibson muito graciosamente. — Estou muito agradecida. Se houvesse mais pessoas como a senhorita nesta cidade, a vida seria melhor. — Ela deu um sorriso sem dentes e puxou Anne para si. — Não me importo com o que as pessoas dizem... Eu acho a senhorita muito bonita — ela sussurrou.

Pauline e Anne caminharam pela rua, na noite fria e verde, e Pauline se deixou levar, como não ousara fazer na frente da mãe.

— Oh, srta. Shirley, foi celestial. Como posso retribuir? Nunca passei um dia tão maravilhoso... Vou reviver aqueles momentos por muitos anos. Foi tão divertido voltar a ser dama de honra. E o capitão Isaac Kent foi o padrinho. Ele... ele costumava ser um antigo namorado meu... bem, não exatamente um namorado... Acho que nunca teve intenções verdadeiras, mas passeamos juntos... e ele me fez dois elogios. Disse: "Lembro-me de como você estava bonita no casamento de Louisa, com aquele vestido vinho". Não foi maravilhoso ele se lembrar do vestido? E disse: "Seu cabelo se parece com caramelo, como sempre". Não havia nada de impróprio em dizer isso, não é, srta. Shirley?

— Absolutamente nada.

— Lou, Molly e eu tivemos um jantar tão agradável depois que todos foram embora. Eu estava com tanta fome... Acho que não sentia tanta fome assim há anos. Foi tão bom comer apenas o que eu queria, sem ninguém para me alertar sobre as coisas que não combinariam com o meu estômago. Depois do jantar, Mary e eu fomos até a antiga casa dela e vagamos pelo jardim, conversando sobre os velhos tempos. Vimos os arbustos de lilases que plantamos anos atrás. Tivemos lindos verões juntas quando éramos meninas. Então, quando o sol se pôs, descemos para o querido e velho golfo e nos sentamos em uma rocha em silêncio. Um sino estava tocando no porto e foi lindo sentir o vento do mar novamente e ver as estrelas cintilando na água. Eu tinha esquecido como a noite no golfo podia ser tão bonita. Voltamos quando escureceu, e o sr. Gregor estava pronto para vir... e assim — concluiu Pauline com uma risada — e assim, a velha senhora voltou para casa à noite.

— Eu queria... Eu queria que você não precisasse passar por momentos tão difíceis em casa, Pauline...

— Oh, querida srta. Shirley, não vou me importar agora — disse Pauline rapidamente. — Afinal, a pobre mamãe precisa de mim. E é bom ser necessária, minha querida.

Sim, era bom ser necessária. Anne pensou nisso em seu quarto na torre, onde Dusty Miller, tendo escapado de Rebecca Dew e das viúvas, estava aconchegado em sua cama. Ela pensou em Pauline caminhando de volta à sua escravidão, mas acompanhada pelo "espírito imortal de um dia feliz".[1]

— Espero que alguém sempre precise de mim — disse Anne a Dusty Miller. — E é maravilhoso, Dusty Miller, ser

---

[1] *The immortal spirit of one happy day*, no original. Referência ao poema "There is a Little Unpretending Rill", de William Wordsworth.

capaz de dar felicidade a alguém. Isso fez com que me sentisse tão rica, dar a Pauline este dia. Mas, oh, Dusty Miller, você acha que um dia serei como a sra. Adoniram Gibson, mesmo que viva até os oitenta anos? Acha, Dusty Miller?

Dusty Miller, com ronrons graves e guturais, garantiu a ela que não.

XV

Anne desceu para Bonnyview na sexta-feira à noite antes do casamento. Os Nelson estavam oferecendo um jantar para alguns amigos da família e convidados do casamento que chegavam de trem. A grande e comprida casa que era o "lar de verão" do dr. Nelson fora construída entre pinheiros, em uma comprida faixa de terra, com a baía dos dois lados e um trecho de dunas douradas, que sabiam tudo o que havia para saber sobre os ventos.

Anne gostou dela assim que a viu. Uma velha casa de pedra sempre parece tranquila e digna. Não teme o que a chuva, o vento ou a mudança de moda possam fazer. E naquela noite de junho ela borbulhava com juventude e empolgação, risadas de meninas, saudações de velhos amigos, charretes indo e vindo, crianças correndo por toda parte, presentes chegando, todos na deliciosa turbulência de um casamento, enquanto os dois gatos pretos do dr. Nelson, que dão sentido aos nomes de Barnabé e Saulo, estavam sentados no parapeito da varanda, observando tudo como duas imperturbáveis esfinges negras.

Sally se separou da multidão e levou Anne para cima.

— Reservamos o quarto do sótão do lado norte para você. Claro, você terá de compartilhá-lo com pelo menos outras três pessoas. Está muito confuso por aqui hoje. Papai está mandando armar uma tenda para os meninos entre os pinheiros, e, mais tarde, podemos colocar umas camas de armar na varanda envidraçada, nos fundos. E poderemos acomodar a maioria das crianças no celeiro, é claro. Oh, Anne, estou tão animada. Casar é algo realmente divertido. Meu vestido de noiva acabou de chegar de Montreal. É um sonho... de seda creme com renda e bordado de pérolas. Os presentes mais lindos já chegaram. Esta é sua cama. Mamie Gray, Dot Fraser e Sis Palmer ficaram com as outras. Minha mãe queria colocar Amy Stewart aqui, mas eu não deixei. Amy odeia você porque ela queria ser minha dama de honra. Mas eu não poderia ter ninguém tão grande e atarracado, não acha? Além disso, ela parece enjoada usando verde. Oh, Anne, a tia Mouser está aqui. Ela chegou apenas alguns minutos atrás, e nós estamos simplesmente apavorados. Claro que tínhamos de convidá-la, mas nunca pensamos que ela fosse chegar antes de amanhã.

— Quem, afinal, é a tia Mouser?

— Ela é tia do papai, a sra. James Kennedy. Oh, claro, o nome dela é Grace, mas Tommy apelidou-a de tia Mouser porque ela está sempre fuçando nas coisas que não queremos que veja. Não há como escapar dela. Ela costuma se levantar mais cedo pela manhã, só para não perder nada, e é a última a ir para a cama à noite. Mas isso não é o pior. Se há algo ruim a ser dito, ela certamente o dirá, além de nunca ter aprendido que certas perguntas não devem ser feitas. Papai chama seus discursos de "felicitações da tia Mouser". Eu sei que ela vai estragar o jantar. Aí vem ela.

A porta se abriu e tia Mouser entrou... uma mulher gorda, morena, de olhos esbugalhados, movendo-se em uma nuvem de bolas de naftalina e com uma expressão cronicamente preocupada. Exceto pela expressão, ela realmente parecia um gatinho inquiridor.

— Então essa é a srta. Shirley de quem sempre ouvi tanto. A senhorita não se parece nem um pouco com a srta. Shirley que conheci. Ela tinha olhos tão lindos. Pois bem, Sally, então você vai se casar, finalmente. A pobre Nora é a única que sobrou. Bem, sua mãe tem sorte de se livrar de cinco de vocês. Oito anos atrás eu disse a ela: "Jane, você acha que vai casar todas essas meninas?". Bem, na minha opinião, um homem não é nada além de problemas, e de todas as coisas incertas do casamento é o mais incerto, mas o que mais há para uma mulher neste mundo? Isso é o que acabei de dizer para a pobre Nora. "Guarde minhas palavras, Nora", eu disse a ela, "ser solteirona não é muito divertido. O que Jim Wilcox está pensando?", eu disse a ela.

— Oh, tia Grace, eu gostaria que a senhora não falasse sobre isso. Jim e Nora tiveram algum tipo de briga em janeiro passado, e ele nunca mais apareceu.

— Eu acredito em dizer o que penso. As coisas são melhores quando ditas. Já tinha ouvido falar dessa briga. É por isso que perguntei a ela sobre ele. "Está certo", disse a ela, "mas você deveria saber que dizem que ele está de olho em Eleanor Pringle." Ela ficou vermelha, furiosa e saiu correndo. O que Vera Johnson está fazendo aqui? Ela não é parente.

— Vera sempre foi uma grande amiga minha, tia Grace. Ela vai tocar a marcha nupcial.

— Oh, ela vai? Bem, só espero que ela não cometa um erro e toque a Marcha Fúnebre como a sra. Tom Scott no casamento de Dora Best. Um mau presságio. Eu não sei onde você vai colocar essa multidão toda esta noite. Alguns de nós terão de dormir no varal, eu acho.

— Oh, vamos encontrar um lugar para cada um de vocês, tia Grace.

— Bem, Sally, tudo que eu espero é que você não mude de ideia no último minuto, como Helen Summers. Isso bagunça as coisas. Seu pai está muito animado. Nunca fui agourenta, mas espero que essa animação não seja sinal de um derrame. Eu já vi isso acontecer antes.

— Oh, papai está bem, tia Grace. Ele só está um pouco animado.

— Ah, você é muito jovem, Sally, para saber tudo o que pode acontecer. Sua mãe me disse que a cerimônia será ao meio-dia, amanhã. A moda nos casamentos está mudando, como tudo, e não é para melhor. Quando *eu* me casei, era final de tarde, e meu pai comprou vinte galões de bebida para o casamento. Ah, meu Deus, os tempos não são mais o que costumavam ser. Qual é o problema com Mercy Daniels? Eu a encontrei na escada e a pele dela parecia feita de barro.

— "A qualidade da misericórdia não foi prejudicada"[1] — riu Sally, contorcendo-se em seu vestido de jantar.

— Não cite a Bíblia levianamente — repreendeu tia Mouser. — Há de desculpá-la, srta. Shirley. Ela não está acostumada a se casar. Bem, só espero que o noivo não fique com cara de assustado, como tantos por aí. Suponho que eles se sintam assim, mas não precisam demonstrar com tanta obviedade. E espero que ele não esqueça as alianças. Upton Hardy esqueceu. Ele e Flora tiveram de se casar com uma argola de cortina. Bem, vou dar outra olhada nos presentes de casamento. Você ganhou muitas coisas boas, Sally. Só espero que não seja tão difícil manter os cabos dessas colheres polidos, o que acho pouco provável.

O jantar naquela noite na grande varanda envidraçada foi um evento alegre. Lanternas chinesas haviam sido penduradas por toda parte, lançando luzes suaves sobre os lindos vestidos, os cabelos brilhantes e as pálidas testas sem rugas das meninas. Barnabé e Saulo estavam sentados como estátuas de ébano nos largos braços da cadeira do doutor, onde ele os alimentava com petiscos alternadamente.

— Tão ruim quanto Parker Pringle — disse tia Mouser. — Ele mantém o cachorro sentado à mesa na própria cadeira e

---

[1] A personagem faz um trocadilho com o nome "Mercy" ("misericórdia" em inglês). (N. E.)

com o próprio guardanapo. Bem, mais cedo ou mais tarde há de ser julgado por isso.

Foi uma grande festa, pois todas as meninas Nelson casadas e seus maridos estavam presentes, além de acompanhantes e damas de honra; e foi alegre, apesar dos votos de "felicitações" de tia Mouser... ou talvez por causa deles. Ninguém levava tia Mouser muito a sério, era evidentemente uma piada entre os jovens. Quando ela disse, ao ser apresentada a Gordon Hill: "Ora, ora, você não é nem um pouco como eu esperava. Sempre pensei que Sally escolheria um homem alto e bonito", ondas de riso percorreram a varanda. Gordon Hill, que era baixinho e ouvia de seus melhores amigos que tinha "um rosto agradável", sabia que nunca o deixariam em paz por causa dessa. Quando ela disse a Dot Fraser: "Ora, ora, um vestido novo toda vez que a vejo! Só espero que o bolso do seu pai consiga aguentar isso por mais alguns anos", Dot poderia, é claro, tê-la fervido em óleo quente, mas algumas das outras garotas se divertiram. E quando tia Mouser comentou com pesar, a propósito dos preparativos do jantar de casamento: "Só espero que todos devolvam suas colheres de chá depois da refeição. Depois do casamento de Gertie Paul, cinco desapareceram. Nunca foram encontradas", a sra. Nelson, que pegara emprestado três dúzias, e as cunhadas, que as emprestaram, pareceram preocupadas. Mas o dr. Nelson falou muito alegremente:

— Vamos fazer todos revirarem os bolsos antes de ir, tia Grace.

— Ah, você pode rir, Samuel. Não é brincadeira que algo assim aconteça na família. *Alguém* deve ter ficado com aquelas colheres de chá. Eu nunca vou a lugar nenhum, mas estou sempre de olhos abertos para encontrá-las. Eu as reconheceria onde quer que as visse, embora isso tenha sido há vinte e oito anos. A pobre Nora era apenas um bebê na época. Você se lembra de que ela estava lá, Jane, com um vestidinho bordado branco? Vinte e oito anos! Ah, Nora, você está muito bem, embora essa luz esconda um pouco sua idade.

Nora não se juntou à risada que se seguiu. Ela parecia prestes a lançar um raio a qualquer momento. Apesar do vestido em tons de narciso e das pérolas em seu cabelo escuro, ela fez Anne pensar em uma mariposa negra. Em contraste direto com Sally, que era um tipo claro como a neve, Nora Nelson tinha um magnífico cabelo preto, olhos escuros, sobrancelhas negras delineadas e bochechas vermelhas aveludadas. Seu nariz começava a se parecer com o de um gavião e ela nunca foi considerada bonita, mas Anne sentiu uma estranha atração por ela, apesar da expressão carrancuda e furiosa. Ela sentiu que preferia Nora como amiga do que a popular Sally.

Depois do jantar, todos dançaram, e a música e os risos saíam em profusão pelas grandes e baixas janelas da velha casa de pedra. Às dez, Nora havia desaparecido. Anne estava um pouco cansada de tanto barulho e alegria. Esgueirou-se pelo corredor até uma porta dos fundos que quase dava para a baía e desceu um lance de degraus rochosos até a enseada, passando por um estreito bosque de pequenos pinheiros pontiagudos. Como era divino o ar fresco que vinha do mar depois de uma noite abafada! Como eram primorosos os reflexos prateados do luar na baía! Que sonho era aquele navio que partira ao nascer da lua e agora se aproximava do píer da enseada! Era uma noite em que se poderia esperar perder-se em uma dança de sereias.

Nora estava agachada sob a sombra escura de uma rocha à beira d'água, parecendo uma tempestade como nunca.

— Posso me sentar aqui com você um pouco? — perguntou Anne. — Estou um pouco cansada de dançar e é uma pena perder esta noite maravilhosa. Invejo você, que tem toda a enseada no próprio quintal.

— Como você se sentiria se não tivesse namorado? — perguntou Nora, abrupta e mal-humorada. — Ou sem qualquer possibilidade de ter de um — acrescentou, ainda mais taciturna.

— Acho que a culpa é sua e apenas sua por ainda não ter um — disse Anne, sentando-se ao lado dela.

Nora se viu contando a Anne seus problemas. Sempre havia algo em Anne que fazia as pessoas contarem a ela seus problemas.

— Está dizendo isso para ser educada, é claro. Não é necessário. Sabe tão bem quanto eu que não sou uma garota por quem os homens tendem a se apaixonar. Sou "a srta. Nelson sem graça". Não é *minha* culpa não ter ninguém. Eu não aguentava mais ficar lá. Tive que vir aqui e me permitir ficar infeliz. Estou cansada de sorrir e ser agradável com todos e fingir não me importar quando me criticam por não ser casada. Não vou fingir mais. Eu me importo, *sim*. Eu me importo muitíssimo. Sou a única das garotas Nelson que sobrou. Cinco de nós já são casadas ou serão até amanhã. Você ouviu a tia Mouser dizer minha idade para mim no jantar. E eu a ouvi dizer à minha mãe antes do jantar que eu tinha "envelhecido um pouco" desde o verão passado. Claro que envelheci. Tenho vinte e oito anos. Em mais doze anos, terei quarenta. Como vou aguentar a vida aos quarenta, Anne, se não tiver minhas próprias raízes nessa época?

— Eu não me importaria com o que uma velha tola dissesse.

— Oh, é mesmo? Você não tem um nariz como o meu. Em dez anos, vou ficar bicuda como meu pai. E suponho que você também não se importaria se esperasse anos e anos por um homem para se casar... e ele simplesmente não fizesse nada?

— Oh, sim, acho que me importaria com isso.

— Bem, essa é a minha exata situação. Oh, eu sei que você já ouviu falar de Jim Wilcox e eu. É uma história tão antiga. Ele está comigo há anos... mas nunca disse nada sobre nos casarmos.

— Você se importa com ele?

— Claro que me importo. Eu sempre fingi que não, mas, como disse a você, estou farta de fingir. E ele se afastou de mim desde janeiro passado. Tivemos uma briga, mas já brigamos centenas de vezes. Ele sempre voltava... mas não dessa vez... e acho que nunca mais vai voltar. Ele não quer. Olhe para a casa dele do outro lado da baía, brilhando ao luar. Suponho que ele esteja lá, e eu aqui... e toda essa enseada entre nós. É assim que sempre será. Isso... é horrível! E eu não posso fazer nada.

— Se você mandasse chamá-lo, ele não voltaria?

— Chamá-lo? Você acha que eu faria *isso*? Eu morreria primeiro. Se ele quiser vir, não há nada que o impeça. Se ele não quiser, não quero que venha. Não, eu quero... eu quero! Eu amo Jim... e quero me casar. Eu quero ter minha própria casa e ser chamada de senhora e calar a boca de tia Mouser. Oh, eu gostaria de poder ser Barnabé ou Saulo por alguns momentos, apenas para xingá-la! Se me chamar de "pobre Nora" de novo, vou jogar um balde d'água nela. Mas, no fim, ela só diz o que todo mundo pensa. Minha mãe já se desesperou há muito tempo com a possibilidade de eu não me casar, então ela me deixa em paz, mas o resto me incomoda. Eu odeio Sally... claro que isso é horrível, mas eu a odeio. Ela está se casando com um bom marido e terá uma casa adorável. Não é justo que ela tenha tudo e eu nada. Ela não é melhor, nem mais inteligente, nem muito mais bonita do que eu... apenas tem mais sorte. Suponho que você pense que sou horrível... não que eu me importe com o que pensa.

— Acho que você está muito, muito cansada, depois de todas essas semanas de preparação e agitação, e essas coisas que sempre foram difíceis se tornaram *muito* difíceis todas de uma vez.

— Você entende... oh, sim, sempre soube que você me entenderia. Sempre quis ser sua amiga, Anne Shirley. Gosto do jeito como você ri. Sempre desejei conseguir rir assim. Não sou tão mal-humorada quanto pareço... são as minhas sobrancelhas. Eu realmente acho que são elas que assustam os homens. Nunca tive uma amiga de verdade na minha vida. Mas, é claro, sempre tive Jim. Temos sido... amigos... desde que éramos crianças. Veja, eu costumava acender uma luz naquela janelinha do sótão sempre que queria que ele viesse e ele vinha na hora. Fomos a todos os lugares juntos. Nenhum outro garoto teve uma chance... não que alguém quisesse, suponho. E agora está tudo acabado. Ele estava cansado de mim e ficou feliz com a desculpa de uma briga para se libertar. Oh, vou odiá-la amanhã porque eu disse isso?

— Por quê?

— Sempre odiamos as pessoas que guardam nossos segredos, suponho — disse Nora com tristeza. — Mas há sempre algo que mexe com a gente em um casamento... e eu simplesmente não me importo... Não me importo com nada. Oh, Anne Shirley, estou tão infeliz! Deixe-me chorar um pouco no seu ombro. Vou ter que sorrir e parecer feliz o dia todo amanhã. Sally acha que sou supersticiosa por não ter aceitado ser a dama de honra dela. "Três vezes dama de honra, nunca noiva", você sabe. Mas não é. Eu simplesmente não conseguiria suportar ficar lá na frente e ouvi-la dizer "Sim", e sei que nunca terei a chance de dizer isso para Jim. Eu teria jogado minha cabeça para trás e gritado: "Eu quero ser a noiva... eu quero ter meu enxoval... eu quero toda minha roupa de cama com monogramas bordados... eu quero todos aqueles adoráveis presentes". Até a manteigueira de prata da tia Mouser. Ela sempre dá um uma manteigueira para cada noiva... uma coisa horrível, com o topo parecendo a cúpula da catedral de São Pedro. Poderíamos colocá-la na mesa do café apenas para que Jim zombasse dela. Anne, acho que estou ficando louca.

O baile tinha acabado quando as meninas voltaram para casa, de mãos dadas. As pessoas estavam se recolhendo para dormir. Tommy Nelson levava Barnabé e Saulo para o celeiro. Tia Mouser ainda estava sentada em um sofá, pensando em todas as coisas terríveis que ela esperava que não acontecessem no dia seguinte.

— Espero que ninguém se levante e dê uma razão pela qual eles não deveriam se unir. Isso *aconteceu* no casamento de Tillie Hatfield.

— Não haverá uma sorte como essa para Gordon — disse o padrinho. Tia Mouser fixou nele um olhar pétreo.

— Jovem, casamento não é exatamente uma piada.

— Pode apostar que não — disse o jovem petulante. — Olá, Nora, quando vamos ter a chance de dançar no seu casamento?

Nora não respondeu com palavras. Ela se aproximou e deliberadamente deu um tapa nele, primeiro em um lado do rosto e depois no outro. As bofetadas não foram de brincadeira. Então subiu sem olhar para trás.

— Aquela garota — disse tia Mouser — está irritada.

XVI

XVI

A manhã de sábado passou em um turbilhão de coisas de última hora. Anne, usando um dos aventais da sra. Nelson, ajudava Nora na cozinha com as saladas. Nora estava toda ríspida, evidentemente arrependida, como ela própria havia previsto, das confidências da noite anterior.

— Ficaremos todos cansados por um mês! — ela estourou —, e papai não consegue realmente pagar por uma festa desse tamanho. Mas Sally estava decidida a ter o que ela chama de um "lindo casamento", e papai cedeu. Ele sempre fez as vontades dela.

— Rancor e ciúme — disse tia Mouser, de repente colocando a cabeça para fora da despensa, onde estava deixando a sra. Nelson agitada com suas esperanças desesperançadas.

— Ela está certa — disse Nora para Anne, com amargura. — Pois bem. Eu *sou* rancorosa e ciumenta... simplesmente odeio o semblante das pessoas felizes. Mas, mesmo assim, não lamento ter dado um tapa na cara de Jud Taylor ontem à noite. Só lamento não ter torcido o nariz dele. Bem, com isso terminamos as saladas. Elas estão bonitas. Adoro bagunçar as coisas quando estou normal. Oh, no fim, espero que tudo corra bem, pelo bem de Sally. Acho que a amo, sim, apesar de tudo, embora agora mesmo eu sinta como se odiasse a todos e Jim Wilcox mais ainda!

— Bem, tudo que eu espero é que o noivo não desapareça antes da cerimônia! — flutuou a voz lúgubre da tia Mouser para fora da despensa. — Austin Creed não apareceu. Simplesmente se esqueceu de que se casaria naquele dia. Os Creed sempre foram esquecidos, mas considero isso levar as coisas longe demais.

As duas meninas se entreolharam e riram. Todo o rosto de Nora se transformava quando ria... ficava iluminado, brilhante, cheio de cor... E então alguém apareceu para avisar que Barnabé tinha vomitado na escada... muitos fígados de frango. Nora correu para consertar o estrago, e tia Mouser saiu da despensa esperando que o bolo de casamento não desaparecesse, como aconteceu no casamento de Alma Clark dez anos antes.

Ao meio-dia, tudo estava em perfeitas condições: a mesa posta, as camas lindamente arrumadas, cestos de flores por toda a parte; e, no grande quarto norte do andar de cima Sally, e suas três damas de honra demonstravam um trêmulo esplendor. Anne, com vestido e chapéu verde-claros, olhou-se no espelho e desejou que Gilbert pudesse vê-la.

— Você está maravilhosa — disse Nora com um pouco de inveja.

— Você também está linda, Nora. Esse vestido de *chiffon* azul-esfumaçado e o chapéu realçam o brilho do seu cabelo e o azul de seus olhos.

— Não haverá ninguém para se importar com minha aparência — disse Nora amargamente. — Bem, me observe sorrindo, Anne. Não devo ser a caveira da festa, suponho. Afinal, tenho que tocar a marcha nupcial... Vera está com uma dor de cabeça terrível. Tenho mais vontade de tocar a marcha fúnebre, como tia Mouser previu.

Tia Mouser, que perambulara pela propriedade a manhã toda, atrapalhando todo mundo, enquanto usava um quimono velho e não muito limpo com uma touca de dormir murcha, agora estava resplandecente em um vestido de gorgorão marrom e disse a Sally que uma de suas mangas estava apertada e esperava que as anáguas de ninguém ficassem aparentes sob o vestido, como aconteceu no casamento de Annie Crewson. A sra. Nelson entrou e chorou por Sally estar tão linda em seu vestido de noiva.

— Ora, ora, não seja tão sentimental, Jane — acalmou-a tia Mouser. — Você ainda tem uma filha sobrando... e provavelmente ficará com ela para sempre. Lágrimas não dão sorte nos casamentos. Bem, só espero que ninguém caia morto como o velho tio Cromwell no casamento de Roberta Pringle, bem no meio da cerimônia. A noiva passou duas semanas na cama devido ao trauma.

Com essa inspiradora despedida, o cortejo da noiva desceu as escadas, ao som da marcha nupcial de Nora tocada de forma tempestuosa, e Sally e Gordon se casaram sem que ninguém morresse ou esquecesse o anel. *Foi* uma linda festa de casamento e até mesmo tia Mouser desistiu de se preocupar com o universo por alguns momentos.

— Afinal — ela disse a Sally, esperançosa, mais tarde —, mesmo que você não seja muito feliz no casamento, é provável que fosse mais infeliz ainda se não estivesse casada.

Apenas Nora manteve a carranca no banquinho do piano, mas foi até Sally e deu-lhe um forte abraço, com véu de noiva e tudo.

— Então está acabado — disse Nora com tristeza, quando o jantar e a festa nupcial acabaram, e a maioria dos convidados tinha ido embora.

Ela olhou o salão ao seu redor, que parecia abandonado e desarrumado como sempre ficam os salões depois de uma festa... um corpete desbotado e pisoteado no chão... cadeiras tortas... um pedaço de renda rasgado... dois lenços no chão... migalhas que as crianças espalharam... uma mancha escura no teto por onde havia vazado a água de um jarro que tia Mouser revirara no quarto de hóspedes.

— Preciso limpar essa bagunça — continuou ela selvagemente. — Há muitos jovens esperando pelo trem, pelo barco, e alguns vão ficar até domingo. Eles vão acender uma fogueira na praia e dançarão loucamente à luz do luar. Você consegue imaginar a minha vontade de dançar ao luar? *Eu* quero ir para a cama e chorar.

— Uma casa depois de uma festa de casamento parece um lugar muito abandonado — disse Anne. — Mas vou ajudá-la a limpar tudo e então vamos tomar uma xícara de chá.

— Anne Shirley, você acha que uma xícara de chá é a panaceia para tudo? É você quem deveria ser a solteirona, não eu. Deixe para lá. Eu não quero ser horrível, mas suponho que seja minha característica inata. Odeio a ideia desse baile na praia mais do que o casamento. Jim sempre costumava estar em nossos bailes na praia. Anne, eu decidi estudar para ser enfermeira. Sei que vou odiar... e os céus que ajudem meus futuros pacientes... mas não vou ficar aqui em Summerside e ser zombada por estar na prateleira por mais tempo. Bem, vamos lidar com essa pilha de pratos cheios de gordura e fingir que estamos gostando.

— Eu gosto disso... sempre gostei de lavar louça. É divertido deixar as coisas limpas e brilhantes novamente.

— Oh, você deveria estar em um museu — retrucou Nora.

Quando a lua surgiu, já estava tudo preparado para o baile na praia. Os meninos fizeram uma enorme fogueira de pedaços de tronco no promontório, e as águas do porto pareciam cremosas e cintilantes ao luar. Anne esperava se divertir muito, mas um vislumbre do rosto de Nora, enquanto ela descia as escadas carregando uma cesta de sanduíches, a fez repensar.

"Ela está tão infeliz. Se houvesse algo que eu pudesse fazer!"

Uma ideia surgiu na cabeça de Anne. Ela sempre foi uma criatura de impulsos. Correndo para a cozinha, agarrou uma pequena lamparina acesa, correu escada acima e subiu outro lance até o sótão. Acendeu, então, a lamparina na claraboia que dava para a enseada. As árvores a esconderam dos dançarinos.

"Ele pode ver e vir. Suponho que Nora ficará furiosa comigo, mas isso não importará, se ele apenas vier. E, agora, vamos embrulhar um pedaço de bolo de casamento para Rebecca Dew.

Jim Wilcox não apareceu. Anne desistiu de procurá-lo depois de um tempo e o esqueceu na alegria da noite. Nora havia desaparecido, e tia Mouser tinha, por milagre, ido para a cama. Eram onze horas quando a festança acabou, e os cansados guerreiros lunares bocejavam subindo as escadas. Anne estava com tanto sono que nem pensou mais na luz do sótão. Mas, às duas horas, tia Mouser se esgueirou para dentro do quarto e acendeu uma vela na cara das meninas.

— Meu Deus, qual é o problema? — disse Dot Fraser, sentando-se na cama.

— Psiu! — alertou-a tia Mouser, os olhos quase saltando da cabeça. — Acho que tem alguém em casa... Tenho certeza de que sim. Que barulho é esse?

— Parece um gato miando ou um cachorro latindo — riu Dot.

— Nada disso — disse tia Mouser severamente. — Sei que tem um cachorro latindo no celeiro, mas não foi isso que me acordou. Foi um solavanco... um solavanco forte e claro.

— Senhor, livrai-nos de fantasmas, assombrações e bichos de pernas longas e coisas que surgem durante a noite — murmurou Anne.

— Srta. Shirley, isso não é motivo de riso. Há ladrões nesta casa. Vou chamar o Samuel.

Tia Mouser desapareceu e as meninas se entreolharam.

— Vocês acham... todos os presentes de casamento estão na biblioteca... — disse Anne.

— Vou me levantar, de qualquer jeito — disse Mamie. — Anne, você já viu algo parecido com o rosto da tia Mouser enquanto ela segura a vela e as sombras se projetam para cima... com aquelas mechas de cabelo levantadas? Parecia a Bruxa de Endor!

Quatro garotas de robe escapuliram para o corredor. Tia Mouser vinha vindo seguida pelo dr. Nelson de roupão e chinelos. A sra. Nelson, que não conseguiu encontrar seu robe, observava aterrorizada da porta de seu quarto.

— Oh, Samuel, não se arrisque... se forem ladrões, eles podem atirar!

— Absurdo! Não acredito que seja nada disso — disse o médico.

— Pois eu digo que ouvi um tranco — tremia tia Mouser.

Alguns meninos se juntaram à reunião. Desceram as escadas com cautela, com o doutor à frente e tia Mouser, vela em uma das mãos e atiçador na outra, fechando a retaguarda.

Sem dúvida, havia ruídos na biblioteca. O dr. Nelson abriu a porta e entrou.

Barnabé, que se escondera na biblioteca quando Saulo foi levado para o celeiro, estava sentado na parte de trás do sofá Chesterfield, piscando os olhos e achando tudo divertido. Nora e um jovem estavam parados no meio da sala, fracamente iluminada por outra vela bruxuleante. O jovem estava com os braços em volta de Nora e segurava um grande lenço branco contra o rosto dela.

— Ele está pondo clorofórmio nela! — gritou tia Mouser, deixando o atiçador cair com um estrondo horrível.

O jovem se virou, deixou cair o lenço e pareceu aparvalhado. No entanto, era um jovem de aparência bastante agradável, com olhos e cabelos castanho-avermelhados, sem mencionar o queixo, um queixo que não passava despercebido.

Nora agarrou o lenço e o aplicou no rosto.

— Jim Wilcox, o que significa isso? — disse o dr. Nelson, com extrema severidade.

— *Eu* não sei o que significa — disse Jim Wilcox, um tanto amuado. — Tudo que sei é que Nora fez um sinal para mim. Eu não vi a luz até chegar em casa de um banquete maçônico em Summerside, à uma da manhã. E eu vim correndo para cá.

— Eu não fiz sinal para você! — bradou Nora. — Pelo amor de Deus, não olhe para mim, papai. Eu não estava dormindo... estava sentada na janela, não tinha trocado de roupa... quando vi alguém vindo da praia. Quando chegou perto de casa, vi que era o Jim, então desci correndo. E dei de encontro com a porta da biblioteca, bati o nariz e começou a sangrar. Ele estava apenas tentando impedir o sangue.

— Pulei pela janela e derrubei aquele banco....

— Eu disse que ouvi uma pancada — disse tia Mouser.

— E agora Nora diz que não mandou nenhum sinal, então vou apenas livrá-la da minha presença indesejada, com desculpas a todos os envolvidos.

— É realmente uma pena ter perturbado o seu descanso da noite e ter feito você vir até aqui pela baía como se estivesse caçando um ganso selvagem — disse Nora tão friamente quanto possível, procurando no lenço de Jim uma parte que não estivesse manchada de sangue.

— A caça ao ganso está perto — disse o médico.

— É melhor você usar uma porta quando sair — disse tia Mouser.

— Fui eu quem colocou a luz na janela — disse Anne envergonhada —, e então a esqueci...

— Como você se atreveu? — gritou Nora. — Eu nunca vou te perdoá-la.

— Vocês todos enlouqueceram? — disse o médico irritado. — O que é todo esse barulho, afinal? Pelo amor de Deus, feche essa janela, Jim, tem um vento soprando que está congelando até os ossos. Nora, coloque a cabeça para trás e seu nariz ficará bem.

Nora derramava lágrimas de raiva e vergonha. Misturado ao sangue em seu rosto, isso fazia dela uma visão assustadora. Jim Wilcox parecia querer que o chão se abrisse e o jogasse no porão com suavidade.

— Bem — disse tia Mouser beligerantemente —, tudo o que você pode fazer agora é se casar com ela, Jim Wilcox. Ela nunca vai conseguir um marido se souberem que foi flagrada aqui com você às duas da madrugada.

— Casar-me com ela! — exclamou Jim exasperado. — Tudo o que eu mais quis na minha vida era me casar com ela. Em toda minha vida, nunca quis outra coisa!

— Então por que não disse isso antes? — perguntou Nora, virando-se para encará-lo.

— Não disse? Você me esnobou, me desprezou e zombou de mim por anos. Quantas vezes você fez questão de me mostrar como me desprezava? Achei que fosse a coisa mais inútil de se perguntar. E em janeiro passado você disse...

— Você me incitou a dizê-lo...

— *Eu* incitei você! É do meu feitio? Você começou uma briga comigo só para se livrar de mim!

— Eu não... eu...

— E, ainda assim, hoje fui tolo o suficiente para vir aqui na calada da noite, porque pensei que você tinha colocado nosso antigo sinal na janela e me queria de volta! Se vou pedir para você se casar comigo? Bem, eu vou perguntar agora e acabou. E você pode se divertir em me recusar diante de todas essas pessoas. Nora Edith Nelson, quer se casar comigo?

— Oh, como não... como não me casaria! — gritou Nora tão descaradamente que até Barnabé corou por ela.

Jim deu a ela um olhar incrédulo, então saltou sobre ela. Talvez seu nariz tivesse parado de sangrar... talvez não. Não importava.

— Acho que vocês todos se esqueceram de que hoje é a manhã do sábado anterior — disse tia Mouser, que acabara de se lembrar. — Eu adoraria uma xícara de chá, se alguém quisesse. Não estou acostumada a demonstrações como esta. Só espero que a pobre Nora finalmente o tenha conseguido. Pelo menos, ela tem testemunhas.

E foram todos para a cozinha, e a sra. Nelson desceu e fez chá para eles. Todos, exceto Jim e Nora, que permaneceram na biblioteca com Barnabé como acompanhante. Anne não viu Nora até de manhã... uma Nora tão diferente, dez anos mais jovem, que corou de felicidade.

— Eu devo isso a você, Anne. Se você não tivesse colocado a luz na janela do sótão... embora, por alguns minutos na noite passada, eu tenha pensado em arrancar suas orelhas!

— E pensar que dormi com tudo isso acontecendo — gemeu Tommy Nelson com o coração partido.

Mas a última palavra foi de tia Mouser.

— Bem, só espero que não seja o caso de se casar às pressas e se arrepender depois.

XVII

(Trecho da carta para Gilbert)

A escola fechou hoje. Dois meses de Green Gables e samambaias selvagens que alcançam os tornozelos, úmidas de orvalho, ao longo das sombras preguiçosas do riacho da Alameda dos Namorados, e morangos silvestres no pasto do sr. Bell, e a beleza escura dos eucaliptos na Floresta Mal-Assombrada! Minha alma tem asas.

Jen Pringle me trouxe um buquê de lírios-do-vale e me desejou boas férias. Ela virá passar um fim de semana comigo algum dia. Milagres existem!

Mas a pequena Elizabeth está com o coração partido. Eu queria trazê-la para uma visita também, mas a sra. Campbell não considerou "aconselhável". Felizmente, eu não disse nada a Elizabeth, então ela foi poupada da decepção.

— Acredito que serei Lizzie o tempo todo em que estiver fora, srta. Shirley — ela me disse. — Vou me sentir como Lizzie de qualquer maneira.

— Mas pense na diversão que teremos quando eu voltar — respondi. — Claro que você não será Lizzie. Não existe Lizzie em você. E escreverei para você toda semana, pequena Elizabeth.

— Oh, srta. Shirley, sim! Nunca recebi uma carta na minha vida. Vai ser divertido! E eu vou escrever para você, se elas me deixarem comprar um selo. Se não, você saberá que estou pensando em você do mesmo jeito. Eu batizei o esquilo do quintal de Shirley... a senhorita não se importa, não é? A princípio pensei em batizá-lo de Anne Shirley... mas então pensei que seria desrespeitoso... e, de qualquer maneira, Anne não é nome para um esquilo. Além disso, pode ser um esquilo cavalheiro. Esquilos são bichinhos tão queridos, não? Mas a Mulher diz que eles comem as raízes da roseira.

— Ela disse? — respondi.

Perguntei a Katherine Brooke onde ela ia passar o verão, e ela respondeu brevemente: "Aqui. Aonde supôs que eu iria?".

Senti que deveria tê-la convidado para Green Gables, mas não consegui. Claro, acho que ela não teria vindo, de qualquer maneira. Ela é uma estraga-prazeres. Arruinaria tudo. Contudo, quando penso nela sozinha naquela pensão barata durante o verão inteiro, minha consciência me dá fisgadas desagradáveis.

Dusty Miller trouxe uma cobra viva outro dia e a jogou no chão da cozinha. Se Rebecca Dew pudesse empalidecer, ela teria. "Esta é realmente a gota d'água!", ela disse. Mas Rebecca Dew tem estado um pouco irritada porque precisa passar todo o seu tempo livre catando grandes besouros verde-acinzentados das roseiras e jogando-os em uma lata de querosene. Ela acha que existem insetos demais no mundo.

— Tudo será comido por eles algum dia — prevê ela tristemente.

Nora Nelson vai se casar com Jim Wilcox em setembro. Um casamente bem discreto... sem festa, sem convidados, sem damas de honra. Nora me disse que essa era a única maneira de escapar da tia Mouser, e ela não *permitiria que tia Mouser a visse casada. Eu precisarei estar presente, no entanto, de forma não oficial. Nora diz que Jim nunca teria voltado se eu não tivesse colocado aquela luz na janela. Ele venderia a loja e iria para o Oeste. Bem, quando penso em todas os arranjos de casamento que já fiz...*

Sally diz que eles vão brigar na maior parte do tempo, mas que serão mais felizes brigando juntos do que concordando com qualquer outra pessoa. Mas não acho que vão brigar... muito. Acho que é sempre algum mal-entendido que causa a maior parte dos problemas do mundo. Você e eu com tanto tempo, agora...

Boa noite, meu amado. Que seu sono seja agradável, se meu desejo valer de alguma coisa.

Eternamente sua.

P.S.: A frase acima foi citada literalmente de uma carta da avó de tia Chatty.

O segundo ano

Windy Poplars
Alameda do Susto
14 de setembro

Ainda não consigo acreditar que nossos lindos dois meses acabaram. Foram lindos, não foram, querido? E agora só mais dois anos até...

(Vários parágrafos omitidos.)

Mas foi um grande prazer voltar para Windy Poplars... para minha torre particular, para minha própria cadeira especial e minha própria e elevada cama... e até mesmo para Dusty Miller se aquecendo no peitoril da janela da cozinha.

As viúvas ficaram felizes em me ver e Rebecca Dew me disse com sinceridade: "É bom ter você de volta". A pequena Elizabeth também se sentiu da mesma forma. Tivemos um encontro arrebatador no portão verde.

— Eu estava com um pouco de medo de que a senhorita pudesse ter entrado no Amanhã antes de mim — disse a pequena Elizabeth.

— Não é uma noite adorável? — eu disse.

— Onde quer que a senhorita esteja, sempre será uma noite adorável, srta. Shirley — disse a pequena Elizabeth.

Falando em elogios!

— Como você passou o verão, querida? — perguntei.

— Pensando — respondeu a pequena Elizabeth suavemente — em todas as coisas adoráveis que vão acontecer no Amanhã.

Depois subimos para meu quarto na torre e lemos uma história sobre elefantes. A pequena Elizabeth está muito interessada neles no momento.

— Há algo de encantador no próprio nome "elefante", não acha? — disse ela com solenidade, segurando o queixo com as pequeninas mãos, do jeito que sempre faz. — Espero encontrar muitos no Amanhã.

Colocamos um parque de elefantes em nosso mapa do país das fadas. Não adianta parecer superior e desdenhoso, meu Gilbert, como sei que você fará ao ler isto. Nem é necessário. O mundo sempre terá fadas. Não dá para ficar sem elas. E alguém precisa muni-las.

É muito bom estar de volta à escola também. Katherine Brooke não se tornou mais amigável, mas meus alunos pareciam contentes em me ver, e Jen Pringle quer que eu a ajude a fazer os halos de lata da cabeça dos anjos para uma apresentação da escola dominical.

Acho que as aulas deste ano serão muito mais interessante que as do ano passado. História do Canadá foi incorporada ao currículo. Tenho que dar uma breve aula amanhã sobre a Guerra de 1812.[1] Parece tão estranho reler as histórias dessas antigas guerras... coisas que nunca voltarão a acontecer. Acho que nenhum de nós terá mais do que um interesse acadêmico nessas "batalhas antigas". É impossível pensar no Canadá tomando parte em uma guerra de novo. Estou muito grata por essa fase da história ter acabado.

Vamos reorganizar o Clube de Teatro logo e pedir que todas as famílias ligadas à escola façam doações. Lewis Allen e eu vamos

---

[1] A Guerra de 1812, também chamada Guerra Anglo-Americana, foi a batalha entre Estados Unidos e Reino Unido e suas colônias, incluindo Ontário, Quebec, Nova Escócia, Bermuda e a ilha da Terra Nova.

tomar a estrada Dawlish como nosso território e ali angariar doações no próximo sábado à tarde. Lewis tentará matar dois coelhos com uma cajadada só, pois, ao mesmo tempo, competirá por um prêmio oferecido pela Country Homes de melhor fotografia de uma casa de fazenda. O prêmio é de vinte e cinco dólares, e isso significará um terno e um sobretudo novos, muito necessários para Lewis. Ele trabalhou em uma fazenda durante todo o verão e está fazendo trabalhos domésticos e preparando o jantar em sua pensão novamente, este ano. Ele deve odiar, mas nunca diz uma palavra sobre isso. Eu gosto de Lewis... ele é tão corajoso e ambicioso e tem um sorriso encantador. E, na verdade, nem é tão forte assim. No ano passado, receei que ele fosse quebrar ao meio. Mas o verão na fazenda parece tê-lo fortalecido um pouco. Este é seu último ano em Summerside e, portanto, espera conseguir entrar na Queen's Academy no ano que vem. As viúvas vão convidá-lo para o jantar de domingo tão frequentemente quanto possível neste inverno. Tia Kate e eu tivemos uma conversa sobre os meios para isso, e eu a persuadi a me deixar pagar pelas despesas extras. Claro que não tentamos persuadir Rebecca Dew. Eu apenas perguntei à tia Kate quando Rebecca estava por perto se poderíamos receber *Lewis Allen nas noites de domingo pelo menos duas vezes por mês. Tia Kate disse friamente que temia que elas não poderiam arcar com as despesas, além do que gastavam com sua garota solitária de sempre.*

Rebecca Dew soltou um grito de angústia.

— Essa é a gota d'água. Estamos ficando tão pobres que não podemos pagar um jantar de vez em quando para um menino pobre, trabalhador e sóbrio que está tentando estudar! Você gasta mais com fígado para Aquele Gato, que parece que vai explodir de tão gordo. Bem, pode pegar um dólar do meu pagamento e deixe que venha jantar!

O evangelho segundo Rebecca foi aceito. Lewis Allen está vindo, e nem o fígado de Dusty Miller nem o salário de Rebecca Dew serão diminuídos. Querida Rebecca Dew!

Tia Chatty veio ao meu quarto ontem à noite para me dizer que queria um xale de contas, mas a tia Kate achava que ela estava muito velha para isso e a magoou.

— Acha que estou muito velha, srta. Shirley? Não quero parecer vulgar... mas sempre quis tanto um xale de contas. Sempre os achei muito elegantes... e agora estão na moda outra vez.

— Muito velha! É claro que não está muito velha, minha querida — assegurei a ela. — Ninguém é velho demais para vestir exatamente o que quiser. Você não ia querer usá-lo se fosse muito velha.

— Vou comprar um e desafiar Kate — disse tia Chatty, de maneira nada desafiadora.

Mas acho que ela vai sim... e acho que sei como convencer tia Kate.

Estou sozinha em minha torre. Lá fora a noite está calma, e o silêncio aveludado. Nem mesmo os salgueiros estão se mexendo. Acabei de me inclinar para fora da minha janela e mandar um beijo para alguém a cento e sessenta quilômetros de Kingsport.

II

A estrada Dawlish era mais ou menos sinuosa e a tarde estava propícia para os errantes... ou assim pensavam Anne e Lewis enquanto perambulavam por ali, de vez em quando parando para desfrutar de um vislumbre do canal, que brilhava como safira por entre as árvores ou para fotografar uma parte da paisagem particularmente adorável ou uma casinha pitoresca em uma depressão frondosa. Não era, talvez, tão agradável visitar todas as casas e pedir doações em benefício do Clube de Teatro, mas Anne e Lewis se revezavam para falar... ele enfrentando as mulheres, enquanto Anne convencia os homens.

— Vai convencer todos os homens, se for com esse vestido e esse chapéu — aconselhou-a Rebecca Dew. — Na minha época, tive uma boa experiência abordando as pessoas, o que me mostrou que, quanto mais bem-vestida e bonita você estiver, mais dinheiro você ganha... ou promessas de dinheiro... a senhorita vai conseguir, se estiver lidando com homens. Mas, se for com mulheres, vista as coisas mais velhas e feias que possuir.

— Estrada são coisas interessantes, não acha Lewis? — disse Anne com ar sonhador. — Não uma estrada reta, mas aquelas com elevações e curvas em torno das quais qualquer coisa bela e surpreendente pode estar à espreita. Sempre adorei as curvas nas estradas.

— Para onde vai essa estrada Dawlish? — perguntou Lewis com praticidade.... embora no mesmo momento estivesse refletindo sobre como a voz da srta. Shirley sempre o fazia pensar na primavera.

— Eu poderia ser professoral e dizer a você, Lewis, que essa estrada não vai a lugar nenhum... ela acaba bem aqui. Mas não vou. Para onde vai ou para onde vem... Quem se importa? Até o fim do mundo e de volta, talvez. Lembre-se do que Emerson diz... "Oh, o que tenho a ver com o tempo?".[1] Esse é o nosso lema para hoje. Espero que o universo não vá se confundir se o deixarmos em paz por um tempo. Olhe para essas sombras de nuvens... e a tranquilidade dos vales verdes... e aquela casa com uma macieira em cada um de seus cantos. Imagine isso na primavera. Hoje é um dos dias em que as pessoas se sentem *vivas*, e cada ventania do mundo é uma irmã. Estou feliz que haja tantos aglomerados de samambaias silvestres ao longo desta estrada... samambaias silvestres com finas teias de aranha nelas. Isso traz de volta os dias em que eu fingia, ou acreditava... acho que realmente acreditava... que as teias eram toalhas de mesa das fadas.

Encontraram uma fonte à beira do caminho, em uma depressão dourada, e sentaram-se sobre um musgo que parecia feito de minúsculas samambaias, para beber de um copo que Lewis fez torcendo uma casca de bétula.

— Você nunca conhecerá a verdadeira alegria de beber água, se nunca se viu prestes a morrer de sede — disse ele. — No verão em que trabalhei na construção da ferrovia, me perdi nos prados em um dia quente e vaguei por horas. Pensei que ia morrer de sede e então encontrei a cabana de um colono,

---

[1] *Oh, what have I to do with time?*, no original. Referência ao poema "Waldeinsamkeit", de Ralph Waldo Emerson.

e ali tinha uma pequena nascente, como esta, numa touceira de salgueiros. Nossa, quanta água bebi! Consegui entender a Bíblia e o seu apreço à água fresca desde então.

— Vamos encontrar mais água em outro lugar — disse Anne, bastante ansiosa. — Vai cair uma chuvarada e... Lewis, eu adoro chuva, mas hoje estou com meu melhor chapéu e meu segundo melhor vestido. E não há nenhuma casa por perto.

— Há uma velha forja de ferreiro abandonada ali — disse Lewis —, mas teremos que correr até lá.

Eles correram e, abrigados, aproveitaram a chuva como haviam desfrutado de tudo naquela tarde cigana e despreocupada. Um silêncio velado caiu sobre o mundo. Todas as brisas jovens que sussurravam de maneira tão importante ao longo da estrada Dawlish haviam dobrado suas asas e se tornado imóveis e silenciosas. Nem uma folha se mexeu, nem uma sombra cintilou. As folhas de bordo na curva da estrada viraram para o lado errado até que as árvores parecessem estar empalidecendo de medo. Uma enorme sombra fria parecia envolvê-los como uma onda verde... a nuvem os alcançou. Depois a chuva, com uma rajada de vento. A chuva caiu agudamente nas folhas, dançou ao longo da estrada vermelha fumegante e atingiu o telhado da velha forja alegremente.

— Se isso durar... — disse Lewis.

Mas não durou. Tão repentinamente como havia surgido, tudo acabou e o sol estava brilhando nas árvores úmidas e brilhantes. Vislumbres cintilantes do céu azul apareceram entre as rasgadas nuvens brancas. Ao longe, eles podiam ver uma colina ainda turva com a chuva, mas abaixo deles a taça do vale parecia transbordar de brumas tingidas de pêssego. A floresta ao redor estava cheia de brilho de purpurina como na primavera, e um pássaro começou a cantar no grande bordo sobre a forja, como se tivesse sido enganado ao acreditar que realmente era primavera, tão incrivelmente fresco e doce o mundo parecia de repente.

— Vamos explorar isso — disse Anne, quando retomaram a caminhada, olhando ao longo de uma pequena estrada lateral que corria entre velhas cercas de ferrovias sufocadas e enferrujadas.

— Não acho que tenha alguém morando ao longo dessa estrada — disse Lewis, em dúvida. — Acho que é apenas uma estrada que desce até o porto.

— Não importa... vamos continuar. Sempre tive um fraco por estradas vicinais... algo diferente do velho caminho, perdido, verde e solitário. Sinta o cheiro da grama molhada, Lewis. Além disso, sinto em meus ossos que *há* uma casa por aqui... um certo tipo de casa... uma casa interessante.

Os ossos de Anne não a enganaram. Logo surgiu uma casa... e uma que convidava a uma soneca, para começar. Era uma construção antiga e pitoresca, beiral baixo com janelas quadradas de vidraças pequenas. Salgueiros enormes estendiam seus braços protetores por cima dela e uma aparente variedade de plantas perenes e arbustos se aglomerava em volta dela. Estava cinzenta e gasta, mas os grandes celeiros atrás dela pareciam confortáveis e prósperos, conservados em todos os aspectos.

— Eu sempre ouvi dizer, srta. Shirley, que, quando os celeiros de um homem são melhores que sua casa, é sinal de que sua renda excede suas despesas — disse Lewis, enquanto passeavam pela estrada de grama fofa e sulcada.

— Eu já acharia que esse é um sinal de que ele pensa mais nos cavalos do que na família — riu Anne. — Não espero conseguir uma inscrição para o nosso clube aqui, mas essa casa é a melhor candidata para um concurso de fotos que encontramos até agora. Essa cor acinzentada não importa em uma fotografia.

— Esta trilha não parece ter sido muito percorrida — disse Lewis com um encolher de ombros. — Evidentemente, o pessoal que mora aqui não é muito sociável. Aposto que eles nem sabem o que é um Clube de Teatro. De qualquer modo, vou garantir minha foto antes que alguma fera saia da toca.

A casa parecia deserta, mas, depois de tirar a fotografia, eles abriram um pequeno portão branco, cruzaram o jardim e bateram numa porta desbotada azul; a porta da frente era evidentemente como a de Windy Poplars, mais de aparências do que de uso... se uma porta literalmente escondida sob uma hera-americana podia ser considerada de aparência.

Eles esperavam pelo menos a civilidade que até então haviam recebido em suas visitas, respaldada ou não pela generosidade. Por isso, ficaram decididamente surpresos quando a porta foi aberta e apareceu na soleira não a sorridente esposa ou filha do fazendeiro que esperavam ver, mas um homem alto, de ombros largos, com cerca de cinquenta anos, cabelos grisalhos e sobrancelhas espessas, que foi perguntando, sem cerimônia:

— O que vocês querem?

— Estamos visitando as pessoas na esperança de despertar seu interesse em nosso Clube de Teatro do ensino médio — começou Anne, um pouco sem jeito. Mas foi poupada de esforços maiores.

— Nunca ouvi falar. Não quero saber disso. Não tenho nada a ver com isso — foi abrupta resposta, e a porta foi imediatamente fechada na cara deles.

— Estou achando que fomos dispensados — disse Anne enquanto se afastavam.

— Nossa, que cavalheiro amável — disse Lewis, sorrindo. — Sinto muito pela esposa dele, se é que tem uma.

— Não acho que tenha, ou ela o teria amansado um pouco — disse Anne, tentando recuperar sua compostura. — Gostaria que Rebecca Dew passasse um tempinho com ele. Mas, pelo menos, temos a casa dele, e tenho o pressentimento de que vai ganhar o prêmio. Ora bolas! Acabo de sentir uma pedrinha dentro do sapato e vou me sentar bem aqui nessa pedra para retirá-la, com ou sem a permissão do cavalheiro educado.

— Felizmente está fora da vista da casa — disse Lewis.

Anne tinha acabado de amarrar o cadarço quando ouviram algo se movendo suavemente pela selva de arbustos à sua direita. Então, um garotinho de cerca de oito anos apareceu e ficou observando-os com timidez, segurando um grande folhado de maçã entre as mãos rechonchudas. Era uma criança bonita, com cachos castanhos brilhantes, grandes olhos castanhos confiantes e traços delicadamente modelados. Havia nele um ar de requinte, apesar de estar de cabeça e pernas descobertas, apenas com camisa de algodão azul desbotada e calças curtas de veludo puídas entre a as pernas. Mas ele parecia um pequeno príncipe disfarçado.

Logo atrás dele estava um grande cachorro terra-nova preto, cuja cabeça quase atingia o ombro do garoto.

Anne olhou para ele com um sorriso que sempre conquistou o coração das crianças.

— Olá, meu garoto — disse Lewis. — De quem você é filho?

O menino avançou com um sorriso em resposta, segurando o folhado.

— Isto é para vocês comerem — disse ele timidamente. — Papai fez para mim, mas prefiro dar para vocês. Eu tenho muita comida em casa.

Lewis, um tanto sem tato, estava a ponto de recusar o lanche do pequenino, mas Anne deu-lhe uma cutucada rápida. Pegando a dica, ele o aceitou solenemente e o entregou a Anne, que, com a mesma rapidez, partiu-o em dois e devolveu metade. Eles sabiam que deveriam comê-lo e tinham sérias dúvidas quanto à habilidade de "papai" na cozinha, mas a primeira mordida os tranquilizou. "Papai" pode não ser muito cortês, mas com certeza sabia fazer folhados.

— Nossa, está uma delícia — disse Anne. — Como você se chama, meu bem?

— Teddy Armstrong — disse o pequeno benfeitor. — Mas papai sempre me chama de Rapazinho. Eu sou tudo o que ele tem, sabe. Papai gosta muito de mim e eu gosto muito de papai. Receio que você pense que meu pai é indelicado por ter fechado a porta tão rápido, mas ele não tinha a intenção de ser. Eu ouvi você pedindo algo para comer. ("Não pedimos, mas não importa", pensou Anne). Eu estava ali no jardim atrás das malvas-rosa, então pensei em trazer minha torta para vocês. Eu sempre fico triste pelas pessoas pobres que não têm o que comer. Eu sempre tenho. Meu pai é um cozinheiro excelente. Você deveria ver o arroz-doce que ele faz!

— Ele coloca passas nele? — perguntou Lewis com uma piscadela.

— Ah, sim, ele põe um monte de passas. Meu pai não tem nada de mau.

— Você não tem mãe, querido? — perguntou Anne.

— Não. Minha mãe morreu. A sra. Merrill me disse uma vez que ela tinha ido para o céu, mas papai diz que esse lugar não existe, e eu acho que ele sabe das coisas melhor que ela. Meu pai é um homem muito sábio. Ele já leu milhares de livros. Eu só quero ser igualzinho a ele quando crescer... e também sempre vou dar coisas para as pessoas comerem quando elas quiserem. Meu pai não gosta muito de pessoas, sabe, mas ele é muito bom para mim.

— Você vai à escola? — perguntou Lewis.

— Não. Meu pai me ensina em casa. Porém, os curadores disseram a ele que eu teria que ir no próximo ano. Acho que gostaria de ir para a escola e ter outros meninos com quem brincar. Claro que tenho Carlo, e o papai é esplêndido para brincar quando tem tempo. Meu pai está sempre muito ocupado, sabe? Ele tem que cuidar da fazenda e também manter a casa limpa. É por isso que ele não gosta de ter pessoas por perto, entende. Quando eu crescer, poderei ajudá-lo muito e então ele terá mais tempo para ser educado com as pessoas.

— O folhado estava ótimo, Rapazinho — disse Lewis, engolindo a última migalha.

Os olhos do Rapazinho brilharam.

— Estou tão feliz que gostou — disse ele.

— Gostaria de tirar uma foto? — disse Anne, sentindo que nunca seria apropriado oferecer dinheiro à pequena e generosa alma. — Se quiser, Lewis pode tirar.

— Oh, claro — disse o Rapazinho, ansiosamente. — Com Carlo também?

— Certamente, Carlo também.

Anne os posicionou diante de um fundo de arbustos lindo, o garotinho de pé com o braço em volta do pescoço grande e peludo do companheiro, tanto o cachorro como o menino parecendo igualmente satisfeitos, e Lewis bateu a foto com o que lhe restava de filme.

— Se der certo, enviarei pelo correio — prometeu. — Como devo endereçá-la?

— Teddy Armstrong, aos cuidados do sr. James Armstrong, estrada Glencove — disse o garoto. — Oh, vai ser divertido ter algo chegando para mim, euzinho, pelos correios! Posso dizer que vou ficar muito, muito orgulhoso. Não direi uma palavra a papai sobre isso, para que seja uma esplêndida surpresa para ele.

— Bem, espere pelo seu pacote em duas ou três semanas — disse Lewis, quando se despediram dele. Mas Anne de repente se abaixou e beijou o rostinho queimado de sol. Havia algo sobre ele que tocou seu coração. Ele era tão fofo... tão galante... tão sem mãe!

Ambos se voltaram para olhá-lo antes de uma curva na estrada e o viram de pé no dique com o cachorro, acenando para eles.

Evidentemente Rebecca Dew sabia tudo sobre os Armstrong.

— James Armstrong nunca superou a morte da esposa, cinco anos atrás — disse ela. — Ele não era tão ruim antes disso... agradável o suficiente, embora um pouco eremita. Nasceu desse jeito. Era apegado demais à esposa... que era vinte anos mais jovem que ele. A morte dela foi um choque terrível, ouvi dizer... parece que a tragédia mudou sua natureza completamente. Ficou azedo e mal-humorado. Não quis nem uma governanta... cuida da casa e do filho. Ele se manteve solteiro por muito tempo antes de se casar, então tem muita prática nisso.

— Mas isso não é vida para a criança — disse tia Chatty. — O pai nunca o leva à igreja ou a qualquer lugar onde ele possa encontrar pessoas.

— Ele adora o menino, ouvi dizer — disse tia Kate.

— "Não adorarás outros deuses além de mim!" — citou Rebecca Dew repentinamente.

III

Passaram-se quase três semanas antes de Lewis encontrar tempo para revelar as fotos. Ele as levou a Windy Poplars no primeiro domingo à noite em que veio jantar. Tanto a casa como o Rapazinho saíram maravilhosamente bem.

— O Rapazinho parece tão real! — disse Rebecca Dew.

— Ora, ele se parece com você, Lewis! — exclamou Anne.

— É mesmo — concordou Rebecca Dew, avaliando-a com os olhos semicerrados. — No minuto em que o vi, seu rostinho me lembrou o de alguém, mas não conseguia pensar em quem.

— Ora, os olhos... a testa... toda a expressão... tudo igual a você, Lewis — disse Anne.

— Difícil acreditar que já fui um garotinho tão bonito — disse Lewis. — Devo ter uma foto minha em algum lugar, tirada quando eu tinha oito anos. Vou encontrá-la e comparar com esta. A senhorita riria ao ver isso, srta. Shirley. Eu sou o garoto mais sério, com longos cachos e uma gola de renda, parecendo duro como uma vareta. Acho que minha cabeça estava presa em uma daquelas engenhocas com três garras que eles costumavam usar. Se esta foto realmente se parece comigo, deve ser apenas uma coincidência. O pequenino não pode ser nenhum parente meu. Eu não tenho um parente na Ilha... agora

— Onde você nasceu? — perguntou a tia Kate.

— Em New Brunswick. Meu pai e minha mãe morreram quando eu tinha dez anos e vim morar aqui com uma prima da minha mãe... Eu a chamava de tia Ida. Ela morreu também, a senhorita sabe... três anos atrás.

— Jim Armstrong veio de New Brunswick, — disse Rebecca Dew. — Ele *não* é da Ilha mesmo... não seria tão excêntrico se fosse. Temos nossas peculiaridades, mas somos *civilizados*.

— Não sei se quero descobrir uma relação com o amável sr. Armstrong — sorriu Lewis, atacando a torrada de canela da tia Chatty. — No entanto, acho que, quando terminar e montar a fotografia, vou levá-la pessoalmente à estrada Glencove e investigar um pouco. Ele pode ser um primo distante ou algo assim. De fato, não sei nada sobre a família da minha mãe, se é que ela tinha algum parente. Sempre tive a impressão de que não. Meu pai não tinha, disso tenho certeza.

— Se você levar a foto pessoalmente, não acha que o Rapazinho ficará um pouco desapontado por perder a emoção de receber algo pelo correio? — disse Anne.

— Eu vou compensá-lo por isso... Vou mandar outra coisa para ele pelo correio.

Na tarde do sábado seguinte, Lewis veio dirigindo ao longo da Alameda do Susto, em uma charrete velha guiada por uma égua mais velha ainda.

— Vou a Glencove entregar a foto do pequeno Teddy Armstrong, srta. Shirley. Se minha arrojada carruagem não lhe causar insuficiência cardíaca, gostaria que viesse também. Acho que nenhuma das rodas vai cair.

— Onde diabos você conseguiu essa relíquia, Lewis? — perguntou Rebecca Dew.

— Não zombe do meu galante corcel, srta. Dew. Tenha um pouco de respeito pela idade. O sr. Bender me emprestou a égua e a charrete com a condição de que eu fizesse uma tarefa para ele ao longo da estrada Dawlish. Não daria tempo de ir a pé até Glencove hoje e voltar.

— Tempo! — disse Rebecca Dew. — Eu poderia andar até lá e voltar mais rápido que esse animal.

— E trazer um saco de batatas para o sr. Bender? Que mulher maravilhosa!

As vermelhas bochechas de Rebecca Dew ficaram ainda mais vermelhas.

— Não é bom zombar dos mais velhos — disse ela em tom de repreensão. — Então, por gentileza, não gostaria de comer alguns donuts antes de começar sua empreitada?

A égua branca, no entanto, desenvolveu surpreendentes poderes de locomoção quando se viu novamente em campo aberto. Anne riu consigo mesma enquanto corriam ao longo da estrada. O que a sra. Gardiner ou mesmo a tia Jamesina diriam se a vissem agora? Bem, ela não se importava. Era um dia maravilhoso para um passeio de charrete por uma terra que mantinha seu antigo e adorável ritual de outono, e Lewis era um bom companheiro. Lewis alcançaria seus objetivos. Nenhum dos seus conhecidos, ela refletiu, sonharia em convidá-la para ir dirigindo na charrete Bender atrás da égua Bender. Mas nunca ocorreu a Lewis que houvesse algo de estranho nisso. Que diferença faz *como* você viaja, desde que chegue ao seu destino? As margens calmas das colinas altas eram tão azuis, as estradas tão vermelhas, os bordos tão lindos, não importava o veículo em que você estivesse. Lewis era um filósofo e se importava tão pouco com o que as pessoas podiam dizer sobre o que ele fazia, assim como não se importava com alguns alunos da escola que o chamavam de "maricas" porque ele fazia as tarefas domésticas de sua pensão. Deixe-os falar! Algum dia a risada seria dele. Os bolsos dele podiam estar vazios, mas a cabeça não. Nesse ínterim, a tarde foi tranquila e eles voltariam a ver o Rapazinho. Contaram ao cunhado do sr. Bender sobre a missão quando ele colocou o saco de batatas na parte de trás da charrete.

— Quer dizer que você tem uma foto do pequeno Teddy Armstrong? — exclamou o sr. Merrill.

— Isso mesmo, e uma foto muito boa. — Lewis a desembrulhou e a segurou orgulhosamente. — Não acredito que um fotógrafo profissional pudesse ter feito melhor.

O sr. Merrill deu um tapa retumbante na perna.

— Bem, isso é impossível! Ora, o pequeno Teddy Armstrong está morto...

— Morto! — exclamou Anne horrorizada. — Oh, sr. Merrill... não... não me diga... que o querido menino...

— Desculpe, senhorita, mas é fato. E o pai está quase louco, e pior ainda é que ele não tem nenhuma foto do filho. Mas vocês têm uma boa. Ora, ora!

— Isso... parece impossível — disse Anne, com os olhos cheios de lágrimas. Ela estava revendo a pequena figura esguia acenando em despedida do dique.

— Lamento dizer que é verdade. Ele morreu há quase três semanas. Pneumonia. Sofreu muito, mas foi tão corajoso e paciente quanto alguém poderia ser, dizem. Não sei o que será de Jim Armstrong agora. Dizem que ele está fora do juízo, vive lamentando e resmungando para si mesmo o tempo todo. "Se ao menos eu tivesse uma foto do meu Rapazinho", ele fica dizendo.

— Sinto muito por aquele homem — disse a sra. Merrill de repente. Ela não tinha falado até então, de pé ao lado do marido, uma mulher cinzenta e esquelética, vestindo uma batida roupa de chita, açoitada pelo vento, e um avental xadrez. — Ele é rico e sempre achei que nos desprezava porque éramos pobres. Mas nós temos nosso filho... e não importa o quão pobre você seja, contanto que você tenha alguém para amar.

Anne olhou para a sra. Merrill com respeito. A sra. Merrill não era bonita, mas quando seus olhos cinzentos fundos encontraram os de Anne, algo de parentesco espiritual foi reconhecido entre elas. Anne nunca tinha visto a sra. Merrill antes e nunca mais a veria novamente, mas sempre se lembrou dela como uma mulher que alcançou o segredo supremo da vida. Você nunca será pobre enquanto tiver alguém para amar.

O dia dourado estava arruinado para Anne. De alguma forma, o Rapazinho havia conquistado seu coração naquele breve encontro. Ela e Lewis dirigiram em silêncio pela estrada Glencove e subiram a pista gramada. Carlo estava deitado na pedra diante da porta azul. Ele se levantou e foi até eles, enquanto saltavam da charrete, lambendo a mão de Anne e a encarando com grandes olhos melancólicos, como se pedisse notícias de seu pequeno companheiro. A porta estava aberta e ali dentro, na sala escura, viram um homem com a cabeça inclinada sobre a mesa.

Com a batida de Anne, ele se levantou e foi até a porta. Ela ficou chocada com a mudança nele. Estava com as faces encovadas, abatido e com a barba por fazer, e seus olhos fundos brilhavam com um fogo intermitente.

Esperava que ele os rechaçasse de pronto, mas ele pareceu reconhecê-la, pois disse apaticamente:

— Então a senhorita está de volta? O Rapazinho disse que falou com ele e o beijou. Ele gostou da senhorita. Lamento ter sido tão grosseiro. O que desejam?

— Queremos mostrar-lhe uma coisa — disse Anne com gentileza.

— Podem entrar e se sentar — ele respondeu tristemente.

Sem dizer uma palavra, Lewis tirou a foto do Rapazinho da embalagem e a estendeu para o homem. Ele a agarrou, lançou um olhar surpreso e desesperado para a foto, depois se jogou na cadeira e começou a chorar e soluçar. Anne nunca tinha visto um homem chorar tanto antes. Ela e Lewis permaneceram em silenciosa simpatia até que ele recuperou o autocontrole.

— Oh, vocês não sabem o que isso significa para mim — disse por fim. Eu não tinha nenhuma foto dele. E eu não sou como as outras pessoas... Não me recordo de rostos... Não consigo ver um rosto em minha mente como a maioria das pessoas consegue. Tem sido horrível desde que o Rapazinho morreu... Eu nem conseguia me lembrar de como ele era. E agora vocês me trazem isto... depois de eu ter sido tão rude com vocês. Sentem-se... Sentem-se. Eu gostaria de poder expressar meus agradecimentos de alguma forma. Acho que vocês salvaram meu juízo... talvez minha vida. Oh, senhorita, não é como ele? A gente pensa que ele vai falar. Meu querido Rapazinho! Como vou viver sem ele? Não tenho nada para viver agora. Primeiro a mãe... agora ele.

— Ele era um menino querido — disse Anne com ternura.

— Isso ele era. Pequeno Teddy... Theodore, sua mãe dizia que ele era um "presente dos deuses". E ele era tão paciente e nunca reclamava. Em um momento, ele sorriu para mim e disse: "Papai, acho que se enganou em uma coisa... apenas uma. Acho que existe um paraíso, não? Não é, papai?". Respondi que sim, que havia... Deus me perdoe por ter tentado ensinar-lhe qualquer outra coisa. Ele sorriu de novo, contente, e disse: "Bem, papai, estou indo para lá, a mamãe e Deus estão lá, então vou ficar muito bem. Mas estou preocupado com você, papai. Você vai ficar tão terrivelmente solitário sem mim. Mas faça o melhor que puder e seja educado com as pessoas que vierem visitá-lo". Ele me fez prometer que tentaria, mas quando se foi, não consegui suportar o vazio. Eu teria enlouquecido se vocês não tivessem me trazido isso. Não vai ser tão difícil agora.

Ele falou sobre seu Rapazinho por mais algum tempo, como se encontrasse alívio e prazer nisso. Sua reserva e aspereza pareciam ter caído dele como uma roupa. Por fim, Lewis pegou a pequena fotografia desbotada de si mesmo e mostrou a ele.

— Já viu alguém que tinha essa aparência, sr. Armstrong? — perguntou Anne.

O sr. Armstrong olhou a fotografia perplexo.

— Nossa, como se parece com o meu Rapazinho — disse ele por fim. — De quem é esta foto?

— Minha — disse Lewis —, de quando eu tinha sete anos. Foi por causa da estranha semelhança com Teddy que a srta. Shirley me fez mostrá-la ao senhor. É possível que o senhor e eu e o Rapazinho sejamos parentes distantes. Meu nome é Lewis Allen e meu pai era George Allen. Eu nasci em New Brunswick.

James Armstrong balançou a cabeça. Então disse:

— Qual era o nome da sua mãe?

— Mary Gardiner.

James Armstrong olhou para ele por um momento em silêncio.

— Ela era minha meia-irmã — ele disse finalmente. — Mal a conheci... só a vi uma vez. Fui criado pela família de um tio depois da morte de meu pai. Minha mãe se casou novamente e se mudou. Veio me ver uma vez e trouxe a filhinha. Ela morreu logo depois, e eu nunca mais vi minha meia-irmã novamente. Quando vim morar na Ilha, perdi todos os vestígios dela. Você é meu sobrinho e primo do Rapazinho.

Essa foi uma notícia surpreendente para um rapaz que se imaginava sozinho no mundo. Lewis e Anne passaram a tarde inteira com o sr. Armstrong e descobriram que ele era um homem culto e inteligente. De alguma forma, ambos gostaram dele. A recepção inóspita anterior foi totalmente esquecida, e eles viram apenas o valor real do caráter e do temperamento sob a casca pouco polida, até então ocultos deles.

— É claro que o Rapazinho não o teria amado tanto se o pai não fosse assim — disse Anne, enquanto ela e Lewis dirigiam de volta para Windy Poplars sob o pôr do sol.

Lewis Allen foi no fim de semana seguinte ver seu tio, que disse a ele:

— Rapaz, venha morar comigo. Você é meu sobrinho e posso fazer alguma coisa por você... o mesmo que teria feito para o meu pequeno companheiro se ele tivesse vivido. Você está sozinho no mundo e eu também. Preciso de você. Vou ficar duro e amargo de novo, se continuar morando aqui sozinho. Quero que você me ajude a cumprir minha promessa ao Rapazinho. O lugar dele está vazio. Venha e o preencha.

— Obrigado, tio. Vou tentar — disse Lewis, estendendo a mão.

— E traga aquela sua professora aqui de vez em quando. Eu gosto daquela garota. O Rapazinho gostava dela. "Papai", ele me disse, "nunca pensei que gostaria que alguém, além do senhor, me beijasse, mas gostei quando ela me beijou. Havia algo nos olhos dela, papai."

IV

— O velho termômetro da varanda mostra zero grau e o novo da porta lateral diz que está dez acima de zero — comentou Anne, em uma noite gelada de dezembro. — Então, não sei se devo pegar meu protetor de mão ou não.

— É melhor se basear pelo termômetro antigo — disse Rebecca Dew com cautela. — Provavelmente está mais acostumado com nosso clima. Para onde você está indo nesta noite fria, afinal?

— Vou até a rua Temple convidar Katherine Brooke para passar as férias de Natal comigo em Green Gables.

— Vai estragar suas férias assim — disse Rebecca Dew solenemente. — Ela esnobaria até mesmo os anjos, aquela... isto é, se ela por acaso um dia entrar no céu. E o pior de tudo é que ela se orgulha da própria falta de educação... acha que desse modo demonstra sua personalidade, sem dúvida!

— Meu cérebro concorda com cada palavra que você diz, mas meu coração simplesmente não aceita — disse Anne. — Sinto que, apesar de tudo, Katherine Brooke é apenas uma garota tímida e infeliz sob aquela expressão carrancuda. Nunca conseguirei fazer qualquer progresso com ela em Summerside, mas, se puder levá-la para Green Gables, acredito que isso amolecerá aquele coração de pedra.

— A senhorita não vai entendê-la. Ela não irá — previu Rebecca Dew. — Provavelmente vai se ofender por ter sido convidada, vai achar que você está fazendo caridade para ela. Nós a convidamos uma vez para o jantar de Natal... no ano anterior à sua vinda, sabe... foi naquele ano que a sra. MacComber nos deu dois perus e nós ficamos aflitas porque não sabíamos como faríamos... e tudo o que ela disse foi: "Não, obrigada. Se há algo que eu odeio é a palavra Natal!".

— Mas isso é tão terrível... odiar o Natal! Algo *precisa* ser feito, Rebecca Dew. Vou perguntar a ela e tenho uma estranha sensação em meus polegares me dizendo que ela vai aceitar.

— De alguma forma — disse Rebecca Dew com relutância —, quando a senhorita diz que uma coisa vai acontecer, a gente acredita. Por acaso tem uma segunda visão? A mãe do capitão MacComber tinha. Essas coisas do além sempre me dão arrepios.

— Acho que não tenho nada que possa lhe dar arrepios. É apenas algo que sinto. Há algum tempo, tenho a sensação de que Katherine Brooke está quase ficando louca de solidão debaixo aquela fachada amarga e que meu convite chegará no momento psicologicamente certo, Rebecca Dew.

— Eu não sou bacharela nem nada — disse Rebecca com uma humildade terrível — e também não nego seu direito de usar palavras que nem sempre consigo entender. Também não nego que a senhorita pode convencer as pessoas com grande facilidade. Veja só como conquistou os Pringle. Mas continuo dizendo que tenho pena da senhorita se levar aquela mistura de ralador de noz-moscada com *iceberg* para sua casa no Natal.

Anne não estava de forma alguma tão confiante quanto fingia durante a caminhada até a rua Temple. Katherine Brooke andava de fato insuportável nos últimos tempos. Novamente rejeitada, Anne disse a si mesma, com tanta solenidade quanto o corvo de Poe, "Nunca mais". Ainda ontem, Katherine havia sido abertamente ofensiva em uma reunião de equipe. Em um momento de descuido, porém, Anne viu algo escapando pelos olhos da garota mais velha... algo apaixonado, meio frenético, como uma criatura enjaulada enlouquecida pela frustração. Anne passou a primeira metade da noite tentando decidir se convidava Katherine Brooke para ir a Green Gables ou não. Por fim, adormeceu com a decisão irrevogavelmente tomada.

A senhoria de Katherine levou Anne para a sala e deu de ombros quando ela perguntou pela srta. Brooke.

— Vou dizer que a senhorita está aqui, mas não sei se ela vai descer. Está de mau humor. Durante o jantar, contei que a sra. Rawlins me falou que o jeito que ela se veste é de mau gosto para uma professora da escola Summerside, e ela tomou isso como ofensa pessoal.

— Acho que a senhora não deveria ter dito isso à srta. Brooke — disse Anne em tom de censura.

— Mas achei que ela precisava saber — disse a sra. Dennis um tanto irritada.

— E a senhora também não achou que ela deveria saber que o inspetor disse que ela era uma das melhores professoras das Províncias Marítimas? — perguntou Anne. — Ou a senhora não sabia?

— Oh, sim, ouvi alguma coisa. Mas ela já é metida a besta sem essa informação, e isso só a pioraria. Orgulhosa demais, é o que ela é... embora *eu* não faça ideia do que ela teria para se orgulhar. Claro que ela ficou brava de qualquer maneira esta noite, porque eu disse que ela não poderia ter um cachorro. Ela disse que queria muito ter um. Disse que pagaria pela ração e cuidaria para que ele não incomodasse. Mas o que eu faria com o bicho enquanto ela estivesse na escola? Não arredei o pé e disse: "Não posso aceitar cachorros".

— Oh, sra. Dennis, por que a senhora não a deixa ter um cachorrinho? Ele não a incomodaria... e a senhora poderia deixá-lo no porão enquanto ela estivesse na escola. E um cachorro é realmente uma grande proteção à noite. Eu gostaria que a senhora deixasse... por favor...

Sempre havia alguma coisa no olhar de Anne Shirley quando ela dizia "por favor" que as pessoas achavam difícil de resistir. A sra. Dennis, apesar dos ombros gordos e da língua intrometida, não era má de coração. Katherine Brooke apenas a irritava às vezes, com seus modos bruscos.

— Não sei por que se preocupa que ela tenha um cachorro ou não. Eu não sabia que eram tão amigas. Ela não tem amigos. Nunca tive uma pensionista tão insociável.

— Talvez seja por isso que ela queira um cachorro, sra. Dennis. Ninguém consegue viver sem algum tipo de companhia.

— Bem, esse é o primeiro traço de humanidade que percebo nela — disse a sra. Dennis. — Não sei se, na verdade, eu tenha algo contra cachorros, mas ela me irritou um pouco com a forma sarcástica de sua pergunta. "Suponho que a senhoria não consentiria se eu pedisse para ter um cachorro, não é?", ela disse, arrogante. "Supôs certo!", respondi, tão arrogante quanto ela. Não gosto de voltar com minha palavra, mas acho que a senhorita pode dizer a ela que pode arrumar um cachorro, desde que garanta que ele vai se comportar dentro de casa.

Anne não achava que a sala poderia ficar muito pior se o cachorro se comportasse mal. Ela olhou para as sujas cortinas de renda e as hediondas rosas roxas no tapete com um arrepio.

"Sinto pena que alguém tenha de passar o Natal em uma casa como esta", pensou ela. "Não me surpreende que Katherine odeie o Natal. Eu gostaria de dar a este lugar uma boa arejada... esta sala cheira a mil refeições. *Por que* Katherine vive aqui, se tem um bom salário?"

— Ela disse que a senhorita pode subir — foi a mensagem que a sra. Dennis trouxe de volta, um tanto desconfiada, pois a srta. Brooke não estava sendo ela mesma.

A estreita e íngreme escada era repugnante. Totalmente contra qualquer um que a subisse e ninguém a subiria sem necessidade. O linóleo do corredor estava em frangalhos. O pequeno vestíbulo dos fundos onde Anne se encontrava era ainda mais desanimador do que a sala de estar. Era iluminado por uma lamparina ofuscante. Havia uma cama de ferro e sobre ela um colchão côncavo, uma janela estreita com uma cortina pouco franzida dava para um jardim no quintal, onde floresciam plantas de toda sorte dentro de latas. Mas, além disso, havia um céu maravilhoso e uma fileira de repolhos destacando-se contra longas e distantes colinas arroxeadas.

— Oh, srta. Brooke, olhe esse pôr do sol — disse Anne extasiada da cadeira de balanço sem almofada que Katherine apontou indelicadamente para ela se sentar.

— Já vi muito pôr do sol — disse com frieza, sem se mexer. ("Tentando ser condescendente comigo com seu pôr do sol", pensou com amargor.)

— Mas esse aqui você ainda não viu. Não existem dois iguais! Apenas sente-se aqui e vamos nos deixar levar pela paisagem — *disse* Anne, e *pensou* "mas será que você alguma vez diz algo agradável?".

— Não seja ridícula, por favor.

As palavras mais ofensivas do mundo! Com um toque adicional de insulto no tom de desprezo de Katherine. Anne deu as costas ao pôr do sol e olhou para ela, já quase decidida a se levantar e ir embora. Mas os olhos de Katherine pareciam um pouco estranhos. Esteve chorando? Certamente não... não dá para imaginar Katherine Brooke chorando.

— Você não me faz me sentir muito bem-vinda — disse Anne devagar.

— Eu não consigo fingir. Não sou como *você*, com seu notável dom para agir tal qual uma rainha... dizendo exatamente a coisa certa para cada um. Você não é bem-vinda. Que tipo de aposento é este para receber quem quer que seja?

Katherine fez um gesto de desdém para as paredes desbotadas, as cadeiras vazias e a vacilante penteadeira com sua frouxa cortina de musselina.

— Não é um quarto bonito, mas por que continua aqui, se não gosta?

— Oh... por que... Por quê? *Você* não entenderia. Não importa. Eu não me importo com o que as pessoas pensam. O que a trouxe aqui esta tarde? Não suponho que tenha vindo apenas para apreciar o pôr do sol.

— Vim perguntar se não gostaria de passar as férias de Natal comigo em Green Gables.

("Agora", pensou Anne, "lá vem mais um ataque sarcástico! Gostaria que ela pelo menos se sentasse. Ela simplesmente fica parada, como se estivesse esperando que eu vá embora.")

Mas, por um momento, fez-se silêncio. Então Katherine disse lentamente:

— Por que está me convidando? Não é porque gosta de mim... nem mesmo você conseguiria fingir *isso*.

— É porque não suporto pensar em nenhum ser humano passando o Natal em um lugar como este — disse Anne com franqueza.

O sarcasmo veio então.

— Oh, sim, entendo. Um laivo sazonal de caridade. Ainda não sou uma candidata a isso, srta. Shirley.

Anne se levantou. Já estava sem paciência com essa criatura estranha e indiferente. Ela atravessou a sala e olhou Katherine diretamente nos olhos.

— Katherine Brooke, quer você saiba ou não, o que você *precisa* é de uma boa surra.

Elas se encararam por um momento.

— Acho que dizer isso foi um alívio para você — disse Katherine. Mas, de alguma forma, o tom ofensivo sumiu da voz dela. Houve até uma leve contração no canto de sua boca.

— Sim — disse Anne. — Há algum tempo estava querendo lhe dizer isso. Não a convidei para Green Gables por caridade...

você sabe muito bem disso. Eu lhe disse meu verdadeiro motivo. *Ninguém* deveria passar o Natal aqui... a própria ideia é indecente.

— Você me convidou para ir a Green Gables só porque sente pena de mim.

— *Sinto* pena por você. Porque se fechou para a vida... e agora a vida está se fechando para você. Pare com isso, Katherine. Abra as portas para a vida... e ela entrará.

— A versão de Anne Shirley do antigo provérbio "se você sorrir para o espelho, verá um rosto sorridente" — disse Katherine dando de ombros.

— Como todos os ditos populares, é absolutamente verdade. Agora, você vem para Green Gables ou não?

— O que você diria se eu aceitasse... para si mesma, não para mim?

— Diria que você estava mostrando o primeiro vislumbre de bom senso que já vi em você — retrucou Anne.

Katherine riu... surpreendentemente. Caminhou até a janela, fez uma careta para a faixa ardente, que era tudo o que restava do desprezado pôr do sol, e então se virou.

— Muito bem... eu vou. Agora você pode me dizer que está satisfeita e que vamos nos divertir.

— Estou satisfeita. Mas não sei se você vai se divertir ou não. Isso vai depender muito de você, srta. Brooke.

— Oh, vou me comportar decentemente. Você ficará surpresa. Não serei uma convidada muito estimulante, suponho, mas prometo que não vou comer com a faca ou insultar as pessoas quando me disserem que o dia está lindo. Digo a você com franqueza que a única razão pela qual estou indo é porque nem mesmo eu consigo pensar em passar as férias aqui sozinha. A sra. Dennis vai passar a semana de Natal com a filha em Charlottetown. É chato pensar em preparar minhas próprias refeições. Cozinho muito mal. Veja só, o triunfo da matéria sobre a mente. Mas você vai me dar sua palavra de honra de que não me desejará um feliz Natal? Só não quero ficar feliz no Natal.

— Não vou. Mas não posso responder pelos gêmeos.

— Não pedirei que se sente aqui... você congelaria. Mas vejo uma lua muito fina no lugar do seu pôr do sol e vou acompanhá-la até sua casa e ajudá-la a admirá-la, se quiser.

— Eu gosto disso — disse Anne —, mas quero deixar claro em sua mente que temos luas muito *melhores* em Avonlea.

— Então ela vai? — perguntou Rebecca Dew enquanto enchia a bolsa de água quente de Anne. — Bem, srta. Shirley, espero que nunca tente me induzir a virar maometana... porque a senhorita provavelmente teria sucesso. Onde está Aquele Gato? Saiu revirando Summerside e a temperatura está zero grau.

— Não de acordo com o novo termômetro. E Dusty Miller está enrolado na cadeira de balanço ao lado do meu fogão na torre, ronronando de felicidade.

— Ah, bom — disse Rebecca Dew, com um pequeno arrepio ao fechar a porta da cozinha. — Gostaria que todos no mundo estivessem tão aquecidos e protegidos como estamos esta noite.

V

Anne não sabia que uma pequena e melancólica Elizabeth estava olhando por uma das janelas da mansarda de Evergreen quando ela partiu para longe de Windy Poplars. Uma Elizabeth com lágrimas nos olhos, que sentia como se tudo o que fazia a vida valer a pena tivesse sumido naquele momento, e que ela era a mais Lizzie das Lizzies. Mas, quando o trenó de aluguel desapareceu de sua vista na esquina da Alameda do Susto, se ajoelhou ao lado da cama.

— Querido Deus — sussurrou —, eu sei que não adianta pedir ao Senhor que me dê um feliz Natal porque a Vovó e a Mulher não conseguiriam ficar felizes, mas, por favor, que minha querida srta. Shirley tenha um feliz Natal e que volte em segurança para mim quando as férias terminarem...

— Bem — disse Elizabeth, se levantando —, fiz tudo o que podia.

Anne já conseguia saborear a felicidade do Natal. Estava brilhando quando o trem saiu da estação. As ruas feias passavam por ela... ela estava indo para casa... para Green Gables. Lá fora, o mundo era todo branco-dourado e violeta-claro, tecido aqui e ali com a magia negra dos pinheiros e a delicadeza desfolhada das bétulas. O sol baixo atrás da floresta nua parecia correr por entre as árvores como um deus esplêndido, enquanto o trem acelerava. Katherine ficou em silêncio, mas não parecia indelicada.

— Não espere que eu converse — avisou secamente.

— Oh, não, não se preocupe. Espero que não pense que sou uma daquelas pessoas terríveis que *fazem* você sentir que precisa conversar o tempo todo. Apenas conversaremos quando tivermos vontade. Admito que é provável que eu ache isso boa parte do tempo, mas você não tem obrigação de prestar atenção ao que estou dizendo.

Davy as encontrou em Bright River, com um grande trenó de dois lugares abastecido de mantas peludas... e um abraço de urso em Anne. As duas garotas se aconchegaram no banco de trás. A viagem da estação para Green Gables sempre foi uma parte muito agradável dos fins de semana que Anne passava em casa. Ela sempre se lembrava de sua primeira viagem de Bright River para casa com Matthew. Isso acontecera na primavera e era dezembro agora, mas tudo ao longo da estrada dizia para ela: "Você se lembra?". A neve crepitava sob as lâminas do trenó; a música dos sinos tilintou através das fileiras de altos e pontiagudos pinheiros, carregados de neve. A Vereda Branca da Felicidade tinha pequenas guirlandas de estrelas emaranhadas nas árvores. E, na penúltima colina, elas viram o grande golfo, branco e místico sob a lua, mas ainda não coberto de gelo por inteiro.

— Há apenas um ponto nesta estrada onde sempre sinto repentinamente... que "estou em *casa*" — disse Anne. — É o topo da próxima colina, onde veremos as luzes de Green Gables. Só estou imaginando o jantar que Marilla vai preparar para nós. Acho que posso sentir o cheiro daqui. Oh, isso é bom... que coisa boa... é bom estar em casa de novo!

Em Green Gables, todas as árvores do quintal pareciam recebê-la de volta... cada janela iluminada estava acenando. E como cheirava bem a cozinha de Marilla quando abriram a porta. Houve abraços, exclamações e risos. Até mesmo Katherine parecia não ser uma estranha, mas parte do grupo. A sra. Rachel Lynde colocou seu querido abajur de salão na mesa de jantar e o acendeu. Era uma coisa muito feia, com um horrível globo vermelho, mas que luz quente e rosada ele lançava sobre todo o ambiente. Como eram calorosas e amigáveis as sombras! Como Dora estava ficando bonita! E Davy já aparentava ser um rapazinho.

Havia muitas novidades a serem contadas. Diana teve uma menininha... Josie Pye na verdade teve um menino... e Charlie Sloane teria ficado noivo. Isso foi tão emocionante quanto as notícias do império poderiam ter sido. A nova colcha de retalhos da sra. Lynde, recém-concluída, continha cinco mil partes e estava em exibição, recebendo sua merecida dose de elogios.

— Quando você vem para casa, Anne — disse Davy —, tudo parece ganhar vida.

"É assim que a vida deveria ser!", ronronou a gatinha de Dora.

— Sempre achei difícil resistir à tentação de uma noite de lua — disse Anne após o jantar. — Que tal um passeio com sapatos de neve, srta. Brooke? Se não me engano, a senhorita sabe fazer trilha na neve.

— Sim... é a única coisa que *sei* fazer... mas não o faço há seis anos — disse Katherine encolhendo os ombros.

Anne desenterrou os sapatos de neve do sótão, e Davy foi até a Ladeira do Pomar para pegar emprestado um velho par de Diana para Katherine. Elas passaram pela Alameda dos Namorados, cheia de adoráveis sombras de árvores, e por campos onde pequeninos pinheiros rodeavam as cercas e por bosques cheios de segredos que pareciam sempre a ponto de sussurrar para quem passava, mas nunca o faziam... e por entre as clareiras abertas, que eram como piscinas de prata.

As garotas não falaram nem queriam falar. Era como se tivessem medo de conversar e estragar algo tão lindo. Mas

Anne nunca se sentira tão *perto* de Katherine Brooke como agora. Por alguma magia própria, a noite de inverno as uniu... *quase*, mas não totalmente.

Quando chegaram à estrada principal e um trenó passou, com sinos tilintando e risadas ecoando, elas soltaram um suspiro involuntário. Parecia a ambas que estavam deixando para trás um mundo que não tinha nada em comum com aquele para o qual voltavam... um mundo onde o tempo não existia... que era jovem... uma juventude imortal... onde as almas comungavam umas com as outras de uma forma que não precisava de nada tão banal como palavras.

— Está sendo maravilhoso — disse Katherine de forma tão óbvia para si mesma que Anne não respondeu.

Desceram a estrada e subiram a longa alameda de Green Gables, mas, pouco antes de chegarem ao portão do quintal, pararam como por um impulso comum e permaneceram em silêncio, encostadas na velha cerca coberta de musgo, olhando para a velha e maternal casa, vista vagamente entre aquele véu de árvores. Como Green Gables era linda em uma noite de inverno!

Abaixo dela, o Lago das Águas Cintilantes estava congelado, modelado nas bordas pelas sombras das árvores. O silêncio estava por toda a parte, exceto pelo som em *staccato* de um cavalo trotando pela ponte. Anne sorriu ao recordar quantas vezes tinha ouvido aquele som enquanto estava deitada em seu quarto e fingia para si mesma que era o galope de cavalos de fadas passeando pela noite.

De repente, outro som quebrou o silêncio.

— Katherine, o que foi? Por que está chorando?

De alguma forma, parecia impossível pensar em Katherine chorando. Mas estava. E suas lágrimas de repente a humanizaram. Anne já não sentia medo dela.

— Katherine... querida Katherine... qual é o problema? Posso ajudar?

— Oh... você não entenderia! — exclamou Katherine. — As coisas sempre foram fáceis para *você*. Você... você parece viver em um pequeno círculo encantado de beleza e romance. "Que descoberta maravilhosa farei hoje", essa parece ser a sua atitude em relação à vida, Anne. Quanto a mim, esqueci como viver... não, eu nunca soube como. Eu estou... Eu sou como uma criatura presa em uma armadilha. Não consigo sair nunca... e parece que alguém está sempre me cutucando por entre as grades. E você... você tem mais felicidade do que sabe o que fazer com ela... amigos em todos os lugares, um noivo! Não que eu queira um namorado... odeio os homens, mas, se eu morresse esta noite, nenhuma alma viva sentiria minha falta. Você gostaria de ser absolutamente sem amigos no mundo?

A voz de Katherine se quebrou em outro soluço.

— Katherine, você diz que gosta de franqueza. Serei franca. Se você não tem amigos como diz, a culpa é sua. Eu sempre quis ser seu amiga. Mas você é hostil o tempo todo.

— Oh, eu sei... Eu sei. Como odiei você quando chegou! Ostentando aquele seu anel de pérolas!

— Katherine, eu não o estava "exibindo"!

— Oh, suponho que não. Isso é apenas meu ódio natural. Mas parecia se exibir... não que eu tivesse inveja de você, do seu noivo... Eu nunca quis me casar... Vi o suficiente sobre casamento com meu pai e minha mãe... mas eu odiava que você estivesse acima de mim sendo mais jovem do que eu... Fiquei feliz quando os Pringle criaram problemas para você. Você parecia ter tudo que eu não tinha... charme... amizade... juventude. Juventude! Nunca tive nada além de uma juventude faminta. Você não sabe nada sobre isso. Não sabe... não tem a menor ideia de como é não ser desejada por ninguém... por ninguém!

— Oh, não? — exclamou Anne.

Em algumas frases comoventes, ela esboçou sua infância antes de vir para Green Gables.

— Eu gostaria de ter sabido disso — disse Katherine. — Teria feito diferença. Para mim, você parecia uma pessoa afortunada. Eu tenho morrido de inveja de você. Você conseguiu o cargo que eu queria... oh, eu sei que é mais qualificada do que eu, mas eis a verdade. Você é bonita... pelo menos faz com que as pessoas acreditem que é. *Minha* primeira lembrança da infância é de alguém dizendo: "Que criança feia!". Você entra em uma sala com um prazer... oh, eu me lembro de como você entrou na escola naquela primeira manhã. Mas acho que o verdadeiro motivo pelo qual a odiei tanto é que você sempre pareceu ter algum alegria secreta... como se cada dia da sua vida fosse uma aventura. Apesar do meu ódio, houve momentos em que admiti para mim mesma que você poderia simplesmente ter vindo de alguma estrela distante.

— Realmente, Katherine, você me deixa sem fôlego com todos esses elogios. Mas você não me odeia mais, não é? Podemos ser amigas agora.

— Não sei. Nunca tive amigos, muito menos uma amiga próxima da minha idade. Não pertenço a lugar nenhum... nunca fiz parte de nada. Acho que não sei como ser amiga. Não, não a odeio mais... Não sei o que sinto sobre você... oh, suponho que seja o seu famoso charme começando a funcionar comigo. Só sei que gostaria de lhe contar como tem sido minha vida. Eu nunca contaria se você não tivesse me contado sobre sua vida antes de vir para Green Gables. Quero que entenda o que me tornou o que sou hoje. Não sei por que eu deveria querer que você entendesse... mas eu quero, sim.

— Diga-me o que quiser, querida Katherine. Quero entender você.

— Você *sabe* o que é não ser desejada, admito... mas não o que é saber que seu pai e sua mãe não querem você. Os meus não me quiseram. Eles me odiaram desde o momento em que nasci e, antes disso, eles se odiavam. Sim, eles se odiavam. Discutiam o tempo todo... pequenas brigas mesquinhas e irritantes. Minha infância foi um pesadelo. Morreram quando eu tinha sete anos e fui morar com a família do tio Henry. Eles também não me queriam. Todos me menosprezavam porque eu vivia da caridade deles. Lembro-me de todas as críticas que recebia... de todos eles. Não consigo me recordar de uma única palavra gentil. Tive que usar as roupas que minhas primas não queriam mais. Lembro-me de um chapéu em particular... eu parecia um cogumelo. E eles zombavam de mim sempre que o vestia. Um dia eu o arranquei e joguei no fogo. Tive que usar a pior touca velha para ir à igreja durante todo o resto do inverno. Nunca tive um cachorro... e eu queria muito um.

"Eu era um pouco inteligente e queria ter o título de bacharela, fazer algum curso... mas, naturalmente, poderia muito bem ter desejado ter a lua. No entanto, o tio Henry concordou em me colocar na Queen's, se eu o pagasse de volta quando estivesse em uma escola. Ele pagou minha hospedagem em uma pensão horrível de quinta categoria, onde eu tinha um cômodo em cima da cozinha, gelado no inverno e insuportavelmente quente no verão e empesteado do cheiro de comida estragada o ano inteiro. E as roupas que eu tive que usar na Queen's! Mas consegui me formar e consegui o segundo lugar na escola Summerside... essa foi a única vez que tive sorte.

"Desde então, tenho sido muito avarenta e venho economizando para pagar o tio Henry... não apenas o que ele gastou para me colocar na Queen's, mas o custo de minha hospedagem durante todos os anos em que morei lá. Eu estava determinada a não lhe dever um centavo. É por isso que fui morar na pensão da sra. Dennis e é por isso que me visto mal. Mas acabei de pagar meu tio. Pela primeira vez na vida me sinto livre. Enquanto isso, porém, fui me tornando assim, esquisita. Sei que não sou sociável... Sei que nunca consigo pensar na coisa certa a dizer. Sei que é minha culpa estar sempre me negligenciando nas funções sociais. Sei que me aperfeiçoei em ser uma pessoa desagradável. Sei que sou sarcástica, que sou considerada uma tirana pelos meus alunos. Sei que eles me odeiam. Você acha que não dói saber disso? Eles sempre parecem ter medo de mim... Odeio pessoas que parecem ter medo de mim. Oh, Anne... o ódio deve ser uma doença minha. Quero ser como as outras pessoas... e agora acho que não consigo mais. *Isso* é o que me torna tão amarga."

— Ah, mas você consegue, sim! — Anne colocou o braço em volta de Katherine. — Pode tirar o ódio de sua cabeça. Livre-se disso. A vida está apenas começando para você agora... já que, finalmente, está livre e independente. E você nunca sabe o que pode acontecer na próxima curva da estrada.

— Eu já ouvi você dizer isso antes... e eu ria da sua "curva da estrada". Mas o problema é que não há curvas na minha estrada. Posso vê-la se estendendo diante de mim até a linha do céu... uma monotonia sem fim. Oh, a vida não a *assusta*, Anne, com seu *vazio*... seus enxames de pessoas frias e desinteressantes? Não, claro que não. *Você* não vai precisar continuar ensinando pelo resto de sua vida. E você parece achar *todo mundo* interessante, até aquela mulherzinha redonda e vermelha chamada Rebecca Dew. A verdade é que odeio ensinar... e não há mais nada que eu saiba fazer. O professor é simplesmente um escravo do tempo. Oh, eu sei que você gosta... e não entendo como consegue, Anne. Eu quero viajar. É a única coisa que sempre desejei. Lembro-me da única foto pendurada na parede do meu quarto, no sótão da casa do tio Henry... uma gravura velha e desbotada que tinha sido descartada com desdém dos outros cômodos da casa. Era uma foto de palmeiras ao redor de uma fonte no deserto, com uma fileira de camelos enfileirados à distância. Literalmente me fascinou. Sempre quis ir até lá para encontrá-lo. Quero ver o Cruzeiro do Sul, o Taj Mahal e os pilares de Karnak. Quero *saber*... e não apenas *acreditar* que o mundo é redondo... E nunca poderei fazer isso com um salário de professora. Eu simplesmente terei que continuar nessa vida para sempre, tagarelando sobre as esposas do rei Henrique VIII e os recursos inesgotáveis do Império Britânico.

Anne riu. Era seguro rir agora, pois a amargura havia sumido da voz de Katherine. Parecia apenas pesarosa e impaciente.

— De qualquer forma, seremos amigas... e teremos dez dias alegres aqui para começar nossa amizade. Sempre quis ser sua amiga, Katherine... com K! Sempre achei que por baixo de todos os seus espinhos havia algo que faria você valer a pena como amiga.

— Então é isso que você vem realmente pensando de mim? Muitas vezes me perguntei. Bem, o leopardo terá que tentar mudar suas manchas, se for possível. Talvez seja. Posso acreditar em quase tudo nesta sua Green Gables. É o primeiro lugar em que estive que me pareceu um lar. Eu gostaria de ser mais como as outras pessoas... se não for tarde demais. Vou até praticar um sorriso radiante para aquele seu Gilbert quando ele chegar amanhã à noite. Claro que esqueci como falar com os rapazes... se algum dia eu soube. Ele vai pensar que sou uma velha solteirona. Eu me pergunto se, quando eu for para a cama esta noite, vou ficar furiosa comigo mesma por tirar minha máscara e deixá-la ver minha alma frágil assim.

— Não, não vai. Você vai pensar: "Estou feliz que ela descobriu que sou humana". Vamos nos aconchegar entre os cobertores fofos e quentes, provavelmente com duas bolsas de água quente, porque é possível que Marilla e a sra. Lynde coloquem uma bolsa cada uma para nós, receando que a outra tenha esquecido. E você vai se sentir deliciosamente sonolenta após essa caminhada sob o luar gelado, e amanhã de manhã sentirá como se fosse a primeira pessoa a descobrir que o céu é azul. E aprenderá a tradição dos pudins de ameixa, porque vai me ajudar a fazer um para terça-feira... um grande e adorável pudim de ameixa.

Anne ficou surpresa com a beleza de Katherine quando entraram em casa. Sua tez estava radiante depois da longa caminhada no ar frio da noite e as cores fizeram toda a diferença do mundo para ela.

"Ora, Katherine seria bonita se usasse o tipo certo de chapéus e de vestidos", refletiu Anne, tentando imaginar Katherine com um chapéu escuro de veludo vermelho lindo que ela tinha visto em uma loja de Summerside, em seu cabelo preto e sobre seus olhos cor de âmbar. "Eu preciso ver o que pode ser feito a respeito disso."

IV

VI

Sábado e segunda-feira foram cheios de atividades festivas em Green Gables. O pudim de ameixa foi preparado, a árvore de Natal foi trazida para dentro. Katherine e Anne, Davy e Dora foram para a floresta precisamente para isso e escolheram um lindo pinheiro com cujo corte Anne só concordou porque estava plantado em uma pequena clareira do sr. Harrison, e seria arrancado e a terra seria arada na primavera de qualquer maneira.

Eles iam caminhando e colhendo pinhas e licopodiáceas para fazer guirlandas... e até algumas samambaias selvagens que permaneciam verdes numa determinada depressão durante todo o inverno. Até que o dia sorriu de volta à noite sobre as colinas de seios brancos, e o grupo voltou triunfante para Green Gables... e se deparou com um jovem alto, de olhos castanhos e um princípio de bigode que o fazia parecer muito mais velho e maduro. Por um momento, Anne precisou se perguntar se era mesmo Gilbert ou um estranho.

Katherine, com um sorrisinho que pretendia ser sarcástico, mas sem sucesso, deixou-os na sala e brincou com os gêmeos na cozinha a tarde toda. Para sua surpresa, ela percebeu que estava gostando. E como foi divertido descer até o porão com

Davy e descobrir que ainda havia coisas deliciosas no mundo como maçãs doces.

Katherine nunca tinha estado em um porão no interior antes e não fazia ideia de como poderia ser um lugar encantador, assustador e sombrio à luz de velas. A vida já parecia mais *quente*. Pela primeira vez, Katherine percebeu que a vida poderia ser linda, até mesmo para ela.

Davy fez barulho suficiente para acordar os Sete Adormecidos,[1] em uma hora sobrenatural na manhã de Natal, tocando uma velha campainha para cima e para baixo nas escadas. Marilla ficou horrorizada com a atitude dele por haver um hóspede na casa, mas Katherine desceu rindo. De alguma forma, uma estranha camaradagem surgiu entre ela e Davy. Ela disse a Anne com franqueza que não se importava muito com Dora, sempre impecável, mas que Davy era igual a ela, de alguma forma.

Eles destrancaram a sala e distribuíram os presentes antes do café da manhã porque os gêmeos, até mesmo Dora, não teriam comido nada se não o tivessem feito. Katherine, que não esperava nada, exceto, talvez, um presente de Anne (por obrigação), viu-se recebendo presentes de todos. Uma alegre manta de crochê da sra. Lynde... um saquinho de raiz de lírio florentino de Dora... um corta-papel de Davy... uma cesta cheia de minúsculos potes de geleia de Marilla... até mesmo um pequeno gato xadrez de bronze para servir de peso de papel de Gilbert.

E, amarrado debaixo da árvore, enrolado em um pedaço de cobertor quente e felpudo, um lindo filhotinho de olhos castanhos, com orelhas alertas e sedosas e uma cauda que

---

[1] Os Sete Adormecidos fazem parte de uma lenda comum às tradições cristã e mulçumana, mas que possui origens ainda mais antigas, vindas da Grécia. Fala sobre um grupo cristão que se escondeu em uma caverna na cidade de Éfeso, em c. 250 a.C., para escapar de perseguidores romanos e só saiu de lá trezentos anos depois. (N.E.)

abanava sem parar. Um cartão amarrado em seu pescoço trazia os dizeres: "De Anne, que ousa, afinal, desejar-lhe um Feliz Natal".

Katherine abraçou o corpinho do cachorro, que se contorcia em seus braços, e falou com voz trêmula:

— Anne... ele é um amor! Mas a sra. Dennis não me deixará ficar com ele. Eu perguntei se eu poderia arranjar um cachorro e ela disse não.

— Eu já acertei tudo com a sra. Dennis. Você descobrirá que ela não fará objeções. E, de qualquer maneira, Katherine, você não ficará lá por muito tempo. *Precisa* encontrar um lugar decente para morar, agora que pagou o que achava ser sua obrigação. Veja a linda caixa de material de escrita que Diana me enviou. Não é fascinante olhar para as páginas em branco e se perguntar o que será escrito nelas?

A sra. Lynde estava grata por ter sido um Natal branco... não haveria cemitérios cheios enquanto o Natal fosse branco. Mas para Katherine parecia um Natal púrpura, carmim e dourado. E a semana seguinte foi tão bonita quanto. Katherine costumava se perguntar com amargura como seria ser feliz e agora ela havia descoberto. Ela floresceu da maneira mais surpreendente. Anne descobriu que gostava de sua companhia.

"Pensar que eu receava que ela fosse estragar minhas férias de Natal!", refletiu com espanto.

"Pensar", disse Katherine para si mesma, "que estava prestes a me recusar a vir quando Anne me convidou!"

Elas davam longas caminhadas... pela Alameda dos Namorados, pela Floresta Mal-Assombrada, onde até mesmo o silêncio parecia amigável... até as colinas onde a neve leve girava em uma dança de duendes no inverno... em meio a velhos pomares cheios de sombras violetas... entre a gloriosa floresta no pôr do sol. Não havia pássaros para chilrear ou cantar, nem riachos a borbulhar ou esquilos a fofocar. Mas o vento fazia a trilha musical ter em qualidade o que lhe faltava em quantidade.

— Sempre se consegue encontrar algo adorável para olhar ou ouvir — disse Anne.

Elas falavam de "repolhos e reis",[2] atrelavam suas carroças às estrelas e voltavam para casa com apetites que sobrecarregavam até mesmo a despensa de Green Gables. Um dia houve uma tempestade e elas não puderam sair. O vento leste soprava em torno dos beirais e o golfo cinza rugia. Mas mesmo uma tempestade em Green Gables tinha seus próprios encantos. Era aconchegante sentar-se ao lado do fogão e assistir com ar sonhador a luz do fogo reluzindo no teto enquanto se deliciava com maçãs e doces. Como foi alegre a ceia com a tempestade uivando lá fora!

Uma noite, Gilbert as levou para ver Diana e sua nova bebê.

— Nunca segurei um bebê na vida — disse Katherine depois, enquanto iam para casa. — Por um lado, eu não queria e, por outro, tinha medo de que a criança se despedaçasse nas minhas mãos. Você não pode imaginar como me senti... tão grande e desajeitada com aquela coisa pequenina e delicada em meus braços. Sei que a sra. Wright achava que eu a deixaria cair a qualquer momento. Eu vi o quanto ela se esforçou para esconder o pavor que sentia. Mas isso mexeu comigo... o bebê, quero dizer... Ainda não sei exatamente como.

— Os bebês são criaturas fascinantes — respondeu Anne com ar sonhador. — Eles são o que ouvi alguém em Redmond chamar de "fantásticos pacotes de potencialidades". Pense nisso, Katherine... Homero também foi bebê algum dia... um bebê com lindas covinhas e grandes olhos cheios de luz... e, na época, não era cego ainda, é claro.

— Pena que a mãe não tinha ideia de que ele seria Homero — disse Katherine.

---

[2] Referência ao livro de contos *Repolhos e reis*, de O. Henry, de 1904.

— Mas acho que estou feliz que a mãe de Judas não tenha sabido que ele seria Judas — disse Anne suavemente. — Espero que ela nunca tenha sabido.

Houve um concerto no salão uma noite e uma festa depois, na casa de Abner Sloane, e Anne convenceu Katherine de que deveriam ir a ambos os eventos.

— Quero que faça uma leitura para nosso programa, Katherine. Ouvi dizer que você lê lindamente.

— Eu costumava recitar... acho que gostava bastante de fazer isso. Mas, no verão retrasado, recitei em um evento na praia organizado para banhistas de verão... e os ouvi rindo de mim depois.

— Como sabe que eles estavam rindo de você?

— Só pode ter sido. Não havia nada mais do que rir.

Anne escondeu um sorriso e insistiu no pedido da leitura.

— Dê outra chance a *Genevra*. Disseram-me que você lê esplendidamente. A sra. Stephen Pringle disse que nunca mais dormiu direito depois da sua leitura.

— Não. Eu nunca gostei de *Genevra*. Está no programa da escola, por isso às vezes preciso mostrar à classe como se deve ler. Realmente não tenho paciência com Genevra. Por que ela não gritou quando se viu presa? Quando a estavam procurando em todos os lugares, certamente alguém a teria ouvido.

Katherine por fim prometeu que faria a leitura, mas estava em dúvida sobre a festa.

— Eu vou, é claro. Mas ninguém vai me convidar para dançar e vou me sentir sarcástica, preconceituosa e envergonhada. Sempre fico infeliz em festas... nas poucas a que fui. Ninguém parece pensar que sei dançar... e você sabe que eu danço muito bem, Anne. Aprendi na casa do tio Henry, porque uma das empregadas queria aprender também, então ela e eu costumávamos dançar juntas na cozinha, à noite, ao som da música que tocava na sala. Eu acho que até gostaria... com o tipo certo de parceiro.

— Você não vai se sentir infeliz nessa festa, Katherine. Não estará fora olhando para dentro. Essa é a diferença agora, sabe, entre estar dentro olhando para fora e estar fora olhando para dentro. Você tem um cabelo tão lindo, Katherine, se importa se eu tentar uma novo penteado em você?

Katherine encolheu os ombros.

— Oh, vá em frente. Acho que meu cabelo está horrível... mas não tenho tempo para enfeitá-lo o tempo todo. Também não tenho um vestido de festa. Meu tafetá verde serve?

— Terá que servir... embora o verde, entre todas as cores, é a que você nunca deveria usar, minha Katherine. Mas usará uma gola de *chiffon* vermelha drapejada que fiz para você. Sim, vai, *sim*. Você deveria ter um vestido vermelho, Katherine.

— Eu sempre odiei vermelho. Quando fui morar com tio Henry, tia Gertrude sempre me fazia usar aventais de um vermelho turco brilhante. As outras crianças na escola costumavam gritar "Fogo!" quando eu entrava com um daqueles aventais. De qualquer forma, não me importo com roupas.

— Deus me dê paciência! As roupas são *muito* importantes — disse Anne severamente, enquanto trançava e enrolava os cabelos da amiga. Por fim, olhou para o que havia feito e viu que estava bom. Ela colocou o braço sobre os ombros de Katherine e a virou para o espelho.

— Você não acha que realmente somos uma dupla de garotas muito bonitas? — ela riu. — E não é muito bom pensar que as pessoas vão encontrar alguma alegria em nos olhar? Há tantas pessoas simples que pareceriam muito atraentes se se importassem um pouco com elas mesmas. Três domingos atrás, na igreja... você se lembra do dia em que o pobre sr. Milvain estava pregando com um resfriado tão terrível que ninguém conseguia entender o que ele dizia? Bem, eu passei o tempo tornando as pessoas ao meu redor lindas. Dei um novo nariz à sra. Brent, fiz cachos no cabelo de Mary Addison e passei água com limão cabelo de Jane Marden. Vesti Emma Dill de azul em vez de marrom. Vesti Charlotte Blair com listras em vez de xadrez. Removi várias verrugas... e raspei os longos bigodões de Thomas Anderson. Você não o reconheceria quando terminei. E, exceto talvez pelo nariz da sra. Brent, eles próprios poderiam ter feito tudo o que fiz. Ora, Katherine, seus olhos são da cor do chá... chá âmbar. Agora, faça jus ao Brooke de seu nome esta noite... um riacho deve ser cintilante... límpido... alegre.

— Tudo o que não sou.

— Tudo o que você foi nessa semana. Então você *pode* ser.

— Essa é apenas a magia de Green Gables. Quando eu voltar para Summerside, a meia-noite terá tocado para Cinderela.

— Você vai levar a magia de volta com você. Olhe para si mesma... pela primeira vez parecendo como você deveria parecer o tempo todo.

Katherine olhou para seu reflexo no espelho como se duvidasse da própria identidade.

— Estou parecendo anos mais jovem — admitiu ela. — Você estava certa... as roupas nos transformam. Oh, sei que pareço mais velha do que minha idade. Não me importo. Por que eu deveria? Ninguém mais se importou. E não sou como você, Anne. Pelo visto, você nasceu sabendo viver. E eu não sei nada disso ainda... nem mesmo o a-be-ce. Eu me pergunto se não é tarde demais para aprender. Tenho sido sarcástica por tanto tempo que não sei se consigo ser outra coisa. O sarcasmo me parecia a única maneira de causar alguma impressão nas pessoas. E também me parece que sempre tive medo quando estava na companhia de outras pessoas... medo de dizer algo estúpido... medo de ser ridicularizada.

— Katherine Brooke, olhe para si mesma naquele espelho; carregue essa imagem com você: um cabelo magnífico emoldurando seu rosto em vez de tentar puxá-lo para trás, olhos brilhando como estrelas escuras, um pequeno rubor de excitação em suas bochechas e você não vai sentir medo. Venha agora. Vamos nos atrasar, mas felizmente todos os artistas têm o que ouvi Dora chamar de assentos "preservados".

Gilbert as levou para o salão. Como nos velhos tempos... a diferença era que Katherine estava com ela no lugar de Diana. Anne suspirou. Diana tinha tantos outros interesses agora. Ela não podia mais ir a concertos e festas.

Mas que noite foi aquela! Que estradas de cetim prateado com um céu verde-claro no oeste depois de uma leve nevasca! Órion trilhava sua marcha majestosa pelos céus, e colinas, campos e bosques se estendiam ao redor dele em um silêncio perolado.

A leitura de Katherine captou a atenção do público desde a primeira linha, e na festa ela não conseguiu encontrar danças o suficiente para todos os seus futuros parceiros. De repente, ela se viu rindo, sem amargura. Depois, voltou para Green Gables e aqueceu os dedos dos pés na lareira da sala de estar, à luz de duas amigáveis velas sobre o lintel; e a sra. Lynde entrou no quarto na ponta dos pés, tarde como era, para perguntar se queriam outro cobertor e garantir a Katherine que seu cachorrinho estava confortável e aquecido em uma cesta atrás do fogão da cozinha.

"Eu tenho uma nova visão da vida", pensou Katherine antes de adormecer. "Eu não sabia que existiam pessoas assim."

— Venha de novo — disse Marilla enquanto ela partia.

Marilla nunca dizia isso a ninguém, a menos que fosse com sinceridade.

— Claro que ela virá de novo — disse Anne. — Para passar fins de semana... e por *semanas* no verão. Vamos fazer fogueiras e trabalhar no jardim... e colher maçãs para dar às vacas... e remar na lagoa e nos perder na floresta. Quero mostrar a você o jardim da Pequena Hester Gray, Katherine, e a Mansarda do Eco e o Vale das Violetas, quando estiver cheio de violetas.

VII

VII

Windy Poplars,
5 de janeiro,
A rua por onde os fantasmas (deveriam) passar

Meu estimado amigo,

Isso não tem relação com o que a avó da tia Chatty escrevia. É apenas algo que ela teria escrito se tivesse pensado nisso.

Fiz uma resolução de Ano-Novo sobre escrever cartas de amor sensatas. Você acha que isso é possível?

Saí da querida Green Gables e voltei para a querida Windy Poplars. Rebecca Dew deixou a lareira acesa no quarto da torre para mim e uma bolsa de água quente na cama.

Estou tão feliz por gostar de Windy Poplars. Seria horrível morar em um lugar de que não gostasse... que não parecesse amigável para mim. "Estou feliz que você esteja de volta", diz Windy Poplars. A casa é um pouco antiquada e afetada, mas gosta de mim.

E fiquei feliz em voltar a ver tia Kate e tia Chatty e Rebecca Dew. Não posso evitar notar o lado engraçado delas, mas eu as amo muito por tudo isso.

Rebecca Dew disse uma coisa tão bonita para mim ontem:

— A Alameda do Susto tornou-se um lugar diferente desde que veio para cá, srta. Shirley.

Estou feliz que você tenha gostado de Katherine, Gilbert. Ela foi surpreendentemente agradável com você. É incrível descobrir o quão agradável ela pode ser quando se esforça. E acho que ela mesma está tão surpresa com isso quanto qualquer outra pessoa. Não tinha ideia de que seria tão fácil.

Vai fazer muita diferença na escola ter uma vice-diretora com quem realmente posso trabalhar. Ela vai mudar de pensão, e eu já a convenci a comprar aquele chapéu de veludo e ainda não desisti de convencê-la a cantar no coro.

O cachorro do sr. Hamilton veio ontem e incomodou Dusty Miller. "Esta é a gota d'água", disse Rebecca Dew. E com suas bochechas vermelhas ainda mais vermelhas, suas costas rechonchudas tremendo de raiva, e com tanta pressa que colocou o chapéu ao contrário e não percebeu, ela foi até a rua e soltou os cachorros no Hamilton. Posso ver o rosto abobalhado e amigável dele enquanto a ouvia.

— Eu não gosto Daquele Gato — ela me disse —, mas ele é NOSSO e nenhum cachorro dos Hamilton vai vir aqui assustá-lo em seu próprio quintal. "Ele perseguiu o gato apenas por diversão", disse Jabez Hamilton. "As ideias de diversão dos Hamilton são diferentes das dos MacComber ou das dos MacLean ou, se for o caso, da ideia de diversão dos Dew", eu disse a ele. "Tsc, tsc, srta. Dew, deve ter comido repolho no jantar", disse ele. Não, respondi, mas poderia. A sra. capitão MacComber não vendeu todos os repolhos no outono passado e deixou a família sem nenhum porque o preço estava muito bom. Há algumas pessoas, disse eu, que não conseguem ouvir nada por causa do tilintar em seu bolso. E o deixei pensando nisso. Mas o que esperar de um Hamilton? Que raça!

Há uma estrela avermelhada pairando sobre o pico nevado do monte Tempestade-Rei. Gostaria que você estivesse aqui comigo para ver isso. Se você estivesse, realmente acho que seria mais do que um momento de estima e amizade.

12 de janeiro,

A pequena Elizabeth veio duas noites atrás para me perguntar se eu saberia dizer que tipo peculiar de animais terríveis eram as bulas pontifícias, e para me contar que sua professora a convidara para cantar no concerto que a escola pública está preparando, mas a sra. Campbell havia fincado o pé e dito "não" definitivamente. Quando a menina tentou implorar, a sra. Campbell disse:

— Tenha a bondade de não me responder, Elizabeth, por favor.

A pequena Elizabeth chorou algumas lágrimas amargas no quarto da torre naquela noite e disse que sentia que isso a tornaria em Lizzie para sempre. Ela nunca conseguiria voltar a ser nenhum de seus outros nomes.

— Semana passada eu amei a Deus, esta semana não — ela disse desafiadoramente.

Toda a turma dela estava participando do programa, e ela se sentiu "como um leopardo". Acho que isso significava que ela se sentia como uma leprosa e isso já seria suficientemente terrível. A querida Elizabeth não deveria se sentir como uma leprosa.

Então, arranjei uma desculpa para ir a Evergreens na noite seguinte. A Mulher... que pode realmente ter existido desde antes do dilúvio, de tão antiga que parece... olhou para mim friamente com seus grandes e cinzentos olhos inexpressivos e me conduziu de modo sombrio à sala de estar e foi dizer à sra. Campbell que eu perguntara por ela.

Eu não acho que tenha entrado sequer um raio de sol naquela sala desde a construção da casa. Havia um piano, mas tenho certeza de que nunca fora tocado. Cadeiras rígidas, cobertas com brocado de seda, ficavam encostadas na parede. Todos os móveis estavam encostados na parede, exceto uma mesa central com tampo de mármore, e nenhuma peça parecia fazer parte de um conjunto.

A sra. Campbell entrou. Eu nunca a tinha visto antes. Ela tem um rosto bonito, velho e bem-talhado que poderia ser de um homem, com olhos pretos e sobrancelhas grossas sob o cabelo grisalho.

Ela ainda não havia abandonado todos *os vãos acessórios do corpo, pois usava grandes brincos negros de ônix que chegavam até os ombros. Foi dolorosamente educada comigo, e eu, indolorosamente educada com ela. Sentamos e trocamos amenidades sobre o tempo por alguns momentos... ambas, como Tácito observou alguns milhares de anos atrás, "com semblantes próprios para a ocasião".*

Eu disse a ela com sinceridade que estava ali para ver se ela me emprestaria as Memórias *do rev. James Wallace Campbell por um tempo curto, porque eu sabia que havia muito sobre a história inicial do condado do Príncipe nelas que eu queria usar na escola.*

A sra. Campbell se descontraiu notavelmente e chamou Elizabeth, dizendo-lhe para que subisse ao seu quarto e trouxesse as Memórias. *O rosto de Elizabeth mostrava sinais de lágrimas, e a sra. Campbell condescendeu em explicar que era porque a professora da pequena Elizabeth enviara outro bilhete implorando para que ela tivesse permissão de cantar no concerto e que ela, a sra. Campbell, havia escrito uma resposta muito contundente que a pequena Elizabeth teria de levar à professora na manhã seguinte.*

— Não aprovo que crianças da idade de Elizabeth cantem em público — disse a sra. Campbell. — Isso tende a torná-las ousadas e orgulhosas.

Como se qualquer coisa pudesse tornar a pequena Elizabeth ousada e orgulhosa!

— Acho que talvez a senhora esteja sendo sensata, sra. Campbell — comentei em meu tom mais condescendente. — De qualquer modo, Mabel Phillips vai cantar, e me disseram que a voz dela é de fato tão maravilhosa que fará com que todas as outras pareçam nada. Sem dúvida, será muito *melhor que Elizabeth não vá para competir com ela.*

O rosto da sra. Campbell parecia um estudo. Ela podia ser Campbell na fachada, mas era uma Pringle na alma. Ela nada respondeu, entretanto, e percebi o momento psicológico exato de parar. Agradeci pelas Memórias *e fui embora.*

Na noite seguinte, quando a pequena Elizabeth veio ao portão do jardim buscar leite, seu pálido rosto de flor estava literalmente uma estrela. Ela me disse que a sra. Campbell dissera que ela poderia cantar, afinal, se tomasse cuidado para não se orgulhar disso.

Veja, Rebecca Dew havia me dito que os clãs Phillips e Campbell sempre foram rivais em termos de boas vozes!

Dei a Elizabeth um pequeno quadro de Natal para pendurar em cima da cama... apenas um caminho de floresta salpicado de luz que sobe uma colina até uma casinha pitoresca entre algumas árvores. A pequena Elizabeth diz que já não tem tanto medo de dormir no escuro porque, assim que se deita, ela finge que está subindo o caminho até a casinha e que vai entrar, e está tudo iluminado e o pai está lá.

Pobre querido! Eu não posso deixar de detestar aquele pai dela!

19 de janeiro,

Houve um baile na casa de Carry Pringle ontem à noite. Katherine estava lá em uma seda vermelho-escura com os novos babados laterais, e seu cabelo tinha sido feito por um cabeleireiro. Você acreditaria que as pessoas que a conheciam desde que ela veio ensinar em Summerside perguntavam umas às outras quem era aquela moça quando ela entrou na sala? Mas acho que foram menos o vestido e o cabelo que fizeram diferença do que alguma mudança indefinível nela mesma.

Antes, sempre que ela estava cercada de gente, sua atitude parecia ser: "Essas pessoas me aborrecem. Espero que eu as aborreça também". Mas na noite passada foi como se ela tivesse acendido luzes em todas as janelas de sua casa.

Tive dificuldade em conquistar a amizade de Katherine. Mas nada que valha a pena é fácil e sempre achei que essa amizade valeria a pena.

Tia Chatty está de cama há dois dias com um resfriado e febre e talvez precise receber o médico amanhã, caso esteja com pneumonia. Então Rebecca Dew, com a cabeça envolta em uma toalha, limpou a casa loucamente o dia todo para colocá-la em perfeita ordem antes da possível visita do doutor. Agora ela está na cozinha passando a roupa de baixo de algodão branco da tia Chatty com a canga de crochê, de modo que esteja pronta para passar por cima da de flanela. Antes estava imaculadamente limpa, mas Rebecca Dew achou que não tinha uma cor muito boa por estar na gaveta da cômoda.

28 de janeiro,

Janeiro, até agora, tem sido um mês de dias cinzentos e frios, com uma tempestade ocasional passando pelo porto e enchendo a Alameda do Susto de correntes de ar. Mas ontem à noite tivemos um degelo prateado e hoje o sol brilhou. Meu bosque de bordo era um lugar de esplendores inimagináveis. Até os lugares-comuns haviam se tornado adoráveis. Cada pedaço de cerca de arame era uma maravilha de renda de cristal.

Rebecca Dew está debruçada esta noite sobre uma das minhas revistas, que contém um artigo sobre "Tipos de Mulheres Bonitas", ilustrado por fotografias.

— Não seria adorável, srta. Shirley, se alguém pudesse, apenas com uma varinha de condão, deixar todo mundo bonito? — ela disse melancolicamente. — Imagine só, srta. Shirley, se de repente eu fosse linda! — mas então... com um suspiro: — Se fôssemos todas bonitas, quem faria todo o serviço?

VIII

— Estou tão cansada — suspirou a prima Ernestine Bugle, deixando-se cair em sua cadeira à mesa de jantar de Windy Poplars. — Às vezes tenho medo de me sentar por receio de nunca mais ser capaz de me levantar.

A prima Ernestine, prima em terceiro grau do falecido capitão MacComber — mas ainda assim, como tia Kate costumava refletir, muito próxima —, tinha vindo de Lowvale naquela tarde para uma visita a Windy Poplars. Não se pode dizer que as duas viúvas a tenham acolhido com muito afeto, apesar dos sagrados laços de família. A prima Ernestine não era uma pessoa divertida, sendo uma daquelas infelizes que estão constantemente se preocupando não só com seus próprios assuntos, mas também com os dos outros, e que não dão descanso nem à própria vida nem à dos outros. O simples olhar dela — Rebecca Dew declarou — fazia você sentir que a vida era um vale de lágrimas.

Certamente prima Ernestine não era bonita e era quase impossível que ela alguma vez tivesse sido. Possuía um rosto pequeno, seco e contraído, olhos azuis desbotados e claros, várias pintas mal posicionadas e uma voz chorosa. Usava um vestido preto desbotado e uma gola de pele decrépita, que ela não tirava nem à mesa, porque tinha medo de correntes de ar.

Rebecca Dew poderia ter se sentado à mesa com elas se quisesse, pois as viúvas não consideravam a prima Ernestine uma "companhia" específica. Mas Rebecca sempre declarou que não conseguia "saborear suas refeições" na companhia daquela estraga-prazeres. Ela preferia "comer seu bocado" na cozinha, embora isso não a impedisse de dizer o que tinha de dizer enquanto servia a mesa.

— Provavelmente é a primavera entrando em seus ossos — ela comentou sem compaixão.

— Ah, espero que seja só isso, srta. Dew. Mas temo ser como a pobre sra. Oliver Gage. Ela comeu cogumelos no verão passado, mas deve ter havido um cogumelo venenoso entre eles, pois ela nunca mais se sentiu a mesma desde então.

— Mas você não pode ter comido cogumelos tão cedo — disse tia Chatty.

— Não, mas infelizmente tenho outra coisa. Não tente me animar, Charlotte. Você tem boas intenções, mas não adianta. Eu já passei por muito. Tem certeza de que não há uma aranha naquela jarra de creme, Kate? Receio ter visto uma quando serviu minha xícara.

— Nunca temos aranhas em *nossos* potes de creme — disse Rebecca Dew ameaçadoramente e bateu a porta da cozinha.

— Talvez fosse apenas uma sombra — disse a prima Ernestine humildemente. — Meus olhos já não são o que eram. Tenho medo de ficar cega em breve. Isso me lembra: passei para ver Martha MacKay esta tarde, e ela estava se sentindo febril e com algum tipo de erupção na pele. "Parece-me que você está com sarampo", eu disse a ela. "Provavelmente isso a deixará quase cega. Toda a sua família tem olhos fracos." Achei que ela deveria estar preparada. A mãe dela também não está bem. O médico diz que é indigestão, mas temo que seja um tumor. "E se você tiver que fazer uma operação e tomar clorofórmio", eu disse a ela, "temo que você nunca saia dessa. Lembre-se de que você é uma Hillis, e todos os Hillis têm coração fraco. Seu pai morreu de insuficiência cardíaca, você sabe."

— Aos oitenta e sete! — disse Rebecca Dew, afastando um prato.

— E você sabe que três vintenas e dez é o limite da Bíblia — disse tia Chatty alegremente.

A prima Ernestine serviu-se de uma terceira colher de chá de açúcar e mexeu o chá com tristeza.

— Foi o que disse o rei Davi, Charlotte, mas temo que Davi não fosse um homem muito bom em alguns aspectos.

Anne trocou olhares com tia Chatty e riu antes que pudesse se conter.

A prima Ernestine a olhou com desaprovação.

— Ouvi dizer que você era uma ótima e alegre garota. Bem, espero que continue assim, mas temo que não. Receio que você descubra muito em breve que a vida é uma coisa melancólica. Bem, eu mesmo já fui jovem.

— Foi mesmo? — perguntou Rebecca Dew sarcasticamente, trazendo os *muffins*. — Parece-me que sempre teve medo de ser jovem. É preciso coragem, isso eu garanto, srta. Bugle.

— Rebecca Dew tem uma maneira tão estranha de colocar as coisas — reclamou a prima Ernestine. — Não que eu me importe com ela, é claro. E é bom rir quando se pode, srta. Shirley, mas temo que a senhorita esteja desafiando a Providência por ser tão feliz. A senhorita é como a tia da esposa do nosso último ministro... ela estava sempre rindo e morreu de um derrame paralítico. O terceiro é o que mata. Receio que nosso novo ministro em Lowvale esteja inclinado à frivolidade. No minuto em que o vi, falei para Louisy: "Temo que um homem com pernas como essas possa ser viciado em dança". Suponho que ele tenha desistido depois de se tornar ministro, mas temo que essa será uma coisa de família. Ele tem uma jovem esposa e dizem que ela é escandalosamente apaixonada por ele. Não consigo imaginar como alguém se casaria com um ministro por amor. Temo que seja algo terrivelmente irreverente. Ele prega sermões bastante justos, mas temo pelo que ele disse sobre Elias e o Petisco[1] no domingo passado, que ele seja liberal demais em seus pontos de vista sobre a Bíblia.

— Vi nos jornais que Peter Ellis e Fanny Bugle se casaram na semana passada — disse tia Chatty.

— Ah, sim. Receio que seja o caso de um casamento apressado para corrigir um pecado. Eles só se conhecem há três anos. Receio que Peter descubra que penas bonitas nem sempre dão origem a pássaros bonitos. Receio que Fanny seja meio avoada. Ela só passa os guardanapos de mesa do lado direito. Não é muito parecida com sua santa mãe. Ah, *ela* era uma mulher meticulosa, se é que alguma vez houve uma. Quando estava de luto, sempre usava camisolas pretas. Disse que se sentia tão mal de noite como de dia. Eu estava na casa de Andy Bugle ajudando-os na preparação das comidas, e quando desço na manhã do casamento, vejo Fanny comendo um ovo no café da manhã... e ela ia se casar naquele dia. Acho que você não acreditaria nisso... eu mesma não acreditaria se não tivesse visto com meus próprios olhos. Minha pobre e falecida irmã não comeu nada por três dias antes de se casar. E, depois que seu marido morreu, todos ficamos com medo de que ela nunca mais fosse comer outra vez. Há momentos em que sinto que não consigo mais entender os Bugle. Houve um tempo em que se sabia onde estava pelos laços familiares, mas não é assim agora.

---

[1] Elias foi o último profeta antes da vinda de Jesus Cristo e realizou inúmeros milagres enquanto viveu. Na celebração da Páscoa do judaísmo, as famílias festejam noite adentro, com a porta da casa aberta para que Elias possa entrar; e na mesa da ceia há sempre um lugar a mais, destinado a ele.

— É verdade que Jean Young vai se casar de novo? — perguntou a tia Kate.

— Temo que sim. Claro, Fred Young supostamente deveria estar morto, mas tenho muito medo de que ele ainda apareça. Nunca se pode confiar naquele homem. Ela vai se casar com Ira Roberts. Temo que ele só se case com ela para fazê-la feliz. O tio dele, Philip, uma vez quis se casar comigo, mas eu disse a ele: "Bugle eu nasci e Bugle vou morrer. O casamento é um salto no escuro", eu disse, "e não vou me envolver nisso". Houve uma quantidade enorme de casamentos em Lowvale nesse inverno. Receio que haverá funerais durante todo o verão para compensar. Annie Edwards e Chris Hunter se casaram no mês passado. Receio que daqui a alguns anos eles não gostem tanto um do outro como agora. Temo que ela tenha ficado impressionada com seus modos arrojados. O tio dele, Hiram, estava louco... acreditou ser um cachorro por anos.

— Se ele latiu porque quis, ninguém deveria zombar da diversão dele — disse Rebecca Dew, trazendo as conservas de pera e o bolo.

— Nunca soube que ele latia — disse a prima Ernestine. — Ele apenas roía ossos e os enterrava quando ninguém estava olhando. Sua esposa sabia disso.

— Onde está a sra. Lily Hunter neste inverno? — perguntou tia Chatty.

— Ela está passando um tempo com o filho em San Francisco e tenho muito medo de que haja outro terremoto antes que ela saia de lá. Se isso acontecer, ela provavelmente tentará voltar clandestinamente e terá problemas na fronteira. Se não é uma coisa, é outra, quando se está viajando. Mas as pessoas parecem adorar isso. Meu primo Jim Bugle passou o inverno na Flórida. Temo que ele esteja ficando rico e frívolo. Eu disse isso a ele antes de partir. Acho que foi na noite anterior à morte do cachorro dos Coleman... ou será que não?... sim, foi.

"A soberba precede a ruína, e a altivez do espírito, a queda",[2] digo eu. A filha está lecionando na escola da estrada de Bugle e não consegue decidir com qual dos pretendentes se casar. "Há uma coisa que posso garantir a você, Mary Annetta", eu disse, "é que você nunca vai conseguir aquele que mais ama. Então é melhor aceitar aquele que a ama... se você tiver certeza de que ele a ama." Espero que ela faça uma escolha melhor que a de Jessie Chipman. Temo que ela vá se casar com Oscar Green apenas porque ele sempre esteve por perto. "É *isso* que você escolheu?", perguntei a ela. O irmão dele morreu de tuberculose galopante. "E não se case em maio", disse eu, "porque maio é um mês de muito azar para casamentos."

— Sempre encorajadora! — disse Rebecca Dew, trazendo um prato de macarons.

— Você pode me dizer — disse a prima Ernestine, ignorando Rebecca Dew e servindo-se de uma segunda porção de peras — se calceolária é uma flor ou uma doença?

— Uma flor — disse tia Chatty.

A prima Ernestine pareceu um pouco desapontada.

— Bem, seja o que for, a viúva de Sandy Bugle tem uma. Ouvi dizer que ela contou à irmã na igreja, no domingo passado, que finalmente tinha uma calceolária. Seus gerânios estão horrivelmente murchos, Charlotte. Receio que você não os fertilize adequadamente. A sra. Sandy saiu do luto e o pobre Sandy morreu há apenas quatro anos. Bem, os mortos são logo esquecidos hoje em dia. Minha irmã ficou de luto pelo marido durante vinte e cinco anos.

— Sabia que sua carcela está aberta? — disse Rebecca, colocando uma torta de coco diante de tia Kate.

— Não tenho tempo de ficar sempre olhando para meu reflexo no espelho — disse a prima Ernestine com acidez. — E se minha carcela estiver aberta? Estou com três anáguas, não?

---

[2] Provérbios 16,18.

Dizem que as meninas hoje em dia só usam uma. Temo que o mundo esteja ficando terrivelmente alegre e tonto. Eu me pergunto se não pensam no dia do julgamento.

— Acha que nos perguntarão no dia do julgamento quantas anáguas estamos usando? — perguntou Rebecca Dew, escapando para a cozinha antes que alguém pudesse registrar o horror. Até a tia Chatty achava que ela realmente tinha ido longe demais.

— Suponho que tenham lido no jornal sobre a morte do velho Alec Crowdy na semana passada — suspirou a prima Ernestine. — A esposa dele morreu há dois anos, literalmente antes do tempo, pobre criatura. Dizem que ele ficou terrivelmente sozinho desde que ela morreu, mas temo que isso seja bom demais para ser verdade. E temo que os problemas não tenham acabado, mesmo que ele já esteja enterrado. Ouvi dizer que ele não fez testamento e temo que haja terríveis rumores sobre a propriedade. Dizem que Annabel Crowdy vai se casar com um rapaz que é um faz-tudo. O primeiro marido da mãe também era, então talvez seja hereditário. Annabel teve uma vida difícil, mas temo que ela veja que pulou da frigideira para o fogo, mesmo que aconteça de ele não ser casado.

— O que Jane Goldwin está fazendo da vida neste inverno? — perguntou a tia Kate. — Ela não vai à cidade há muito tempo.

— Ah, pobre Jane! Ela está morrendo aos poucos, misteriosamente. Não sabem o que há de errado com ela, mas temo que acabe sendo um álibi. Por que Rebecca Dew está rindo como uma hiena na cozinha? Receio que ela ainda vá sobrar para vocês. Há uma quantidade terrível de mentes fracas entre os Dew.

— Vi que Thyra Cooper teve um bebê — disse tia Chatty.

— Ah, sim, pobrezinha. Apenas um, graças à misericórdia divina. Tive medo de que fossem gêmeos. Gêmeos são comuns nos Cooper.

— Thyra e Ned são um jovem casal tão agradável — disse tia Kate, como se estivesse determinada a salvar algo dos destroços do universo.

Mas a prima Ernestine não admitia a existência do bálsamo de Gilead,[3] muito menos em Lowvale.

— Ah, ela ficou muito grata por ter finalmente conseguido segurá-lo. Houve um tempo em que ela teve medo de que ele não voltasse do oeste. Eu a avisei. "Tenha certeza de que ele a decepcionará", eu disse a ela. "Ele sempre decepciona as pessoas. Todos achavam que ele fosse morrer antes de completar um ano, mas olhe como ainda está vivo." Quando ele comprou a casa de Holly, eu voltei a avisá-la: "Receio que o poço esteja cheio de febre tifoide", disse a ela. O homem contratado por Holly morreu de febre tifoide lá há cinco anos. Não podem *me* culpar se algo acontecer. Joseph Holly tem um pouco de dor nas costas. Ele chama isso de lumbago, mas temo que seja o início de uma meningite espinhal.

— Oh, o velho tio Joseph Holly é um dos melhores homens do mundo — disse Rebecca Dew, trazendo um bule reabastecido.

— Ah, ele é bom — disse a prima Ernestine lugubremente. — Bom demais! Temo que todos os filhos dele vão para o mau caminho. Vê-se tantas vezes. Parece que uma média deve ser atingida. Não, obrigado, Kate, não quero mais chá... bem, talvez um macaron. Não pesam no estômago, mas temo que tenha ingerido líquido demais. Acho que vou sair à francesa, pois temo que escureça antes que eu chegue em casa. E não quero molhar meus pés; tenho tanto medo de amônia. Tive algo andando do braço para as pernas durante todo o inverno. Noite após noite, não conseguia dormir por causa disso. Ah, ninguém sabe o que eu passei, mas não sou do tipo que reclama. Eu estava determinada a vir vê-las mais uma vez, pois poderei

---

[3] Perfume raro usado para fins medicinais, cujo nome vem da região de Gileade, onde era produzido. Figurativamente é a cura universal.

não estar aqui na outra primavera. Mas vocês duas estão péssimas, então pode ser que vão antes de mim ainda. Bem, é melhor ir enquanto ainda resta alguém dos seus para ajudá-la. Nossa, como o vento está ficando forte! Tenho medo de que o telhado do nosso celeiro voe pelos ares se houver um vendaval. Tivemos tanto vento nessa primavera que temo que o clima esteja mudando. Obrigada, srta. Shirley — disse, enquanto Anne a ajudava a vestir o casaco. — E cuide-se, viu, porque a senhorita está muito pálida. Temo que as pessoas com cabelos ruivos nunca tenham uma constituição realmente forte.

— Acho que minha constituição está boa — sorriu Anne, entregando à prima Ernestine uma peça indescritível de chapelaria com uma pena de avestruz descendo por trás. — Estou com um pouco de dor de garganta esta noite, srta. Bugle, só isso.

— Ah! — outro pressentimento sombrio da prima Ernestine veio a ela. — Precisa cuidar disso. Os sintomas de difteria e amigdalite são exatamente os mesmos até o terceiro dia. Mas há um consolo... a senhorita será poupada de muitos problemas se morrer jovem.

IX

Quarto da Torre,
Windy Poplars,
20 de abril

Pobre, querido Gilbert,

"Ao riso disse: está doido; e da alegria: de que serve esta?"[1] Tenho medo de ficar grisalha cedo... tenho medo de acabar num asilo... receio de que nenhum dos meus alunos passará nas provas finais... o cachorro do sr. Hamilton latiu para mim no sábado à noite, e tenho medo de ter contraído hidrofobia... receio que meu guarda-chuva vire do avesso quando eu for ao encontro de Katherine esta noite... receio que Katherine goste tanto de mim agora que talvez isso não se sustente para sempre... receio que meu cabelo não seja avermelhado, afinal... tenho medo de ter uma verruga na ponta do nariz quando fizer cinquenta anos... temo que minha escola pegue fogo... tenho medo de encontrar um rato na minha cama esta noite... temo que

---

[1] Eclesiastes 2,2.

você tenha ficado noivo de mim só porque eu estava sempre por perto... temo que logo esticarei as canelas.

Não, querido, não estou louca... ainda não. É que a prima Ernestine Bugle é contagiosa.

Agora eu sei por que Rebecca Dew sempre a chamou de "Srta. Temo". A pobre alma pegou emprestado tantos problemas que deve estar desesperadamente em dívida com o destino.

Existem tantos Bugle no mundo... não tantos que tenham ido tão longe no Buglismo como a prima Ernestine, talvez, mas tantos estraga-prazeres, com medo de aproveitar o hoje por causa do que o amanhã trará.

Gilbert, querido, que nunca tenhamos medo das coisas. É uma escravidão terrível. Que sejamos ousados, aventureiros e esperançosos. Vamos dançar para encontrar a vida e tudo que ela pode nos trazer, mesmo que traga muitos problemas, febre tifoide e gêmeos!

Hoje foi um dia de abril saído de junho. A neve acabou e os prados castanhos e as colinas douradas anunciam a primavera. Eu sei que ouvi Pã tocando no pequeno buraco verde em minha plantação de bordo e o monte Tempestade-Rei estava estampado com a mais arejada das neblinas roxas. Tem chovido muito ultimamente e tenho adorado ficar sentada em minha torre nas horas paradas e úmidas dos crepúsculos da primavera.

Mas esta noite é uma noite tempestuosa e fugidia... até as nuvens que correm pelo céu estão com pressa e o luar que jorra entre elas tem pressa de inundar o mundo.

Suponha, Gilbert, que estivéssemos caminhando de mãos dadas por uma das longas estradas de Avonlea esta noite!

Gilbert, temo estar escandalosamente apaixonada por você. Não me acha irreverente, acha? Mas, também, você não é nenhum santo.

X

— Eu sou *tão* diferente — suspirou Hazel.

Era realmente terrível ser tão diferente das outras pessoas... e, ao mesmo tempo, maravilhoso também, como se você fosse um ser desviado de outra estrela. Hazel não faria parte do rebanho comum por *nada*... não obstante o que tenha sofrido por causa de sua diferença.

— Todo mundo é diferente — disse Anne, bem-humorada.

— A senhorita está sorrindo.

Hazel apertou as mãos muito brancas, cheias de covinhas, e olhou com adoração para Anne. Ela enfatizou pelo menos uma sílaba em cada palavra que pronunciou.

— A senhorita tem um sorriso tão fascinante... um sorriso tão *assustador*. Eu soube no momento em que a vi pela primeira vez que a senhorita entenderia *tudo*. Estamos no *mesmo* plano. Às vezes, acho que devo ser *vidente*, srta. Shirley. Sempre sei *instintivamente*, no momento em que conheço alguém, se vou gostar ou não da pessoa. Senti de imediato que a senhora era simpática... que *entenderia*. É tão gostoso ser compreendida. Ninguém me entende, srta. Shirley... *ninguém*. Mas, quando a vi, uma voz interior sussurrou para mim: "*Ela* vai entender... com ela eu posso ser *eu mesma*". Oh, srta. Shirley, vamos ser *verdadeiras*... vamos ser *sempre* verdadeiras. Oh, a senhorita me ama um pouquinho, um pouquinho só?

— Eu acho que você é uma querida — disse Anne, rindo um pouco e despenteando os cachos dourados de Hazel com seus dedos finos. Era muito fácil gostar de Hazel.

Hazel estava derramando sua alma para Anne no quarto da torre, de onde elas conseguiam ver uma lua jovem pairando sobre o porto e o crepúsculo de uma noite de fim de maio enchendo as taças vermelhas das tulipas abaixo das janelas.

— Não vamos acender a luz ainda — Hazel implorou, e Anne respondeu:

— Não... é lindo aqui quando o escuro é seu amigo, não é? Quando acendemos a luz, tornamos a escuridão nossa inimiga... e isso fulmina você com ressentimento.

— Posso *pensar* coisas assim, mas nunca poderei expressá-las tão bem — gemeu Hazel em uma angústia de êxtase. — A senhorita fala a língua das violetas, srta. Shirley.

Hazel não seria capaz de explicar o que queria dizer com isso, mas não importava. Soou tão poético.

O quarto da torre era o único cômodo pacífico da casa. Rebecca Dew havia dito naquela manhã com um olhar atormentado:

— *Precisamos* arrumar a sala e o quarto de hóspedes antes que a Sociedade Assistencial Feminina[1] se reúna aqui — e na mesma hora retirou todos os móveis de ambos os cômodos para dar lugar ao decorador, que se recusou a ir antes do dia seguinte. Windy Poplars era uma vastidão confusa, e seu único oásis era o quarto da torre.

---

[1] Sociedades Assistenciais Femininas ou Sociedades de Ajuda a Soldados eram organizações de mulheres formadas durante a Guerra Civil Americana, dedicadas a fornecer suprimentos aos combatentes e a cuidar dos doentes e feridos. Ao longo da guerra, foram estabelecidas entre 7 mil e 20 mil sociedades de ajuda feminina.

Hazel Marr nutria uma notória paixão por Anne. Os Marr eram recém-chegados em Summerside, tendo se mudado de Charlottetown para lá durante o inverno. Hazel era uma loira outonal, como ela gostava de se descrever, com cabelos cor de bronze dourado e olhos castanhos e, assim declarou Rebecca Dew, nunca tinha sido muito boa para o mundo desde que descobriu que era bonita. Mas Hazel era popular, especialmente entre os garotos, que achavam seus olhos e cachos uma combinação irresistível.

Anne gostava dela. No início da noite, estava exausta e um pouco pessimista, com o cansaço proveniente do final da tarde em uma sala de aula, mas se sentia descansada agora; se por causa da brisa doce de maio, com as flores de macieira soprando na janela, ou da tagarelice de Hazel, ela não saberia dizer. Talvez ambos. De alguma forma, para Anne, Hazel lembrava a própria juventude, com cada arrebatamento, ideal e visão romântica.

Hazel tomou a mão de Anne e a apertou contra os lábios em reverência.

— Eu *odeio* todas as pessoas que a senhorita amou antes de mim, srta. Shirley. Odeio todas as outras pessoas que a senhorita ama *agora*. Quero tê-la só para *mim*.

— Não acha que está sendo um pouco irracional, querida? *Você* ama outras pessoas além de mim. E Terry, por exemplo?

— Oh, srta. Shirley! É sobre isso que quero falar. Não aguento mais ficar calada... não consigo. Preciso falar com alguém sobre isso... alguém que *entenda*. Saí na noite de anteontem e dei voltas e mais voltas ao redor do lago a noite toda... bem, quase até meia-noite, de qualquer maneira. Eu sofri muito... *muito*.

Hazel parecia tão trágica quanto um rosto redondo rosado e pálido, olhos de cílios longos e um halo de cachos lhe permitiam.

— Ora, Hazel querida, pensei que você e Terry fossem tão felizes... que estava tudo certo.

261

Anne não poderia ser culpada por pensar assim. Durante as três semanas anteriores, Hazel delirou sobre Terry Garland para ela, pois a atitude de Hazel era: de que adiantava ter um noivo, se você não podia falar sobre ele com alguém?

— *Todo mundo* pensa assim — retrucou Hazel com grande amargura. — Oh, srta. Shirley, a vida parece tão cheia de problemas desconcertantes. Às vezes, sinto como se quisesse deitar em algum lugar... *qualquer lugar*... cruzar minhas mãos e nunca mais *pensar* de novo.

— Minha querida menina, o que deu errado?

— Nada... e *tudo*. Oh, srta. Shirley, *posso* lhe contar tudo? *Posso* despejar toda a minha alma em você?

— É claro, querida.

— Eu não tenho nenhum lugar para despejar minha alma — disse Hazel miseravelmente. — Exceto no meu diário, é claro. Deixe-me lhe mostrar meu diário algum dia, srta. Shirley? É uma autorrevelação. E, mesmo assim, não consigo escrever o que queima em minha alma. Isso... isso me *sufoca*! — Hazel apertou de modo dramático a garganta.

— Claro que gostaria de ver, se você quiser. Mas qual é o problema entre você e Terry?

— Oh, Terry!! Srta. Shirley, acreditará em mim quando eu disser que Terry me parece um *estranho*? Um estranho! Alguém que eu nunca tinha visto antes — acrescentou Hazel, para que não houvesse erro.

— Mas, Hazel, pensei que você o amava... você disse...

— Oh, eu sei. Eu também *pensei* que o amava. Mas agora sei que tudo foi um erro terrível. Oh, srta. Shirley, não pode imaginar como minha vida é *difícil*... como minha vida é *impossível*.

— Eu sei algo a respeito disso — disse Anne com empatia, lembrando-se de Roy Gardiner.

— Oh, srta. Shirley, tenho certeza de que não o amo o suficiente para me casar com ele. Percebo isso agora... agora que é tarde demais. O luar me fez pensar que o amava. Se não fosse pela lua, tenho certeza de que teria pedido um tempo para pensar. Mas fui arrebatada... consigo enxergar isso agora. Oh, vou fugir... vou fazer alguma coisa desesperada!

— Mas, Hazel querida, se você acha que cometeu um erro, por que não contar a ele?

— Oh, srta. Shirley, eu não poderia! Isso o mataria. Ele simplesmente me adora. Não há nenhuma maneira de sair disso de verdade. E o Terry está começando a falar no casamento. Pense nisso... é quase uma criança como eu... tenho apenas dezoito anos. Todos os amigos para os quais contei sobre meu noivado em confidência estão me parabenizando... e é tudo uma farsa. Eles acham que Terry é um grande partido porque vai receber dez mil dólares quando completar vinte e cinco anos. A avó deixou para ele. Como se eu me importasse com uma coisa tão mesquinha como dinheiro! Oh, srta. Shirley, por que este mundo é tão mercenário... por quê?

— Suponho que seja mercenário em alguns aspectos, mas não em todos, Hazel. E, se você se sente assim sobre Terry... todos nós cometemos erros... é muito difícil conhecer a própria mente, às vezes...

— Oh, não é? Eu *sabia* que entenderia. Achei que gostasse dele, srta. Shirley. A primeira vez em que o vi, fiquei apenas sentada olhando-o a noite toda. Ondas passaram por mim quando nossos olhos se encontraram. Ele era tão bonito... embora eu tenha achado seu cabelo muito cacheado e seus cílios muito brancos. *Isso* deveria ter sido meu aviso. Mas sempre coloco minha alma em tudo, sabe... Sou tão intensa. Eu sentia pequenos arrepios de êxtase sempre que ele se aproximava de mim. E agora não sinto nada... *nada*! Oh, envelheci nas últimas semanas, srta. Shirley... fiquei *velha*! Quase não comi desde que fiquei noiva. Mamãe poderia lhe dizer. Tenho *certeza* de que não o amo o suficiente para me casar com ele. Posso ter dúvidas sobre qualquer outra coisa, mas *disso* eu sei.

— Então você não deveria...

— Até mesmo na noite de luar que ele me pediu em casamento, eu estava pensando no vestido que usaria na festa à fantasia de Joan Pringle. Achei que seria adorável ir como Rainha de Maio em verde-claro, com uma faixa de um verde mais escuro e um ramo de rosas rosa-claro em meu cabelo. E um mastro enfeitado com pequenas rosas e fitas rosa e verdes penduradas. Não seria lindo? Mas então o tio de Joan morreu, e Joan não pôde fazer a festa no fim das contas, então tudo foi por água abaixo. Mas a questão é... eu não poderia mesmo amá-lo quando meus pensamentos estavam vagando assim, não é?

— Não sei... nossos pensamentos nos pregam peças curiosas algumas vezes.

— Eu realmente acho que jamais vou querer me casar, srta. Shirley. Por acaso tem um pauzinho de laranjeira? Obrigada. Minhas cutículas estão ficando horríveis. Eu poderia muito bem arrumá-las enquanto converso. Não é simplesmente adorável trocar confidências como essa? É tão raro ter a oportunidade... o mundo se intromete muito. Bem, do que eu estava falando... oh, sim, Terry. O que devo fazer, srta. Shirley? Quero seu conselho. Oh, eu me sinto como uma criatura presa!

— Mas, Hazel, é tão simples...

— Oh, não é nada simples, srta. Shirley! É terrivelmente complicado. Mamãe está muito satisfeita, mas tia Jean não. *Ela* não gosta de Terry, e todo mundo diz que ela tem um sexto sentido. Não quero me casar com ninguém. Sou ambiciosa. Eu quero uma carreira. Às vezes, acho que gostaria de ser freira. Não seria maravilhoso ser a noiva do céu? Acho a igreja católica *tão* pitoresca, não concorda? Mas, claro, não sou católica... e, de qualquer forma, suponho que isso não poderia ser chamado de carreira. Sempre achei que adoraria ser enfermeira. É uma profissão tão romântica, não acha? Alisando testas febris e tudo mais... e um lindo e milionário paciente se apaixonando por mim e me levando para uma lua de mel em uma *villa* na Riviera, de frente para o sol da manhã e o azul do Mediterrâneo. Eu me *vi* nisso. Sonhos tolos, talvez, mas, oh, tão doces. Não *posso* desistir deles pela realidade prosaica de me casar com Terry Garland e morar em *Summerside*!

Hazel estremeceu com a própria ideia e examinou criticamente uma das unhas.

— Eu suponho... — Anne começou.

— Não temos *nada* em comum, sabe, srta. Shirley. Ele não se importa com poesia e romance, e isso é a minha própria *vida*. Às vezes acho que devo ser uma reencarnação de Cleópatra... ou seria Helena de Troia? De qualquer forma, uma daquelas criaturas lânguidas e sedutoras. Tenho pensamentos e sentimentos *maravilhosos*... Não sei de onde os tirei, se essa não for a explicação. E Terry é terrivelmente prático, ele não pode ser a reencarnação de ninguém. O que ele disse quando eu contei sobre a caneta de Vera Fry prova isso, não é?

— Mas eu nunca ouvi falar da caneta de Vera Fry — disse Anne com paciência.

— Oh, não? Eu pensei que tivesse lhe contado. Eu já lhe contei tantas coisas. O noivo da Vera deu a ela uma caneta que ele fez com uma pena que encontrou, caída da asa de um corvo. Ele disse a ela: "Deixe seu espírito voar para o céu com ela sempre que usá-la, tal como o pássaro que um dia a teve". Não foi simplesmente *maravilhoso*? Mas Terry disse que a ponta da pena se desgastaria muito em breve, ainda mais se Vera escrevesse tanto quanto falava, e, de qualquer forma, ele não achava que os corvos fossem para o céu. Ele não entendeu nada, perdeu a essência... o significado do gesto.

— *Qual* era o significado?

— Ora... subir... voar... a senhorita sabe, subindo, se afastando das coisas terrenas. Notou o anel de noivado da Vera? Uma safira. Acho que safiras são muito escuras para anéis de noivado. Prefiro o seu querido e romântico pequeno arco de pérolas. Terry queria me dar o anel imediatamente... mas eu disse ainda não... pareceria um grilhão... tão *definitivo*, sabe? Eu não teria me sentido assim se de fato o amasse, não é?

— Não, receio que não...

— É tão maravilhoso dizer a alguém como eu realmente me sinto. Oh, srta. Shirley, se eu pudesse voltar a me sentir livre... livre para buscar o significado mais profundo da vida! Terry não entenderia do que se trata se eu dissesse isso a ele. E eu sei que ele é voluntarioso... todos os Garland são. Oh, srta. Shirley... se ao menos você falasse com ele... e lhe dissesse como me sinto... ele a acha maravilhosa, escutaria o que você dissesse.

— Hazel, minha querida garotinha, como eu poderia fazer isso?

— Não vejo por que não. — Hazel terminou a última unha e largou o pauzinho de laranjeira tragicamente. — Se você não puder, não terei ajuda em lugar *nenhum*. Mas eu nunca, *nunca*, NUNCA poderei me casar com Terry Garland.

— Se você não ama Terry, deveria ir até ele e dizer... não importa o quão mal isso o faça se sentir. Algum dia, você conhecerá alguém que realmente ame, Hazel querida... não terá dúvidas quando acontecer, *saberá*.

— Eu nunca vou amar *ninguém* de novo — disse Hazel, terrivelmente calma. — O amor traz apenas tristeza. Por mais jovem que eu seja, aprendi isso. Esse seria um enredo maravilhoso para uma de suas histórias, não seria, srta. Shirley? Eu preciso ir... não tinha ideia de que era tão tarde. Mas me sinto *muito* melhor depois de confidenciar tudo a você. "Toquei sua alma na terra das sombras",[2] como diz Shakespeare.

---

[2] *Touched your soul in shadowland*, no original. Verso final do poema "Moonset", de Emily Pauline Johnson.

— Acho que foi Pauline Johnson[3] — disse Anne com gentileza.

— Bem, eu sabia que era alguém... alguém que já *viveu*. Acho que vou dormir esta noite, srta. Shirley. Eu quase não dormi desde que fiquei noiva de Terry, sem entender como tudo tinha acontecido.

Hazel ajeitou o cabelo e colocou seu chapéu, um chapéu com forro rosa até a borda e flores rosadas ao redor. Ela parecia tão bonita nele que Anne a beijou impulsivamente.

— Você é muito linda, querida — disse ela com admiração.

Hazel ficou muito quieta.

Então ela ergueu os olhos e olhou bem através do teto da sala da torre, através do sótão acima dele, e procurou as estrelas.

— Eu nunca, *nunca* esquecerei este momento *maravilhoso*, srta. Shirley — murmurou extasiada. — Posso sentir que minha beleza... caso eu a tenha... foi consagrada. Oh, srta. Shirley, não sabe como é terrível de verdade ter a reputação de ser bela e estar sempre com medo de que, quando as pessoas a conhecerem, não a considerarão tão bonita quanto dizem que é. É uma tortura. Às vezes, morro de vergonha porque imagino que consigo ver a decepção das pessoas. Talvez seja apenas minha imaginação... tenho uma imaginação muito fértil... demais para meu próprio bem, temo. Imaginei que estivesse apaixonada pelo Terry, sabe. Oh, srta. Shirley, consegue sentir o perfume da flor da macieira?

Tendo nariz, Anne conseguia.

— Não é simplesmente divino? Espero que o céu seja *todo* forrado de flores. Acho que poderia ser bom viver dentro de um lírio, não acha?

---

[3] Emily Pauline Johnson foi uma poeta, escritora e atriz canadense, muito popular no final do século XIX e início do século XX. Sua poesia foi publicada no Canadá, nos Estados Unidos e na Grã-Bretanha, e ela pertenceu a uma geração de escritores famosos que começou a definir a literatura canadense, além de deixar uma marca indelével na escrita e na atuação das mulheres indígenas como um todo.

— Temo que isso seja um pouco restritivo — disse Anne com deboche.

— Oh, srta. Shirley, não... *não* seja sarcástica com sua pequena adoradora. Sarcasmo faz eu me *encolher* como uma folha.

— Vejo que ela não falou com a senhorita até as tampas — disse Rebecca Dew quando Anne voltou, depois de acompanhar Hazel até o final da Alameda do Susto. — Não sei como a atura.

— Gosto dela, Rebecca, gosto mesmo. Eu era uma tagarela terrível quando criança. Pergunto-me se eu parecia tão boba para as pessoas que precisavam me ouvir como Hazel parece às vezes.

— Eu não conheci a senhorita quando era criança, mas tenho certeza de que não era — disse Rebecca. — Porque a senhorita daria sentido ao que dissesse, não importa como tivesse se expressado, e Hazel Marr não. Ela não é nada além de leite desnatado querendo ser creme.

— Oh, claro que ela se dramatiza um pouco como a maioria das garotas, mas acho que ela tem razão em algumas das coisas que diz — disse Anne, pensando em Terry. Talvez fosse porque tinha uma opinião bastante ruim sobre ele que Anne acreditava na sinceridade de Hazel em tudo o que disse sobre ele. Anne pensou que Hazel estava tentando escapar do compromisso com Terry, apesar dos dez mil que "entrariam" para ele. Anne o considerava um jovem bonito e bastante fraco, que se apaixonaria pela primeira garota bonita que o encarasse e, com igual facilidade, se apaixonaria pela próxima, se a Número Um o rejeitasse ou o deixasse sozinho por tempo demais.

Anne tinha visto Terry bastante naquela primavera, pois Hazel insistia que ela segurasse vela para eles com frequência; e ela estava destinada a vê-lo mais, pois Hazel fora visitar amigos em Kingsport, e, durante sua ausência, Terry se apegou a Anne, levando-a para passear e visitando-a em casa. Chamavam-se um ao outro pelo nome, pois tinham mais ou menos a mesma idade, embora Anne se sentisse muito maternal em relação a ele. Terry se sentiu imensamente lisonjeado que "a inteligente srta. Shirley" parecesse gostar de sua companhia e ele se tornou tão sentimental na noite da festa de May Connelly, em um jardim iluminado pela lua, onde as sombras das acácias sopravam loucamente, que Anne, entretida, o lembrou da ausente Hazel.

— Oh, Hazel — disse Terry. — Aquela criança!

— Você está noivo "daquela criança", não está? — disse Anne, séria.

— Não estou realmente comprometido... nada além de alguma bobagem de crianças. Acho que fui arrebatado pelo luar daquela noite.

Anne pensou um pouco rápido. Se Terry de fato se importava tão pouco com Hazel, a criança estava muito melhor livre dele. Talvez essa fosse uma oportunidade enviada pelos céus para libertá-los do ridículo emaranhado em que haviam se metido e do qual nenhum deles, levando as coisas com toda a seriedade mortal da juventude, sabia como escapar.

— É claro — continuou Terry, interpretando mal o silêncio dela. — Estou em uma situação difícil, reconheço. Receio que Hazel tenha me levado um pouco a sério demais, e não sei a melhor maneira de abrir os olhos dela para esse mal-entendido.

A impulsiva Anne assumiu seu aspecto mais maternal.

— Terry, vocês dois são um casal de crianças brincando de serem adultos. Hazel realmente não se importa mais com você do que você com ela. Pelo visto, o luar afetou os dois. Ela quer ser livre, mas receia dizer isso a você por medo de ferir seus sentimentos. Ela é só uma garota romântica e sem rumo, e você um garoto apaixonado pelo amor, e algum dia vocês dois darão boas risadas de si mesmos.

("Acho que coloquei isso muito bem", pensou Anne com complacência.)

Terry deu um longo suspiro.

— Você tirou um peso da minha mente, Anne. Hazel é uma coisinha doce, é claro, eu não poderia nem pensar em magoá-la, mas percebi meu... nosso... erro há algumas semanas. Quando se encontra uma mulher... *a* mulher... você não vai entrar ainda, não é, Anne? Não se pode desperdiçar essa linda noite de luar, não acha? Você é como uma rosa branca ao luar... Anne...

Mas Anne já tinha desaparecido.

XI

Anne, corrigindo as provas no quarto da torre, em uma noite de meados de junho, fez uma pausa para assoar o nariz. Ela o havia limpado tantas vezes naquela noite que ele estava vermelho-rosado e bastante dolorido. A verdade é que Anne estava refém de uma gripe muito forte e nada romântica. Isso não lhe permitia apreciar o suave céu verde por trás dos pés de cicuta de Evergreen, a lua branca prateada pairando sobre o monte *Tempestade-Rei*, o acentuado perfume dos lilases debaixo de sua janela ou as íris gélidas e azuis no vaso sobre a mesa. A gripe obscureceu todo o seu passado e ofuscou todo o seu futuro.

— Um resfriado em junho é uma coisa imoral — disse ela a Dusty Miller, que meditava no parapeito da janela. — Mas em duas semanas a partir de hoje estarei na minha querida Green Gables, em vez de ficar remoendo provas repletas de erros e limpando um nariz esfolado. Pense nisso, Dusty Miller.

Pelo visto, Dusty Miller pensou mesmo nisso. Ele também pode ter pensado que a jovem que corria pela Alameda do Susto e estrada abaixo e o caminho cercado de plantas parecia zangada e perturbada, longe do espírito junino. Era Hazel Marr, apenas um dia depois de ter voltado de Kingsport, e, ao que parecia, uma Hazel Marr muito perturbada, que, alguns minutos depois, irrompeu tempestuosamente no quarto da torre sem esperar por uma resposta à sua batida forte.

— Ora, Hazel querida... (atchim!) Já voltou de Kingsport? Eu não esperava vê-la até a próxima semana.

— Não, suponho que não — disse Hazel sarcasticamente. — Sim, srta. Shirley, *estou* de volta. E o que encontro? Que você tem feito o possível para distanciar Terry de mim... quase tendo êxito.

— Hazel! (Atchim!)

— Oh, eu sei de tudo! A senhorita disse a Terry que eu não o amava... que eu queria desmanchar nosso noivado... nosso sagrado noivado!

— Hazel, meu bem! (Atchim!)

— Oh, sim, zombe de mim... pode zombar de tudo, mas não tente negar. A senhorita fez isso e o fez *deliberadamente*.

— Sim, claro, eu fiz. Você me pediu.

— Eu... pedi!

— Sim, aqui no meu quarto. Neste mesmo quarto onde você me disse que não o amava e que nunca poderia se casar com ele.

— Oh, apenas um capricho, suponho. Nunca sonhei que você me levaria a sério. Achei que entenderia meu temperamento artístico. É muito mais velha do que eu, é claro, mas até mesmo a senhorita não pode ter esquecido a forma maluca como as garotas falam, como elas se sentem. A senhorita fingiu ser minha amiga!

"Deve ser um pesadelo", pensou a pobre Anne, assoando o nariz.

— Sente-se, Hazel... sente-se.

— Sentar-me! — Hazel andou descontroladamente para cima e para baixo no quarto. — Como posso me sentar... como alguém pode se sentar quando sua vida está em ruínas e tudo ao redor também? Oh, se é isso o que a velhice fez com você...

com ciúmes da felicidade dos mais jovens e determinada a destruí-la. Vou pedir a Deus que eu nunca envelheça.

As mãos de Anne de repente coçaram de vontade de acertar as orelhas de Hazel, com um estranho e primitivo desejo. Ela o dominou tão rápido que mais tarde nem acreditaria que de fato o sentira. Mesmo assim, ainda achava que um pequeno castigo seria muito indicado.

— Se não consegue se sentar e conversar com sensatez, Hazel, então vou pedir que vá embora. (Um espirro muito violento.) Tenho muito trabalho a fazer. (Sniff... sniff... sniiiiiff!)

— Não vou embora antes de dizer exatamente o que penso da senhorita. Oh, sei que sou a única culpada. Eu deveria saber. Eu sabia. Desde a primeira vez em que a vi, senti instintivamente que era *perigosa*. Com esse cabelo ruivo e esses olhos verdes! Mas nunca pensei que iria tão longe a ponto de criar problemas entre mim e Terry. Achei que a senhorita fosse uma boa *cristã*, pelo menos. Nunca ouvi falar de alguém fazendo uma coisa dessas. Bem, a senhorita partiu meu coração, se isso lhe traz alguma satisfação.

— Sua pequena tola...

— Não falarei com a senhorita! Oh, Terry e eu estávamos tão felizes antes de a senhorita estragar tudo! *Eu* estava tão feliz... a primeira garota do meu grupo a ficar noiva. Eu até planejei meu casamento... quatro damas de honra em lindos vestidos de seda azul-clara com fita de veludo preto nos babados. Tão chique! Oh, não sei se a odeio mais ou se sinto pena! Oh, como pôde me tratar assim... depois de tê-la *amado* tanto... *confiado* tanto... *acreditado* tanto na senhorita!

A voz de Hazel sumiu... seus olhos se encheram de lágrimas e ela desabou em uma cadeira de balanço.

"Não se pode ter muitos pontos de exclamação sobrando", pensou Anne, "mas sem dúvida o suprimento de itálicos é inesgotável."

— Isso vai quase matar a pobre mamãe — soluçou Hazel. — Ela ficou tão satisfeita, todo mundo estava tão satisfeito, todos achavam que era uma combinação *ideal*. Oh, *alguma* coisa pode voltar a ser como antes?

— Espere até a próxima noite de luar e tente — disse Anne gentilmente.

— Oh, sim, ria, srta. Shirley, ria do meu sofrimento. Não tenho a menor dúvida de que acha tudo muito divertido, muito divertido mesmo! *A senhorita* não sabe o que é sofrimento! Isto é terrível. *Terrível!*

Anne olhou para o relógio e espirrou.

— Então não sofra — disse ela sem piedade.

— Eu *vou* sofrer. Meus sentimentos são muito profundos. Claro que uma alma *rasa* não sofreria. Mas eu sou grata por *não* ser superficial, seja lá o que eu for. Tem alguma ideia do que significa estar apaixonada, srta. Shirley? Realmente, terrivelmente, profundamente, *maravilhosamente* apaixonada? E então confiar e ser enganada? Eu fui para Kingsport tão feliz... gostando do mundo inteiro! Eu disse a Terry que fosse bom com você enquanto eu estivesse fora... para não deixá-la sozinha. Voltei para casa ontem à noite *tão* feliz. E ele me disse que não me amava mais... que foi tudo um engano... um *erro*!... e que *a senhorita* disse a ele que eu não me importava mais com ele e que queria ser *livre*!

— Minhas intenções foram as melhores — disse Anne, rindo. Seu senso de humor travesso surgira para salvá-la, e ela estava rindo tanto de si mesma quanto de Hazel.

— Oh, *como* sobrevivi à noite? — disse Hazel em descontrole. — Eu apenas andei de lá para cá. E a senhorita não sabe, nem pode imaginar o que passei hoje. Tive que parar e *ouvir*... escutar mesmo... as pessoas falando sobre a paixão de Terry pela *senhorita*. Oh, as pessoas a têm observado! *Elas* sabem o que a senhorita tem feito. E por quê? *Por quê?* É isso que não *consigo* entender. Já tem seu próprio noivo, por que não me deixou ficar com o meu? O que tinha contra mim? O que foi que eu fiz?

— Eu acho — disse Anne, completamente exasperada — que você e Terry precisam de uma boa surra. Se você não estivesse com tanta raiva para ouvir a voz da razão...

— Oh, eu não estou com *raiva*, srta. Shirley, só *magoada*, terrivelmente magoada — disse Hazel, a voz embargada pelas lágrimas. — Sinto que fui traída em *tudo*, tanto na amizade como no amor. Bem, dizem que depois que seu coração se parte, você nunca mais sofre. Espero que seja verdade, mas temo que não seja.

— O que aconteceu com sua ambição, Hazel? E o que dizer do paciente milionário e da *villa* de lua de mel no azul do Mediterrâneo?

— Tenho certeza de que não sei do que está falando, srta. Shirley. Não sou nem um pouco ambiciosa... Eu não sou uma daquelas jovens e horríveis mulheres de hoje em dia. A *minha* maior ambição era ser uma esposa feliz e fazer um lar feliz para meu marido. *Era... era!* E agora isso é passado. Bem, não adianta confiar em ninguém. *Isso* eu aprendi. Uma lição amarga, muito amarga!

Hazel enxugou os olhos e Anne enxugou o nariz, e Dusty Miller olhou para a estrela da noite com a expressão de um misantropo.

— Acho melhor você ir embora, Hazel. Estou muito ocupada e não vejo nada de bom em prolongar esta conversa.

Hazel foi até a porta com ares de Mary, a rainha da Escócia, caminhando para o cadafalso, e fez uma virada dramática.

— Adeus, srta. Shirley. Deixo-a com sua consciência.

Anne, deixada sozinha com sua consciência, largou a caneta, espirrou três vezes e começou a conversar consigo mesma sem rodeios.

— Você pode ser bacharela, Anne Shirley, mas ainda tem muitas coisas a aprender... coisas que até Rebecca Dew poderia ter lhe falado, e certamente falou. Seja honesta consigo mesma, minha querida menina, e tome essa amarga pílula com elegância. Admita que foi seduzida pela lisonja. Admita que realmente gostou da adoração declarada de Hazel por você. Admita que você achou agradável ser adorada. Admita que gostou da ideia de ser uma espécie de deusa... salvando pessoas da própria loucura, quando elas não queriam de forma nenhuma ser salvas. E, tendo admitido tudo isso e sentindo-se mais sábia e triste e alguns milhares de anos mais velha, pegue sua caneta e prossiga com as provas de seus alunos, parando para notar de passagem que Myra Pringle pensa que um serafim é "um animal que vive na África".

XII

Uma semana depois, chegou uma carta para Anne, escrita em papel azul-claro com bordas prateadas.

Querida srta. Shirley,

Estou escrevendo esta carta para dizer que todos os mal-entendidos entre mim Terry foram eliminados e estamos tão profundamente, intensamente e maravilhosamente felizes, que decidimos que podemos perdoá-la. Terry diz que o luar o fez se declarar à senhorita, mas que seu coração nunca deixou de ser fiel a mim. Ele diz que realmente gosta de garotas doces e simples... que todos os homens gostam... e que em nossa vida não há espaço para intrigas e mentiras. Não entendemos por que a senhorita se comportou conosco daquela maneira... nunca entenderemos. Talvez apenas quisesse material para uma história e pensou que poderia encontrá-lo interferindo no primeiro, doce e frágil amor de uma garota. Mas agradecemos por nos revelar a nós mesmos. Terry diz que nunca percebeu o significado mais profundo da vida antes. Então, de verdade, tudo foi para o melhor. Nós temos muita empatia... podemos sentir os pensamentos um do outro. Ninguém o entende, exceto eu, e quero ser uma fonte de inspiração para ele para sempre. Eu *não sou inteligente como* a senhorita, *mas sinto que posso ser, pois Terry e eu somos* almas gêmeas *e juramos a* verdade eterna e fidelidade *um ao outro, não importa quantas* pessoas invejosas *e* falsos amigos *tentem criar problemas entre nós.*

Vamos nos casar assim que eu tiver meu enxoval pronto. Estou indo para Boston para buscá-lo. Realmente não há nada *em Summerside. Meu vestido será* moiré branco *e meu traje de viagem será cinza-claro com chapéu, luvas e blusa* azul-delfim. *Claro que sou muito jovem, mas quero me casar jovem, antes que minha* resplandescência *acabe.*

Terry é tudo o que meus sonhos mais extravagantes *poderiam imaginar, e cada* pensamento *do meu coração é apenas para ele. Eu* sei *que seremos* extremamente felizes. Um dia acreditei que todos os meus amigos se alegrariam *comigo em minha felicidade, mas aprendi* uma amarga lição de sabedoria do mundo *desde então.*

Sinceramente,

Hazel Marr

P.S. 1. A senhorita me disse que Terry tinha um temperamento terrível. *Ora, ele é um perfeito cordeirinho, como diz a irmã dele.*
H.M.
P.S. 2. Ouvi dizer que suco de limão *serve para alvejar sardas. A senhorita poderia tentar isso em seu nariz.*
H.M.

— Para citar Rebecca Dew — observou Anne a Dusty Miller —, o P.S. número dois *é* a gota d'água.

XIII

Anne voltou para casa para suas segundas férias de Summerside com sentimentos contraditórios. Gilbert não estaria em Avonlea naquele verão. Ele tinha ido para o oeste para trabalhar em uma nova ferrovia em construção. Mas Green Gables ainda era Green Gables e Avonlea ainda era Avonlea. O Lago das Águas Cintilantes brilhava e cintilava como antes. As espessas samambaias ainda cresciam sobre a Brota da Dríade, e a ponte de toras, embora estivesse um pouco mais destruída e cheia de musgo a cada ano, ainda conduzia às sombras, aos silêncios e às canções do vento da Floresta Mal-Assombrada.

E Anne persuadira a sra. Campbell a deixar a pequena Elizabeth ir para casa com ela por duas semanas... apenas duas. Mas Elizabeth, ansiosa por duas semanas inteiras com a srta. Shirley, não pediu mais nada da vida.

— Sinto-me como *srta*. Elizabeth hoje — disse ela a Anne com um delicioso suspiro de entusiasmo enquanto se afastavam de Windy Poplars. — Poderia me chamar de "srta. Elizabeth" quando me apresentar aos seus amigos em Green Gables? Isso faria com que eu me sentisse tão crescida.

— Posso — prometeu Anne com solenidade, lembrando-se de uma pequena e ruiva donzela que uma vez implorou para ser chamada de Cordelia.

A viagem de Elizabeth de Bright River a Green Gables, por uma estrada que apenas a Ilha do Príncipe Edward em junho podia mostrar, foi quase tão extasiante para ela quanto tinha sido para Anne naquela memorável noite de primavera tantos anos antes. O mundo era lindo, com prados ondulados pelo vento por todos os lados e surpresas à espreita em cada curva. Ela estava com sua amada srta. Shirley; ficaria livre da Mulher por duas semanas inteiras; tinha um novo vestido de algodão rosa e um lindo par de novas botas marrons. Era quase como se o Amanhã já estivesse lá... com catorze Amanhãs a seguir. Os olhos de Elizabeth brilhavam com sonhos quando entraram na alameda de Green Gables, onde floresciam as rosas selvagens.

As coisas pareceram mudar magicamente para Elizabeth no momento em que ela chegou a Green Gables. Por duas semanas ela viveu em um mundo de faz de conta. Não era possível sair porta afora sem topar com alguma coisa linda e romântica. Algo estava prestes a acontecer em Avonlea... se não hoje, amanhã. Elizabeth sabia que *ainda* não alcançara o Amanhã, mas sabia que ele estava realmente muito próximo.

Parecia que ela já conhecia tudo sobre Green Gables. Até o jogo de chá rosa de Marilla era como um velho amigo. Os quartos a observavam como se ela sempre os tivesse conhecido e amado; a própria grama era mais verde do que em qualquer outro lugar; e as pessoas que moravam em Green Gables eram os tipos de moradores do Amanhã. Ela os amava e era amada por eles. Davy e Dora a adoravam e a mimavam; Marilla e a sra. Lynde a aprovaram. Ela era asseada, como uma dama, e era educada com os mais velhos. Eles sabiam que Anne não gostava dos métodos da sra. Campbell, mas estava claro que ela havia educado a bisneta adequadamente.

— Oh, não quero dormir, srta. Shirley — Elizabeth sussurrou quando estavam na cama sob o telhado da pequena varanda, após uma noite extasiante. — Eu não quero dormir um único minuto dessas duas semanas maravilhosas. Gostaria de poder viver sem precisar dormir enquanto estivesse aqui.

Por algum tempo ela não dormiu. Foi um paraíso deitar ali e ouvir o esplêndido som de trovão bem baixinho que a srta. Shirley disse ser o som do mar. Elizabeth adorou isso e o suspiro do vento em torno dos beirais também. Ela sempre teve medo da noite. Quem saberia que tipo de coisa esquisita poderia saltar sobre você? Mas agora não temia mais. Pela primeira vez na vida, a noite parecia ser uma amiga.

Elas iriam para o litoral no dia seguinte, prometera a srta. Shirley, e mergulhariam nas ondas de borda prateada que tinham visto quebrar além das dunas verdes de Avonlea, enquanto percorriam a estrada pela última colina. Elizabeth conseguia vê-las vindo, uma após a outra. Uma delas foi uma grande onda escura de sono... que veio direto sobre ela. Elizabeth então mergulhou nela com um delicioso suspiro de rendição.

"É... tão... fácil... amar... a... Deus... aqui...", foi seu último pensamento consciente.

Mas ela ficou acordada um pouco todas as noites de sua estada em Green Gables, muito depois de a srta. Shirley ter ido dormir, pensando sobre as coisas. Por que a vida em Evergreen não poderia ser como a vida em Green Gables?

Elizabeth nunca tinha morado onde pudesse fazer barulho se quisesse. Todos em Evergreen precisavam se movimentar com suavidade... falar com suavidade... até mesmo, pensou Elizabeth, pensar com suavidade. Houve momentos em que ela desejou perversamente gritar e fazer muito barulho.

— Você pode fazer todo o barulho que quiser aqui — Anne disse a ela.

Mas foi estranho... ela não queria mais gritar, agora que nada a impedia. Gostava de andar em silêncio, pisando com delicadeza por entre todas as coisas adoráveis ao redor. Mas Elizabeth aprendeu a rir durante aquela estada em Green Gables. E, ao voltar para Summerside, ela carregou consigo as deliciosas lembranças e deixou outras igualmente deliciosas ali. O pessoal de Green Gables ficou durante meses se lembrando da pequena Elizabeth. Ela seria a "pequena Elizabeth" para eles, apesar do fato de Anne tê-la apresentado solenemente como "srta. Elizabeth". Ela era tão pequena, tão dourada, tão parecida com uma elfa, que não podiam pensar nela como nada além da pequena Elizabeth... a pequena Elizabeth dançando em um jardim crepuscular, entre os lírios brancos de junho... enroscada em um galho da grande macieira Duquesa lendo contos de fadas, sem limites e sem preocupações... a pequena Elizabeth que quase se afogou em um campo de anêmonas-do-bosque, onde sua cabeça dourada parecia ser apenas uma flor maior... perseguindo mariposas verde-prata ou tentando contar os vaga-lumes na Alameda dos Namorados... ouvindo os zangões zunindo nas campânulas... sendo alimentada por Dora com morangos e creme na despensa ou comendo groselhas com ela no quintal...

— Groselhas são coisas tão bonitas, não são, Dora? É como comer joias, não é?

... A pequena Elizabeth cantando sozinha no crepúsculo assombrado entre os pinheiros, com dedos doces por ter colhido enormes rosas cor-de-rosa, enquanto olhava a grande lua pairando sobre o vale do riacho...

— Eu acho que a lua tem *olhos preocupados*, não acha, sra. Lynde?

...Chorando amargamente porque um capítulo da história da revista de Davy deixou o herói em uma situação triste.

— Oh, srta. Shirley, tenho certeza de que ele não conseguirá sobreviver!

... A pequena Elizabeth aninhada, toda corada e doce como uma rosa selvagem, para uma soneca vespertina no sofá da cozinha, com os gatinhos de Dora aninhados em torno dela... rindo alto ao ver o vento soprando as tiras dos aventais das duas velhas senhoras atrás delas... *poderia* ser a pequena Elizabeth rindo assim?... ajudando Anne a glacear *cupcakes* e a sra. Lynde a cortar retalhos para uma nova colcha de "corrente irlandesa dupla" e Dora a esfregar os velhos castiçais de latão até que fosse possível ver o próprio rosto neles... cortando biscoitos minúsculos com um dedal sob a tutela de Marilla. Ora, o pessoal de Green Gables dificilmente conseguiria olhar para um lugar ou uma coisa sem se lembrar da pequena Elizabeth.

"Eu me pergunto se algum dia voltarei a ter uma quinzena tão feliz", pensou a pequena Elizabeth enquanto se afastava de Green Gables. A estrada para a estação estava tão bonita quanto duas semanas antes, mas na metade do tempo ela não conseguia ver direito por causa das lágrimas.

— Não consigo acreditar que sentiria tanto a falta de uma criança — disse a sra. Lynde.

Quando a pequena Elizabeth foi embora, Katherine Brooke e seu cachorro vieram passar o resto do verão. Katherine havia se demitido do quadro de funcionários da escola Summerside no final do ano e pretendia ir para Redmond no outono para cursar secretariado na Universidade Redmond. Anne a aconselhou a fazer isso.

— Eu sei que você gostaria e que nunca gostou de ensinar — disse, enquanto estavam sentadas em um canto aconchegante de um campo de trevos uma noite, observando o maravilhoso pôr do sol.

— A vida me deve mais do que me deu e estou indo cobrar isso — disse Katherine decididamente. — Eu me sinto muito mais jovem do que um ano atrás — acrescentou ela com uma risada.

— Tenho certeza de que é a melhor coisa a fazer, mas odeio pensar em Summerside e na escola sem você. Como será o quarto da torre no próximo ano sem nossas noites de confabulação e discussão, e nossas horas de tolice, quando transformamos tudo e todos em uma piada?

O terceiro ano

Windy Poplars,
Alameda do Susto
8 de setembro

Querido,

O verão acabou... o verão em que vi você apenas naquele fim de semana de maio. E estou de volta a Windy Poplars para o meu terceiro e último ano na escola Summerside. Katherine e eu nos divertimos muito em Green Gables, e vou sentir muita falta dela este ano. A nova professora do fundamental é uma pequena pessoa alegre, gordinha e rosada e amigável como um filhote... mas, de alguma forma, não há nada mais nela do que isso. Seus olhos são azuis cintilantes, porém superficiais, sem nenhum pensamento por trás deles. Eu gosto dela... acho que sempre vou gostar dela... mas nem mais nem menos... não há nada para descobrir *nela. E havia tanto a descobrir em Katherine, uma vez que se consiga baixar a guarda dela.*

Não houve mudanças em Windy Poplars... ah, sim, houve uma. A velha vaca vermelha foi para a morada eterna, como Rebecca Dew me informou tristemente quando desci para jantar na segunda à noite. As viúvas decidiram não se preocupar em comprar outra, preferindo obter leite e creme com o sr. Cherry. Isso significa que a pequena Elizabeth não virá mais ao portão do jardim buscar seu copo de leite. Mas a sra. Campbell parece ter aceitado que ela venha aqui quando quiser, então agora isso não faz muita diferença.

E outra mudança está se configurando. Tia Kate me disse, para minha tristeza, que elas decidiram dar Dusty Miller assim que conseguirem encontrar um lar adequado para ele. Quando protestei, ela disse que estavam realmente decididas a fazer isso pelo bem da paz doméstica. Rebecca Dew tem reclamado constantemente dele durante todo o verão e parece não haver outra maneira de satisfazê-la. Pobre Dusty Miller... e ele é um querido tão simpático, intrépido e ronronante!

Amanhã, sendo sábado, vou cuidar dos gêmeos da sra. Raymond enquanto ela vai a Charlottetown para o funeral de algum parente. A sra. Raymond é uma viúva que veio para nossa cidade no inverno passado. Rebecca Dew e as viúvas de Windy Poplars — realmente, Summerside é um ótimo lugar para viúvas — acham que ela é "imponente demais" para Summerside, mas foi de grande ajuda para Katherine e eu em nossas atividades do Clube de Teatro. Um favor se paga com outro.

Gerald e Geraldine têm oito anos e são duas crianças de aparência angelical, mas Rebecca Dew "torceu o nariz", para usar uma de suas próprias expressões, quando eu contei o que faria.

— Mas eu adoro crianças, Rebecca.

— Crianças, sim, mas essas são terríveis, srta. Shirley. A sra. Raymond não acredita em castigá-las, não importa o que façam. Ela diz que está determinada a ter uma vida "natural". Elas enganam as pessoas com aquele olhar santo delas, mas ouvi o que os vizinhos contam. A esposa do ministro foi visitá-la certa tarde.... bem, para ela a sra. Raymond foi doce como mel, mas, quando já estava de saída, uma chuva de cebolas veio voando escada abaixo e uma delas arrancou-lhe o chapéu. "As crianças sempre se comportam muito mal exatamente quando queremos que elas se comportem

bem", foi tudo o que a sra. Raymond disse... como se estivesse orgulhosa desse comportamento incontrolável. Eles são dos Estados Unidos, você sabe...

Como se isso explicasse tudo. Rebecca gosta tanto de ianques quanto a sra. Lynde.

II

Na manhã de sábado, Anne se dirigiu ao lindo chalé antigo em uma rua que terminava no campo, onde moravam a sra. Raymond e seus famosos gêmeos. A sra. Raymond estava pronta para sair... um tanto alegre para um funeral, talvez... especialmente no que diz respeito ao chapéu de flores empoleirado no topo das suaves ondas de cabelo castanho que fluíam ao redor de sua cabeça; mas estava muito bonita. Os gêmeos de oito anos, que herdaram a beleza da mãe, estavam sentados na escada, os delicados rostos envoltos em uma expressão bastante angelical. Eles tinham a tez rosada e clara, grandes olhos azuis de porcelana emoldurados por lindos cabelos loiros.

Ambos sorriram com envolvente doçura quando a mãe os apresentou a Anne e lhes disse que a querida srta. Shirley fora gentil em vir cuidar deles enquanto mamãe estava fora para o funeral da querida tia Ella, e é claro que eles seriam bons e não dariam a ela nenhum trabalho, não é, queridos?

Os queridos assentiram com solenidade e conseguiram, embora não parecesse possível, parecer mais angelicais do que nunca.

A sra. Raymond levou Anne pelo caminho até o portão.

— Eles são tudo que eu tenho... agora — disse ela com tristeza. — Talvez eu os tenha mimado um pouco demais... sei que as pessoas dizem isso... as pessoas sempre sabem como se deve criar os filhos, não é mesmo, srta. Shirley? Mas acho que amar é melhor do que bater todo dia, não é, srta. Shirley? Tenho certeza de que a senhorita não terá problemas com eles. As crianças sempre *sabem* com quem podem brincar e com quem não podem, não acha? Aquela pobre velhinha, srta. Prouty, que mora subindo a rua... Pedi que ela ficasse com eles um dia, mas meus queridos não a suportaram. Então é claro que zombaram dela um pouco... sabe como são as crianças. Então, ela se vingou contando as histórias mais ridículas sobre eles por toda a cidade. Mas eles amarão a senhorita, e eu sei que serão anjos. Claro, eles são alegres e bem-humorados... mas as crianças deveriam ser assim, não acha? É tão lamentável ver crianças com uma aparência amedrontada, não é? Eu gosto que elas sejam naturais, não concorda? Crianças muito boas não parecem naturais, não acha? Não os deixe brincar com os barcos na banheira ou ir até a lagoa, está bem? Tenho muito medo de que peguem um resfriado... o pai deles morreu de pneumonia.

Os grandes olhos azuis da sra. Raymond pareciam que iam transbordar, mas ela com elegância piscou para afastar as lágrimas.

— Não se preocupe se eles brigarem um pouco, crianças brigam mesmo, não acha? Mas, se alguém de fora atacá-los... ó céus! Eles se adoram muito, sabe. Eu poderia levar *um* deles comigo ao funeral, mas eles simplesmente não aceitaram essa opção. Eles nunca se separaram, nem um dia sequer. E eu não *poderia* cuidar de gêmeos em um funeral, não concorda?

— Não se preocupe, sra. Raymond — disse Anne com gentileza. — Tenho certeza de que Gerald, Geraldine e eu teremos um lindo dia juntos. Eu amo crianças.

— Eu sei disso. Tive certeza, no minuto em que a vi, que amava crianças. A gente sempre sabe, não acha? Dá para perceber quando uma pessoa ama crianças. A pobre srta. Prouty as detesta. Ela procura o pior nas crianças e é claro que encontra. A senhorita não pode imaginar o conforto que é para mim pensar que meus queridos estarão sob os cuidados de alguém que ama e entende as crianças. Tenho certeza de que vou aproveitar o dia.

— Você poderia *nos* levar ao funeral — gritou Gerald, de repente enfiando a cabeça para fora de uma janela do andar de cima. — Nunca tivemos uma diversão como essa.

— Oh, eles estão no banheiro! — exclamou a sra. Raymond tragicamente. — Querida srta. Shirley, por favor, vá e tire-os de lá. Gerald, querido, você sabe que a mamãe não poderia levar vocês dois ao funeral. Oh, srta. Shirley, ele está de novo com aquele tapete de pele de coiote do chão da sala amarrado pelas patas em volta do pescoço. Ele vai acabar com aquilo. Por favor, faça com que ele tire isso de uma vez. Preciso me apressar ou vou perder o trem.

A sra. Raymond foi elegantemente embora, e Anne correu escada acima para descobrir que a angelical Geraldine tinha agarrado o irmão pelas pernas e pelo visto estava tentando jogá-lo pela janela.

— Srta. Shirley, faça Gerald parar de mostrar a língua para mim — ela exigiu ferozmente.

— Isso a magoa? — perguntou Anne sorrindo.

— Bem, ele não vai mostrar a língua para *mim* — retrucou Geraldine, fuzilando com o olhar Gerald, que retribuiu com interesse.

— A língua é minha, e *você* não pode me impedir de colocá-la para fora quando eu quiser... não é, srta. Shirley?

Anne ignorou a pergunta.

— Gêmeos, queridos, falta apenas uma hora para o almoço. Vamos nos sentar no jardim, brincar e contar histórias? E, Gerald, você não vai colocar aquela pele de coiote de volta ao chão da sala?

— Mas eu quero brincar de lobo — disse Gerald.

— Ele quer brincar de lobo — gritou Geraldine, de repente se alinhando ao lado do irmão.

— Queremos brincar de lobo — os dois gritaram juntos.

O toque da campainha interrompeu o dilema de Anne.

— Vamos lá ver quem é — exclamou Geraldine. Eles voaram para as escadas e, por terem deslizado pelo corrimão, chegaram à porta da frente muito mais rápido do que Anne; a pele do coiote se soltando e se afastando no processo.

— Nunca compramos nada de mascates — Gerald disse à senhora parada na soleira da porta.

— Posso falar com sua mãe? — perguntou a visitante.

— Não, não pode. A mãe foi ao funeral da tia Ella. A srta. Shirley está cuidando de nós. Ela está descendo as escadas. *Ela vai* despachar você.

Anne de fato teve vontade de "despachar" quem tocara quando viu quem era. A srta. Pamela Drake não era uma visita popular em Summerside. Estava sempre "arrecadando fundos" para algo e geralmente era impossível se livrar dela a menos que se doasse, já que ela era imune a censuras e aparentemente tinha todo o tempo do mundo a seu dispor.

Desta vez, ela estava "tirando pedidos" para uma enciclopédia... algo sem o qual nenhum professor poderia se dar ao luxo de ficar sem. Em vão, Anne protestou que não precisava de enciclopédia... a escola já possuía uma muito boa.

— Está dez anos desatualizada — disse a srta. Pamela com firmeza. — Vamos apenas nos sentar aqui neste lindo banco rústico, srta. Shirley, e vou lhe mostrar meu prospecto.

— Receio não ter tempo, srta. Drake. Tenho crianças para cuidar.

— Não vai demorar mais do que alguns minutos. Tenho pretendido visitá-la, srta. Shirley, e considero uma sorte encontrá-la aqui. Vão e brinquem, crianças, enquanto a srta. Shirley e eu folheamos este lindo prospecto.

— Minha mãe contratou a srta. Shirley para cuidar de nós — disse Geraldine jogando seus cachos para trás. Mas Gerald a puxou para trás e eles bateram a porta com força.

— Veja, srta. Shirley, o que esta enciclopédia *significa*. Olhe que beleza de papel... *sinta*... veja que esplêndidas gravuras... nenhuma outra enciclopédia do mercado tem metade do número de gravuras... a impressão maravilhosa, até mesmo um cego conseguiria lê-la. E tudo por oitenta dólares... oito dólares de entrada e oito dólares por mês até que tudo esteja pago. A senhorita nunca terá outra chance... esse preço é apenas para o lançamento... ano que vem já custará cento e vinte.

— Mas eu não quero uma enciclopédia, srta. Drake — disse Anne com desespero.

— Claro que quer uma enciclopédia... *todo mundo* quer uma enciclopédia... uma enciclopédia *Nacional*. Não sei como vivia antes de conhecer a enciclopédia *Nacional*. Eu não vivia, simplesmente existia. *Olhe* esta gravura do casuar,[1] srta. Shirley. Já tinha visto um casuar antes?

— Mas, srta. Drake, eu...

— Se acha os termos um pouco onerosos demais, tenho certeza de que posso fazer um arranjo especial para a senhorita, sendo professora... seis dólares por mês em vez de oito. Não pode recusar uma oferta como essa, srta. Shirley.

Anne quase sentiu que não podia. Seis dólares por mês não valeriam para se livrar dessa mulher terrível, que evidentemente decidiu não ir embora até ter feito uma venda? Além disso, o que os gêmeos estavam fazendo? Estavam assustadoramente quietos. Presumiu que estivessem navegando em seus barcos na banheira. Ou que escapuliram pela porta dos fundos e foram brincar no lago.

---

[1] Ave nativa da Austrália, da Nova Guiné e de ilhas ao redor. São aves curiosas que costumam imitar os movimentos de seres humanos depois de observá-los atentamente, embora não sejam domesticáveis.

Anne fez mais um esforço lamentável para escapar.

— Vou pensar sobre isso, srta. Drake, depois falo com a senhorita.

— Não há momento melhor que o presente — disse a srta. Drake, logo pegando a caneta-tinteiro. — Sabe que vai comprar a enciclopédia *Nacional*, então pode muito bem assinar agora como em qualquer outro momento. Nunca se ganha nada adiando as coisas. O preço pode subir a qualquer momento, e a senhorita terá de pagar cento e vinte. Assine aqui, srta. Shirley.

Anne sentiu a caneta-tinteiro sendo forçada em sua mão... uma pausa... e então um grito tão horrível veio da srta. Drake que Anne deixou cair a caneta-tinteiro sob o aglomerado de brilho dourado que flanqueava o assento rústico e olhou com espantado horror para sua companheira.

Era a srta. Drake... aquele objeto indescritível, sem chapéu, sem óculos, quase sem cabelo? Chapéu, óculos e cabeleira falsa flutuavam no ar acima de sua cabeça, a meio caminho da janela do banheiro, da qual pendiam duas cabeças douradas. Gerald segurava uma vara de pescar na qual estavam amarradas duas cordas com anzóis nas pontas. Por que diabos ele planejou fazer uma pesca tripla, só ele poderia dizer. Provavelmente foi pura sorte.

Anne voou para dentro de casa e subiu as escadas. Quando chegou ao banheiro, os gêmeos já haviam fugido. Gerald largara a vara de pescar, e uma fresta da janela revelou uma furiosa srta. Drake recuperando seus pertences, incluindo a caneta-tinteiro, e marchando para o portão. Pela primeira vez na vida, a srta. Pamela Drake não conseguiu fechar um negócio.

Anne encontrou os gêmeos comendo maçãs angelicalmente na varanda dos fundos. Era difícil saber o que fazer. Decerto, tal comportamento não poderia passar sem uma repreensão... mas Gerald sem dúvida tirou-a de uma posição difícil, e, além disso, a srta. Drake era uma criatura odiosa que precisava de uma lição. Mesmo assim...

— Você engoliu um bicho enorme! — gritou Gerald. — Eu vi desaparecer na sua garganta.

Geraldine largou sua maçã e imediatamente passou mal... muito mal. Anne ficou ocupada por algum tempo. E, quando Geraldine sentiu-se melhor, era hora do almoço e Anne de repente decidiu dispensar Gerald com uma reprovação muito branda. Afinal, nenhum dano duradouro fora causado à srta. Drake, que provavelmente conteria a língua com religiosidade sobre o incidente, para seu próprio bem.

— Você acha, Gerald — ela disse gentilmente —, que o que fez foi cavalheiresco?

— Não — disse Gerald —, mas foi uma boa diversão. Puxa, eu sou mesmo um pescador e tanto, não sou?

O almoço estava excelente. A sra. Raymond o havia preparado antes de partir e, quaisquer que fossem suas deficiências como disciplinadora, ela era uma boa cozinheira. Gerald e Geraldine, ocupados em se empanturrar, não brigavam nem exibiam piores modos à mesa do que o costume geral das crianças. Depois do almoço, Anne lavou os pratos, pedindo a Geraldine que a ajudasse a secá-los, e a Gerald que os guardasse cuidadosamente no armário. Ambos eram muito habilidosos nisso, e Anne refletiu com complacência que tudo de que precisavam era um treinamento sábio e um pouco de firmeza.

III

Às duas horas, o sr. James Grand telefonou. O sr. Grand era o presidente do conselho de curadores da escola Summerside e tinha assuntos importantes a tratar, que gostaria de discutir por completo antes de partir na segunda-feira para participar de uma conferência educacional em Kingsport. Ele poderia ir para Windy Poplars à noite?, perguntou Anne. Infelizmente ele não poderia.

O sr. Grand era um bom homem à sua maneira, mas Anne havia muito tempo descobrira que ele deveria ser tratado com cuidado. Além disso, ela estava muito ansiosa em tê-lo como aliado em uma verdadeira batalha por um novo equipamento que estava chegando. Ela falou para os gêmeos:

— Queridos, vocês podem ir brincar no quintal enquanto eu tenho uma conversinha com o sr. Grand? Não demorarei muito... e então faremos um piquenique com chá da tarde à margem do lago... e vou ensiná-los a soprar bolhas de sabão com tinta vermelha nelas... a coisa mais linda!

— A senhorita vai dar uma moeda de vinte e cinco centavos para cada um se nos comportarmos bem? — perguntou Gerald.

— Não, querido Gerald — disse Anne com firmeza —, não vou subornar você. Eu sei que você vai ser bom, só porque estou pedindo, tal como um cavalheiro seria.

— Seremos bons, srta. Shirley — prometeu Gerald solenemente.

— Muito bons — ecoou Geraldine, com igual solenidade.

É possível que eles tivessem cumprido a promessa, se Ivy Trent não tivesse chegado quase no mesmo instante em que Anne se fechou com o sr. Grand na sala de estar. Mas Ivy Trent chegou, e os gêmeos Raymond odiavam Ivy Trent... a impecável Ivy Trent, que nunca fazia nada de errado e sempre parecia ter acabado de sair de uma caixinha ornamentada.

Nessa tarde em particular, não havia dúvida de que Ivy Trent tinha vindo para mostrar suas lindas e novas botas marrons e sua faixa e seus laços de ombro e os laços de cabelo de fita escarlate. A sra. Raymond, o que quer que faltasse a ela em alguns aspectos, tinha ideias bastante sensatas sobre como vestir crianças. Seus vizinhos caridosos diziam que ela gastava tanto dinheiro consigo mesma que não sobrava nada para gastar com os gêmeos... e Geraldine nunca teve a chance de desfilar na rua ao estilo de Ivy Trent, que tinha um vestido para cada tarde da semana. A sra. Trent sempre a vestia de um "branco imaculado". Pelo menos. Ivy estava sempre impecável quando saía de casa. Se não estava tão imaculada quando regressasse, isso, claro, teria sido culpa das crianças "invejosas" da vizinhança.

Geraldine *estava* com inveja. Ela ansiava por faixas escarlates, laços de ombro e vestidos brancos bordados. O que ela não teria dado por botas marrons de abotoar como aquelas?

— O que você acha da minha nova faixa e dos meus laços de ombro? — perguntou Ivy com orgulho.

— O que você acha da minha nova faixa e dos meus laços de ombro? — imitou Geraldine em provocação.

— Mas você não tem laços de ombro — disse Ivy com soberba.

— Mas você não tem laços de ombro — guinchou Geraldine.

Ivy parecia confusa.

— Eu tenho esses aqui, não está vendo?

— Eu tenho esses aqui, não está vendo? — zombou Geraldine, muito feliz com a ideia brilhante de repetir com desdém tudo o que Ivy dizia.

— Isso aí ainda não foi pago — disse Gerald.

Ivy Trent tinha um temperamento forte. Isso ficou claro em sua expressão facial, que ficou tão vermelha quanto seus laços de ombro.

— Sim, claro que estão pagos. *Minha* mãe sempre paga pelo que compra.

— *Minha* mãe sempre paga pelo que compra — entoou Geraldine.

Ivy estava desconfortável. Ela não sabia exatamente como lidar com isso. Então, virou-se para Gerald, que era sem dúvida o garoto mais bonito da rua. Ivy já havia se decidido sobre ele.

— Eu vim para dizer que você vai ser meu namorado — disse ela, olhando-o eloquentemente com um par de olhos castanhos que, mesmo aos sete anos, já tinha aprendido a ter um efeito devastador na maioria dos garotinhos que conhecia.

Gerald ficou vermelho.

— Eu não vou ser seu namorado — disse ele.

— Mas você tem que ser — disse Ivy serenamente.

— Mas você tem que ser — disse Geraldine, balançando a cabeça para ele.

— Eu não vou ser seu namorado — gritou Gerald, furioso. — E não me venha mais com essa conversa, Ivy Trent.

— Você tem que ser — disse Ivy teimosamente.

— Você tem que ser — disse Geraldine.

Ivy olhou para ela.

— Cale a boca, Geraldine Raymond!

— Acho que posso falar no meu próprio quintal — disse Geraldine.

— Claro que ela pode — disse Gerald. — E, se você não calar a boca, Ivy Trent, vou até a sua casa e arrancarei os olhos da sua boneca.

— Minha mãe bateria em você se fizesse isso — gritou Ivy.

— Ah, é? Bem, você sabe o que *minha* mãe faria com ela se ficasse sabendo que sua mãe me bateu? Ela daria um soco no nariz dela.

— Bem, de qualquer maneira, você tem que ser meu namorado — disse Ivy, voltando com calma ao assunto vital.

— Eu... vou enfiar sua cabeça no barril de água de chuva — gritou o enlouquecido Gerald. — Vou esfregar seu rosto num formigueiro... vou...vou... rasgar seus laços, sua faixa e arrancá-los de você... — disse o garoto, triunfante, pois pelo menos isso era viável.

— Vamos fazer isso, gritou Geraldine.

Eles atacaram a infeliz Ivy feito feras, que chutou, gritou e tentou morder, mas não foi páreo para os dois. Juntos, eles a arrastaram pelo pátio até o depósito de lenha, onde seus uivos não puderam ser ouvidos.

— Depressa — arfou Geraldine — antes que a srta. Shirley saia.

Não tinham tempo a perder. Gerald segurou as pernas de Ivy enquanto Geraldine segurou os pulsos com uma das mãos e com a outra arrancou seu laço de cabelo e os laços de seus ombros e a faixa.

— Vamos pintar as pernas dela — gritou Gerald, olhando para algumas latas de tinta deixadas ali por operários na semana anterior. — Eu seguro e você pinta.

Ivy gritou em vão em desespero. Suas meias foram puxadas para baixo e em poucos minutos suas pernas estavam adornadas com largas listras de tinta vermelha e verde. No processo, uma boa quantidade de tinta respingou no vestido bordado e nas botas novas. Como toque final, eles encheram seus cachos de arruelas.

A garota era uma visão lamentável quando finalmente os gêmeos a soltaram. Os dois uivaram com alegria ao olharem-na.

Longas semanas de ares e condescendências de Ivy tinham sido vingadas.

— Agora vá para casa — disse Gerald. — Isso vai lhe ensinar a não andar por aí dizendo quem tem que ser seu namorado!

— Vou contar para minha mãe — chorou Ivy. — Vou direto para casa e contar para minha mãe sobre você, seu menino horrível, horrível, odioso e *feio*!

— Não chame meu irmão de feio, sua coisinha arrogante — gritou Geraldine. — Você e seus laços! Aqui, leve-os com você. Não os queremos bagunçando nosso depósito de lenha.

Ivy, perseguida pelos laços que Geraldine atirou atrás dela, saiu correndo soluçando do quintal e desceu a rua.

— Rápido... vamos nos esgueirar pelas escadas de trás para o banheiro e nos limpar antes que a srta. Shirley nos veja — ofegou Geraldine.

IV

O sr. Grand conversou o que tinha para conversar e se despediu. Anne ficou parada por um momento na soleira da porta, perguntando-se inquieta onde estariam seus pupilos. Subindo a rua e chegando ao portão, vinha um senhora absolutamente colérica, que trazia pela mão uma criança desgrenhada, suja e soluçante.

— Srta. Shirley, onde está a sra. Raymond? — exigiu a sra. Trent.

— A sra. Raymond está...

— Eu insisto em ver a sra. Raymond. Ela precisa ver com os próprios olhos o que os filhos dela fizeram com a pobre, indefesa e inocente Ivy. Olhe para ela, srta. Shirley... apenas olhe para ela!

— Oh, sra. Trent... Eu sinto muito! É tudo minha culpa. A sra. Raymond está fora... e eu prometi cuidar deles... mas o sr. Grand chegou...

— Não, não é sua culpa, srta. Shirley. Eu não *a* culpo. Ninguém consegue lidar com essas crianças endiabradas. A rua inteira as conhece. Se a sra. Raymond não está aqui, não há motivo para eu ficar. Devo levar minha pobre filha para casa. Mas a sra. Raymond precisa saber disso... ah, precisa mesmo. Ouça *isso*, srta. Shirley. Eles estão se matando aí dentro?

Isso era um coro de gritos, uivos e berros que ecoavam escada abaixo. Anne correu para cima. No chão do corredor havia uma massa que se retorcia, se contorcia, mordia, rasgava e arranhava. Anne separou os gêmeos furiosos com dificuldade e, segurando cada criança com firmeza pelo ombro, que não parava de se debater, exigiu o significado de tal comportamento.

— Ela disse que eu tenho que ser o namorado de Ivy Trent — rosnou Gerald.

— Então ele tem que ser — gritou Geraldine.

— Eu não vou ser!

— Você tem que ser!

— Crianças! — disse Anne. Algo em seu tom os reprimiu. Eles a olharam e viram uma srta. Shirley que ainda não conheciam. Pela primeira vez em suas jovens vidas, sentiram a força da autoridade.

— Você, Geraldine — disse Anne com calma —, irá para o seu quarto e ficará lá por duas horas. Você, Gerald, vai passar o mesmo tempo no armário do corredor. Nenhuma palavra. Vocês se comportaram de forma abominável e agora vão receber sua punição. Sua mãe os deixou sob meus cuidados e vocês vão me obedecer.

— Então nos castigue juntos — disse Geraldine, começando a chorar.

— Sim... você não tem o direito de nos separar... nunca nos separamos — murmurou Gerald.

— Mas vão ficar separados agora.

Anne ainda estava muito calma. Com humildade, Geraldine removeu as roupas e foi para uma das camas do quarto. Com humildade, Gerald entrou no armário do corredor. Era um grande armário arejado, com uma janela e uma cadeira, e ninguém poderia dizer que era um castigo excessivamente severo. Anne trancou a porta e sentou-se com um livro perto da janela do corredor. Ao menos por duas horas ela teria um pouco de paz de espírito.

Uma olhada em Geraldine alguns minutos depois mostrou que ela estava profundamente adormecida, parecendo tão linda em seu sono que Anne quase se arrependeu de sua severidade. Bem, um cochilo seria bom para ela, de qualquer maneira. Quando ela acordasse, teria permissão para se levantar, mesmo que as duas horas não tivessem expirado.

Depois de uma hora, Geraldine continuava dormindo. Gerald permanecera tão quieto que Anne decidiu que ele havia recebido sua punição como um homem e poderia ser perdoado. Afinal, Ivy Trent era uma macaquinha vaidosa e provavelmente estava sendo muito irritante.

Anne destrancou a porta do armário e a abriu.

Não havia Gerald no armário. A janela estava aberta e o telhado da varanda lateral ficava logo abaixo dela. Os lábios de Anne se apertaram. Ela desceu as escadas e saiu para o quintal. Nenhum sinal de Gerald. Ela explorou o depósito de lenha e olhou para cima e para baixo na rua. Ainda nenhum sinal.

Ela correu pelo jardim e pelo portão para a alameda que conduzia por um pedaço de mata até o pequeno lago na propriedade do sr. Robert Creedmore. Gerald estava se balançando alegremente no bote que o sr. Creedmore mantinha ali. Assim que Anne atravessou as árvores, o pedaço de pau que Gerald havia enfiado bem fundo na lama saiu com uma facilidade inesperada no terceiro puxão e Gerald se desequilibrou e caiu para trás na água.

Anne assustou-se e soltou um grito involuntário, mas não havia motivo real para se alarmar. O lago em sua parte mais funda não chegava aos ombros de Gerald, e onde ele havia caído era um pouco mais fundo que sua cintura. Ele havia conseguido se levantar de alguma forma e estava parado ali de maneira um tanto estúpida, os cabelos loiros escorrendo pela cabeça, quando outro grito ecoou atrás de Anne, e Geraldine, ainda de camisola, apareceu por entre as árvores e correu para a beira da pequena plataforma de madeira à qual o bote era comumente amarrado.

Com um grito desesperado de "Gerald!", ela deu um salto aterrissou com uma tremenda pancada na água ao lado de Gerald, que quase caiu de novo.

— Gerald, você se afogou? — gritou Geraldine. — Você se afogou, querido?

— Não... não... querida — Gerald garantiu a ela rangendo os dentes.

Eles se abraçaram e se beijaram com fervor.

— Crianças, venham aqui neste instante — disse Anne.

Os dois patinharam até a beira do lago. Aquele dia de setembro, que começara quente pela manhã, havia esfriado no fim da tarde, além de estar ventando muito. Eles tremiam terrivelmente... os rostinhos estavam azuis. Anne, sem uma palavra de censura, levou-os rapidamente para casa, tirou a roupa molhada deles e os colocou na cama da sra. Raymond, com bolsas de água quente em seus pés. Eles ainda tremiam. Será que pegaram um resfriado? Viraria isso uma pneumonia?

— Deveria ter cuidado melhor de nós, srta. Shirley — disse Gerald, ainda tremendo.

— Claro que deveria — disse Geraldine.

Uma Anne aflita desceu as escadas e telefonou para o médico. Até ele chegar, os gêmeos já estavam aquecidos, e ele garantiu a Anne que não corriam perigo. Se permanecessem na cama até a manhã seguinte, ficariam bem.

Ele cruzou com a sra. Raymond na estação a caminho de casa, e foi uma senhora pálida, quase histérica, que entrou correndo.

— Oh, srta. Shirley, como pôde deixar meus pequenos tesouros correrem tanto perigo!

— Isso é exatamente o que dissemos a ela, mamãe — disseram os gêmeos em coro.

— Eu confiei na senhorita... eu disse...

— Não vejo por que a culpa seria minha, sra. Raymond — disse Anne, com os olhos tão frios como uma névoa cinzenta.

— A senhora perceberá isso, eu acho, quando estiver mais calma. As crianças estão bem. Eu chamei o médico apenas como medida de precaução. Se Gerald e Geraldine tivessem me obedecido, isso não teria acontecido.

— Achei que uma professora teria um pouco de autoridade sobre as crianças — disse a sra. Raymond com amargura.

"Com crianças, talvez, mas com pequenos demônios, não", pensou Anne. Ela disse apenas:

— Já que está aqui, sra. Raymond, acho que irei para casa. Não acho que possa ser mais útil e tenho alguns trabalhos da escola para fazer esta noite.

Como uma criança só, os gêmeos pularam da cama e a abraçaram.

— Espero que haja um funeral todas as semanas — gritou Gerald. — Porque gosto da senhorita e espero que venha e cuide de nós sempre que mamãe estiver fora, srta. Shirley.

— Eu também — disse Geraldine.

— Muito mais do que da srta. Prouty.

— Oh, muito mais mesmo — disse Geraldine.

— A senhorita vai nos colocar em uma história? — perguntou Gerald.

— Ah, faça isso, srta. Shirley — disse Geraldine.

— Tenho certeza de que *teve* boas intenções — disse a sra. Raymond, trêmula.

— Obrigada — disse Anne com frieza, tentando se desvencilhar do abraço apertado dos gêmeos.

— Oh, não vamos discutir sobre isso — implorou a sra. Raymond, seus olhos enormes se enchendo de lágrimas. — Eu não *posso* suportar discutir com ninguém.

— Certamente não. — Anne estava no seu estado mais majestoso e podia ser *muito* majestosa. — Não acho que haja a menor necessidade de brigar. Acho que Gerald e Geraldine gostaram bastante do dia, embora eu não ache que a pobre Ivy Trent tenha gostado.

Anne voltou para casa se sentindo anos mais velha.

"Pensar que alguma vez achei que Davy era travesso", refletiu ela.

Ela encontrou Rebecca no jardim crepuscular colhendo amores-perfeitos tardios.

— Rebecca Dew, eu costumava pensar que seu ditado "As crianças devem ser vistas e não ouvidas" era rígido demais. Mas entendo seu ponto agora.

— Minha pobre querida. Vou preparar um bom jantar para você — disse Rebecca Dew. — E *não* diga que não avisei.

V

(Trecho da carta para Gilbert)

A sra. Raymond passou aqui ontem à noite e com lágrimas nos olhos implorou que eu a perdoasse por seu "comportamento precipitado".

— Se conhecesse o coração de uma mãe, srta. Shirley, não teria dificuldade em perdoar.

Não achei difícil perdoá-la... há realmente algo na sra. Raymond de que não consigo deixar de gostar, e ela foi uma querida na formação do Clube de Teatro. Mesmo assim, eu não *disse "Qualquer sábado em que queira sair, eu cuido da sua prole". Aprende-se com a experiência... mesmo uma pessoa tão incorrigivelmente otimista e cheia de confiança como eu.*

Acho que uma determinada parcela da sociedade de Summerside está no momento muito engajada com os amores de Jarvis Morrow e Dovie Westcott... que, como diz Rebecca Dew, estão noivos há mais de um ano, mas não conseguem ir adiante. Tia Kate, que é uma tia distante de Dovie... para ser exata, acho que ela é tia de um primo de segundo grau de Dovie por parte da mãe... está profundamente interessada no caso porque acha que Jarvis é um excelente partido para Dovie... e também, suspeito, porque ela odeia Franklin Westcott e gostaria de vê-lo totalmente derrotado. Não que a tia Kate admita que "odeia" alguém, mas a sra. Franklin Westcott foi uma amiga sua de infância muito querida, e tia Kate afirma solenemente que ele a assassinou.

Eu estou interessada nisso, em parte porque gosto muito de Jarvis e gosto moderadamente de Dovie, e em parte, começo a suspeitar, porque sou uma intrometida inveterada nos assuntos das outras pessoas... sempre com excelentes intenções, é claro.

Em resumo, a situação é a seguinte: Franklin Westcott é um comerciante obstinado, alto, sombrio, fechado e insociável. Ele mora em uma casa grande e antiquada chamada Elmcroft, nos arredores da cidade, na estrada do porto. Encontrei-o uma ou duas vezes, mas na verdade não sei quase sobre ele, exceto que tem o estranho hábito de dizer algo e depois dar uma longa gargalhada silenciosa. Nunca mais foi à igreja desde que começaram a cantar hinos e insiste em manter todas as janelas de casa abertas mesmo nas tempestades de inverno. Confesso que simpatizo com ele nessa parte, mas provavelmente sou a única pessoa em Summerside a pensar assim. Ele se torno um cidadão importante e nada na esfera municipal consegue ser feito sem sua aprovação.

A esposa dele já é falecida. É bem sabido que ela era uma escrava, incapaz de se impor. Franklin disse a ela, dizem, quando a trouxe para casa, que ele seria o seu senhor.

Dovie, cujo nome de verdade é Sibyl, é sua filha única... uma garota muito bonita, rechonchuda e adorável de dezenove anos, com uma boca vermelha sempre um pouco aberta sobre seus pequenos dentes brancos, cabelos castanhos sempre sedosos, olhos azuis atraentes e cílios negros, tão longos que não parecem reais. Jen Pringle diz que Jarvis está realmente apaixonado pelos olhos dela. Na verdade, Jen e eu conversamos bastante sobre o caso. Jarvis é o primo favorito dela.

(De passagem, você não acreditaria em como Jen gosta de mim... e eu dela. Ela é realmente a coisa mais fofa.)

Franklin Westcott nunca permitiu que Dovie tivesse um namorado e, quando Jarvis Morrow começou a "prestar atenção nela",

Franklin o proibiu de frequentar sua casa e disse a Dovie que não permitiria mais que ela ficasse "andando por aí com aquele sujeito". Mas o mal estava feito. Dovie e Jarvis já estavam profundamente apaixonados.

Todos na cidade torcem pelos namorados. Franklin Westcott não está sendo nada razoável. Jarvis é um jovem advogado bem-sucedido, de boa família, com boas perspectivas e um rapaz muito bom e decente.

— Ninguém seria mais adequado — declara Rebecca Dew. — Jarvis Morrow poderia ter qualquer *garota que quisesse em Summerside. Franklin Westcott acabou de decidir que Dovie será uma solteirona. Ele quer garantir que terá uma governanta quando a tia Maggie morrer.*

— *Não há ninguém que possa exercer alguma influência sobre ele?* — *perguntei.*

— *Ninguém consegue discutir com Franklin Westcott. Ele é muito sarcástico. E, se você ganha a discussão, ele tem um acesso de raiva. Nunca o vi em um de seus acessos de raiva, mas ouvi a descrição da srta. Prouty de como ele se portou uma vez em que ela estava lá costurando. Ele ficou bravo com alguma coisa... ninguém sabia o quê. Simplesmente pegou tudo que estava à vista e jogou pela janela. Os poemas de Milton voaram por cima da cerca e caíram no lago de lírios de George Clarke. Parece que ele sempre teve algum ressentimento na vida. A srta. Prouty disse que a mãe dele afirmou que, ao nascer, os gritos dele ultrapassavam tudo o que ela já ouvira. Suponho que Deus tenha alguma razão para fazer homens assim, mas a gente não sabe qual é. Não vejo nenhuma possibilidade para Jarvis e Dovie, a menos que fujam. É algo horrível a se fazer, embora tenha havido uma porção de conversas românticas sobre isso. Mas este é um caso em que todos entenderiam.*

Não sei o que fazer, mas preciso fazer algo. Não consigo ficar parada e ver as pessoas bagunçando a própria vida bem debaixo do meu nariz, não importa quantos chiliques Franklin Westcott tenha... Jarvis Morrow não vai esperar para sempre. Dizem que ele já está perdendo a paciência e que foi visto riscando selvagemente o nome de Dovie em uma árvore na qual ele o entalhara. Tem uma atraente garota Palmer que supostamente está se atirando sobre ele, e a irmã dele disse que a mãe disse que seu filho não precisa ficar à mercê dos caprichos de uma garota.

Sério, Gilbert, estou bastante infeliz com isso.

É noite de luar, amado... luar sobre os álamos do quintal... covinhas iluminadas pela lua em todo o porto, onde um navio fantasma está à deriva... luar no antigo cemitério... em meu próprio vale particular... no Tempestade-Rei. E haverá luar na Alameda dos Namorados e no Lago das Águas Cintilantes e na velha Floresta Mal-Assombrada e no Vale das Violetas. Deveria haver danças de fadas nas colinas esta noite. Mas, querido Gilbert, um luar sem ninguém com quem dividir é apenas... apenas luz da lua.

Eu gostaria de poder levar a pequena Elizabeth para um passeio. Ela adora um passeio ao luar. Tivemos alguns passeios deliciosos quando ela esteve em Green Gables. Mas em casa Elizabeth nunca vê o luar, exceto pela janela.

Começo a ficar um pouco preocupada com ela também. Ela já vai fazer dez anos, e aquelas duas velhinhas não têm a menor ideia do que Elizabeth precisa, espiritual e emocionalmente. Contanto que tenha boa comida e boas roupas, não acham que ela precise de mais nada. E será pior a cada ano que passa. Que tipo de juventude essa pobre criança terá?

VI

Jarvis Morrow voltou para casa após a formatura do ensino médio com Anne e contou a ela suas angústias.

— Você terá que fugir com ela, Jarvis. Todo mundo concorda. Como regra, eu não aprovo essas fugas ("Eu disse isso como uma professora com quarenta anos de experiência", pensou Anne com um sorriso invisível) —, mas há exceções a todas as regras.

— São necessárias duas pessoas para se concluir um negócio, Anne. Não posso fugir sozinho. Dovie tem tanto medo do pai que não consigo fazê-la concordar. E não seria realmente... uma fuga. Ela só precisaria ir para a casa da minha irmã Julia... a sra. Stevens, sabe... uma noite dessas. O pastor estaria lá e poderíamos nos casar de uma maneira respeitosa que agradaria a todos, e passaríamos a lua de mel com tia Bertha em Kingsport. Simples assim. Mas eu não consigo convencer Dovie a se arriscar. Minha pobre querida tem cedido aos caprichos e às manias do pai há tanto tempo que ela não tem mais força de vontade.

— Você terá que obrigá-la a fazer isso, Jarvis.

— Puxa vida, você não acha que eu não tentei, não é, Anne? Já implorei até não poder mais. Quando está comigo, ela quase promete, mas no minuto em que volta para casa, ela me manda uma mensagem dizendo que não consegue. Parece estranho, Anne, mas a pobre criança gosta tanto do pai que não consegue suportar a ideia de que ele nunca a perdoe.

— Você precisa lhe dizer que ela tem que escolher entre o pai e você.

— E se ela escolher a ele?

— Acho que você não corre esse perigo.

— Nunca se sabe — disse Jarvis melancolicamente. — Mas algo tem que ser decidido logo. Não posso continuar assim para sempre. Sou louco por Dovie... todo mundo em Summerside sabe disso. Ela é como uma pequena rosa vermelha fora de alcance... *Preciso* alcançá-la, Anne.

— Poesia é uma coisa muito boa no momento certo, mas não vai levá-lo a lugar nenhum nesse caso, Jarvis — disse Anne sem entusiasmo. — Sei que isso soa como uma observação que Rebecca Dew faria, mas é a pura verdade. O que você precisa agora é de bom senso e firmeza. Diga a Dovie que você está cansado de hesitações, e que ela precisa ou ir com você ou então deixá-lo. Se ela não se importa o bastante para deixar o pai por você, é melhor que você saiba a verdade.

Jarvis gemeu.

— Você não esteve sob o domínio de Franklin Westcott por toda a vida, Anne. Não tem a menor ideia de como ele é. Bem, farei um último esforço, uma última tentativa. Como você disse, se Dovie realmente se importa, ela virá comigo e se não vier, preciso encarar a realidade. Estou começando a me sentir um tanto ridículo.

"Se você está começando a se sentir assim", pensou Anne, "é melhor Dovie tomar cuidado."

A própria Dovie desceu até Windy Poplars algumas noites depois para consultar Anne.

— O que devo fazer, Anne? O que posso fazer? Jarvis quer que eu praticamente... fuja. Papai deve ir a Charlottetown uma noite na próxima semana para participar de um banquete maçônico... e seria uma boa chance. Tia Maggie nunca suspeitaria. Jarvis quer que eu vá para a casa da sra. Stevens e me case lá.

— E por que não, Dovie?

— Oh, Anne, você realmente acha que eu deveria? — Dovie ergueu um rosto doce e persuasivo. — Por favor, decida-se por mim. Estou muito confusa. — A voz de Dovie quebrou em uma nota chorosa. — Oh, Anne, você não conhece o meu pai. Ele odeia o Jarvis... Eu não consigo imaginar por que... você sabe? Como alguém pode odiar o Jarvis? Quando ele me convidou para sair pela primeira vez, meu pai o proibiu de vir em casa e disse que atiçaria o cachorro para cima dele se voltasse... nosso enorme buldogue. Você sabe que eles nunca soltam quando mordem. E meu pai nunca vai me perdoar se eu fugir com Jarvis.

— Você precisa escolher um deles, Dovie.

— Isso é exatamente o que Jarvis disse — chorou Dovie. — Oh, ele estava tão sério... nunca o vi desse jeito. E não posso... Não posso... eu... eu... não *posso* viver sem ele, Anne.

— Então viva com ele, minha querida menina. E não chame isso de fugir. Vir para Summerside para se casar na companhia de seus amigos não é fugir.

— Meu pai dirá que é — disse Dovie, engolindo um soluço. — Mas vou seguir o seu conselho, Anne. Tenho certeza de que *você* não me aconselharia a tomar qualquer atitude que fosse errada. Vou dizer a Jarvis que vá em frente e tire a licença e irei para a casa da irmã dele na noite em que meu pai for a Charlottetown.

Jarvis disse a Anne, triunfante, que Dovie havia finalmente cedido.

— Devo encontrá-la no final da rua na próxima terça-feira à noite... ela não quer que eu passe na casa dela por medo de que a tia Maggie possa me ver... e vamos só até a casa da Julia e nos casaremos num piscar de olhos. Os meus pais estarão lá, então isso deixará minha pobre querida bastante confortável. Franklin Westcott disse que eu nunca teria a filha dele. Vou mostrar que ele estava errado.

VII

A terça-feira foi um dia sombrio de final de novembro. Chuvas frias e rajadas às vezes caíam sobre as colinas. O mundo parecia um lugar sombrio e abandonado, visto através da garoa cinzenta.

"Pobre Dovie, hoje não é um dia muito bom para um casamento", pensou Anne. "Imaginemos... imaginemos..." ela tremeu e estremeceu... "imaginemos que não acabe bem, afinal. Será minha culpa. Dovie nunca teria concordado se eu não a tivesse aconselhado. E imaginemos que Franklin Westcott nunca a perdoe. Anne Shirley, pare com isso! Você só está preocupada com o tempo ruim."

À noite, a chuva tinha cessado, mas o ar estava frio e pesado e o céu mais baixo. Anne estava no quarto na torre, corrigindo trabalhos escolares, com Dusty Miller enrolado embaixo do fogão. Ouviu-se uma batida estrondosa na porta da frente.

Anne desceu correndo. Rebecca Dew colocou uma cabeça alarmada para fora da porta de seu quarto. Anne acenou para ela de volta.

— É alguém na porta *da frente*! — disse Rebecca sem animação.

— Está tudo bem, querida Rebecca. Quer dizer, receio que esteja tudo errado... mas, de qualquer forma, é apenas Jarvis Morrow. Eu o vi da janela da torre lateral e sei que ele quer me ver.

— Jarvis Morrow! — Rebecca resmungou, voltou e fechou a porta. — Esta *é* a gota d'água!

— Jarvis, qual é o problema?

— Dovie não apareceu — disse Jarvis descontroladamente. — Esperamos por *horas*... o ministro está lá... e meus amigos... e Julia está com o jantar pronto... e Dovie ainda não apareceu. Esperei por ela no final do caminho até estar a ponto de enlouquecer. Não ousei descer até a casa deles porque não sabia o que tinha acontecido. Aquele velho e estúpido Franklin Westcott pode ter voltado. Tia Maggie pode tê-la trancado. Mas eu preciso *saber*. Anne, você precisa ir até Elmcroft descobrir por que ela não veio.

— Eu? — disse Anne incrédula.

— Sim, você. Não há mais ninguém em quem eu possa confiar... ninguém mais que saiba. Oh, Anne, não me desaponte agora. Você sempre nos apoiou. Dovie diz que você é a única amiga de verdade que ela tem. Não é tarde... são apenas nove. Vá até lá, por favor.

— E ser trucidada pelo buldogue? — disse Anne sarcasticamente.

— Aquele cachorro velho! — disse Jarvis com desdém. — Ele não rosnaria nem para um estranho. Você não acha que tenho medo do cachorro, acha? Além disso, ele fica muito quieto à noite. Eu apenas não queria criar problemas para Dovie em casa se eles descobrissem. Anne, por favor!

— Suponho que vou ter de encarar essa — disse Anne com um encolher de ombros desesperado.

Jarvis a levou até a longa estrada de Elmcroft, mas ela não o deixou ir mais adiante.

— Como você disse, isso pode complicar as coisas para Dovie, caso o pai dela tenha voltado para casa.

Anne desceu apressada a longa estrada ladeada por árvores. A lua ocasionalmente aparecia por entre as nuvens que se moviam com o vento, mas, na maior parte do tempo, a noite estava horrivelmente escura e ela ainda estava reticente sobre o cachorro.

Parecia haver apenas uma luz em Elmcroft... brilhando da janela da cozinha. A própria tia Maggie abriu a porta lateral para Anne. Tia Maggie era uma irmã muito velha de Franklin Westcott, uma senhora um pouco curvada e enrugada que nunca fora considerada muito inteligente, embora fosse uma excelente governanta.

— Tia Maggie, Dovie está em casa?

— Dovie está na cama — disse tia Maggie impassível.

— Na cama? Ela está doente?

— Não que eu saiba. Ela parecia nervosa o dia todo. Depois do jantar, ela disse estar cansada, levantou-se e foi para a cama.

— Preciso vê-la por um momento, tia Maggie. Eu... só quero algumas informações importantes.

— Melhor ir para o quarto dela então. É o do lado direito quando você sobe.

Tia Maggie gesticulou para as escadas e foi até a cozinha com seus passinhos curtos.

Dovie sentou-se quando Anne entrou sem cerimônia, depois de uma batida apressada. Era possível ver à luz de uma pequena vela que Dovie estava chorando, mas suas lágrimas apenas exasperaram Anne.

— Dovie Westcott, você se esqueceu de que prometeu se casar com Jarvis Morrow esta noite... *esta noite*?

— Não, não..... — choramingou Dovie. — Oh, Anne, estou tão infeliz... Passei um dia tão terrível. Você nunca, nunca saberá pelo que passei.

— Eu sei o que o pobre Jarvis passou, esperando duas horas naquela estrada, no frio e na garoa — disse Anne sem piedade.

— Ele está... está muito bravo, Anne?

— Como você acha que ele está? — disse Anne, mordaz.

— Oh, Anne, fiquei com medo. Não preguei os olhos esta noite. Não pude ir em frente... não consegui... Eu... acho realmente vergonhoso fugir, Anne. Não ganharia bons presentes, bem, não muitos... de qualquer modo. Sempre quis... me casar na igreja, com uma decoração maravilhosa, em meu vestido de noiva, com véu e... sandálias prateadas!

— Dovie Westcott, saia imediatamente dessa cama... *imediatamente*... e vista-se... e venha comigo.

— Anne... agora é tarde demais.

— Não é tarde demais. E é agora ou nunca... você deve saber disso, Dovie, se tiver um pingo de bom senso. Deve saber que Jarvis Morrow nunca mais falará com você se o fizer de bobo desse jeito.

— Oh, Anne, ele vai me perdoar quando souber...

— Não vai. Eu conheço Jarvis Morrow. Ele não vai deixar você brincar indefinidamente com a vida dele. Dovie, quer que eu arraste você para fora da cama?

Dovie estremeceu e suspirou.

— Eu não tenho nenhum vestido adequado...

— Você tem meia dúzia de vestidos lindos. Coloque o seu de tafetá rosa.

— E eu não tenho *nenhum* enxoval. Os Morrow sempre vão jogar isso na minha cara...

— Você pode comprar um depois. Dovie, você não pesou todas essas coisas na balança antes?

— Não... Não... Esse é o problema. Só comecei a pensar nisso ontem à noite. E papai... você não conhece papai, Anne....

— Dovie. Vou lhe dar apenas dez minutos para se vestir!

Dovie estava vestida no tempo especificado.

— Este vestido está... ficando muito apertado para mim — ela soluçou quando Anne o fechou. — Se eu engordar muito, acho que Jarvis não vai... vai... vai me amar. Eu gostaria de ser alta, magra e pálida como você, Anne. Oh, Anne, e se tia Maggie nos ouvir!

— Ela não vai ouvir. Está trancada na cozinha, e você sabe que ela é um pouco surda. Aqui está seu chapéu e seu casaco, e eu coloquei algumas coisas nesta bolsa

— Oh, meu coração está batendo muito. Eu estou horrível, Anne?

—Você está linda — disse Anne com sinceridade. A pele acetinada de Dovie era rosa e creme e todas aquelas lágrimas não haviam feito estrago em seus olhos. Mas Jarvis não conseguia ver os olhos dela no escuro, e ele se sentia um pouco irritado com sua linda amada e estava um pouco taciturno durante o trajeto até a cidade.

— Pelo amor de Deus, Dovie, não fique tão assustada em ter que se casar comigo — disse ele, impaciente, enquanto ela descia as escadas da casa dos Stevens. — E não chore... isso vai fazer seu nariz inchar. São quase dez horas e temos que pegar o trem das onze.

Dovie ficou até que bem, tão logo se viu irremediavelmente casada com Jarvis. O que Anne descreveu de maneira um tanto maliciosa em uma carta a Gilbert como o "visual de lua de mel" já despontava em seu rosto.

— Anne, querida, devemos tudo a você. Nós nunca esqueceremos, não é, Jarvis? E, oh, Anne, querida, você fará apenas mais uma coisa por mim? Não estarei em casa amanhã cedo... e *alguém* precisa contar a ele. Você pode acalmá-lo, se é que alguém pode. Por favor, faça o seu melhor para que ele me perdoe.

Anne sentiu que era ela que precisava que alguém a acalmasse naquele momento; mas ela também se sentiu um tanto desconfortavelmente responsável pelo resultado da situação, e por isso consentiu com o pedido.

— Claro que ele vai ser terrível... simplesmente terrível, Anne... mas ele não pode matar você — confortou-a Dovie. — Oh, Anne, você não sabe... não pode perceber... como me sinto *segura* com Jarvis.

Quando Anne voltou para casa, Rebecca Dew havia chegado ao ponto em que precisava satisfazer sua curiosidade ou enlouqueceria. Ela seguiu Anne até o quarto da torre de camisola, com um lenço de flanela enrolado na cabeça, e ouviu toda a história.

— Bem, suponho que isso é o que você pode chamar de "vida" — disse ela sarcasticamente. — Mas estou muito feliz que Franklin Westcott tenha enfim recebido o que merece, e a sra. capitão MacComber também. Mas não invejo a tarefa de dar a notícia a ele. Ele ficará furioso e será em vão. Se eu estivesse no seu lugar, srta. Shirley, não conseguiria dormir esta noite.

— Acho que não será uma experiência muito agradável — concordou Anne com tristeza.

VIII

Anne se dirigiu a Elmcroft na tarde seguinte, caminhando pela onírica paisagem em meio à névoa de novembro, com uma sensação estranha invadindo seu ser. Não foi exatamente uma missão maravilhosa. Como Dovie havia dito, estava claro que Franklin Westcott não a mataria. Anne não temia a violência física... embora, se todas as histórias contadas sobre ele fossem verdade, ele poderia jogar algo nela. Ele gritaria de raiva? Anne nunca tinha visto um homem gritando de raiva e imaginou que devia ser uma visão bastante ruim. Mas ele provavelmente exercitaria seu notável dom de ser desagradavelmente sarcástico, e o sarcasmo, no homem ou na mulher, era a única arma que Anne temia. Sempre a magoava... gerava bolhas em sua alma que doíam por meses.

"Tia Jamesina costumava dizer 'Nunca, se puder evitar, dê más notícias'", refletiu Anne. "Ela era tão sábia nisso como em tudo o mais. Bem, aqui estou."

Elmcroft era uma casa antiquada com torres por todos os lados e uma cúpula arredondada sobre o telhado. E no topo do lance de escada da entrada estava o cachorro.

"Se eles morderem, nunca mais largam", lembrou Anne. Deveria tentar contornar para a porta lateral? Então, a ideia de que Franklin Westcott pudesse estar observando-a da janela a fortaleceu. Nunca daria a ele a satisfação de ver que tinha medo de seu cachorro. Resoluta, de cabeça erguida, ela subiu os degraus, passou pelo cachorro e tocou a campainha. O cachorro não se mexeu. Quando Anne olhou para ele por cima do ombro, ele aparentemente estava dormindo.

Franklin Westcott, ao que parecia, não estava em casa, mas era esperado a qualquer minuto, pois o trem para Charlottetown estava para chegar. Tia Maggie conduziu Anne para o que ela chamava de "blibioteca" e a deixou lá. O cachorro se levantou e as seguiu. Ele veio e se acomodou aos pés de Anne.

Anne descobriu que estava gostando da "blibioteca". Era uma sala alegre e simples, com uma confortável lareira acesa e peles de urso sobre o desgastado carpete vermelho do chão. Franklin Westcott evidentemente se saiu bem com relação a livros e cachimbos.

Em seguida, ela o ouviu entrar. Ele pendurou o chapéu e o casaco no corredor; se postou na porta da biblioteca com uma carranca muito decidida na testa. Anne se lembrou da impressão que teve dele na primeira vez em que o viu, a de um pirata bastante cavalheiresco, e ela voltou a sentir isso naquele momento.

— Oh, é a senhorita, não é? — disse ele, um tanto ríspido. — Bem, e o que quer?

Ele nem ao menos ofereceu um aperto de mãos. Dos dois, Anne pensou que o cachorro tinha decididamente melhores maneiras que ele.

— Sr. Westcott, por favor, ouça-me com paciência antes...

— Eu sou paciente... muito paciente. Prossiga!

Anne decidiu que não adiantava discutir com um homem como Franklin Westcott.

— Eu vim para lhe dizer — disse ela com firmeza —, que Dovie se casou com Jarvis Morrow.

Então ela esperou pelo terremoto. Não veio. Nenhum músculo do rosto magro e queimado de Franklin Westcott mudou. Ele entrou e sentou-se na cadeira de couro e pernas arqueadas em frente a Anne.

— Quando? — ele perguntou.

— Ontem à noite... na casa da irmã dele — disse Anne.

Franklin Westcott a olhou fixamente por um momento, com seus profundos olhos castanhos amarelados sob as sobrancelhas grisalhas. Anne se perguntou por um momento como ele era quando bebê. Então, ele jogou a cabeça para trás e teve um de seus espasmos de riso silencioso.

— Não deve culpar Dovie, sr. Westcott — disse Anne com seriedade, recuperando sua capacidade de falar agora que a terrível revelação fora feita. — Não foi culpa dela....

— Aposto que não — disse Franklin Westcott.

Ele estava *tentando* ser sarcástico?

— Não, foi minha — disse Anne, simples e corajosamente. — Eu a aconselhei a se casar... eu a obriguei. Então, por favor, perdoe-a, sr. Westcott.

Franklin Westcott pegou um cachimbo e começou a enchê-lo com frieza.

— Se conseguiu fazer com que Sibyl fugisse com Jarvis Morrow, srta. Shirley, realizou mais do que eu jamais pensei que alguém conseguiria. Estava começando a temer que ela nunca tivesse coragem suficiente para fazer isso. E então eu teria que me desdizer... e, Senhor, como pessoas como nós, os Westcott, odiamos nos desdizer! A senhorita me salvou, e sou profundamente grato, srta. Shirley.

Houve um silêncio muito alto enquanto Franklin Westcott socava o tabaco e olhava para o rosto de Anne com divertimento. Ela estava tão perdida que não sabia o que dizer.

— Suponho — disse ele — que veio aqui tremendo de medo de me dar a terrível notícia?

— Sim — concordou Anne, um pouco rápido demais.

Franklin Westcott riu silenciosamente.

— Não precisava. A senhorita não poderia ter me trazido melhores notícias. Ora, eu escolhi Jarvis Morrow para Sibyl quando eles eram crianças. Assim que os outros meninos começaram a notá-la, eu os enxotei. Isso deu a Jarvis a oportunidade de conhecê-la. Ele mostraria ao velho! Mas era tão popular entre as garotas que eu mal pude acreditar na incrível sorte de ele estar verdadeiramente atraído por ela. Então, elaborei meu plano de campanha. Eu conhecia até o último fio de cabelo dos Morrow. Eles são uma boa família, mas os homens não querem nada que possam conseguir com facilidade. E são determinados a conseguir quando lhes é dito que não podem ter. Sempre vão pelo oposto. O pai de Jarvis partiu o coração de três meninas porque as famílias delas as jogaram em seu colo. No caso de Jarvis, eu sabia direitinho o que aconteceria. Sibyl se apaixonaria perdidamente por ele... e ele logo se cansaria dela. Eu sabia que ele não ia continuar interessado se ela fosse muito fácil de conseguir. Assim, o proibi de chegar perto daqui e proibi Sibyl de se aproximar dele, de falar com ele e geralmente bancava o pai autoritário com perfeição. Fale-me sobre o encanto do que ainda não se tem! Não é nada comparado com o encanto do inacessível. Tudo funcionou de acordo com o cronograma, mas me deparei com um obstáculo na fraqueza de Sibyl. Ela é uma boa criança, mas *é* covarde. Pensei que ela nunca teria coragem de se casar com ele e de me enfrentar. Agora, se a senhorita recuperou o fôlego, minha querida jovem, conte-me sua parte nessa história toda.

O senso de humor de Anne novamente veio em seu socorro. Ela nunca poderia recusar uma oportunidade de dar uma boa risada, mesmo de si mesma. E de repente se sentiu muito bem familiarizada com Franklin Westcott.

Ele ouviu a história, dando tranquilas e agradáveis tragadas em seu cachimbo. Quando Anne terminou, ele acenou com a cabeça confortavelmente.

— Vejo que estou mais em dívida com a senhorita do que pensava. Ela nunca teria tido coragem de se casar se não fosse pela senhorita. E Jarvis Morrow não teria se arriscado a ser feito de bobo duas vezes... não se eu conheço a raça. Puxa, mas escapei por pouco! Sou seu humilde servo para o resto da vida. A senhorita é uma verdadeira fortaleza por vir aqui como veio, acreditando em todas as histórias e todos os boatos que lhe contaram. Já ouviu falar muito de mim, não ouviu?

Anne acenou com a cabeça. O buldogue estava com a cabeça em seu colo e roncava alegremente.

— Todos concordaram que o senhor era mal-humorado, intratável e rabugento — disse ela com franqueza.

— E suponho que lhe disseram que eu era um tirano e tornei a vida da minha pobre esposa miserável e conduzi minha família com mão de ferro?

— Sim. Mas, na verdade, ouvi a tudo com uma pulga atrás da orelha, sr. Westcott. Achei que Dovie não poderia gostar do senhor como gosta se fosse tão terrível quanto a fofoca o pintava.

— Garota sensata! Minha esposa era uma mulher feliz, srta. Shirley. E, quando a sra. capitão MacComber lhe contar que eu atormentei minha esposa até a morte, repreenda-a por mim. Desculpe meu jeito tosco. Mollie era bonita... mais bonita que Sibyl. Tinha uma pele rosada e branca... cabelo castanho-dourado... olhos azuis brilhantes! Era a mulher mais bonita de Summerside. Tinha que ser. Eu não teria suportado se um homem tivesse entrado na igreja com uma esposa mais bonita do que a minha. E eu comandava minha casa como um homem deveria comandar, mas não tiranicamente. Oh, é claro, eu tinha uns rompantes de mau humor de vez em quando, mas Mollie não se importava depois que se acostumou com eles. Um marido tem o direito de brigar com a esposa de vez em quando, não? As mulheres se cansam de maridos monótonos. Além disso, eu sempre dava a ela um anel ou um colar ou algo assim depois que me acalmava. Nenhuma outra mulher em Summerside tinha joias mais bonitas. Devo pegá-las e dar a Sibyl.

Anne, então, ficou perversa.

— E os poemas de Milton?

— Os poemas de Milton? Ah, isso! Não eram os poemas de Milton... eram os de Tennyson. Eu reverencio Milton, mas não consigo tolerá-lo. Ele é emotivo demais. Aqueles dois últimos versos de "Enoch Arden"[1] me deixaram tão furioso uma noite que atirei o livro pela janela. Mas peguei-o no dia seguinte por causa da "Canção do Clarim". Eu perdoaria qualquer pessoa por esse poema. Não foi parar no lago de lírios de George Clarke, isso foi um exagero da velha Prouty. A senhorita já vai? Fique e jante com um velho solitário que teve sua única filha raptada.

— Eu realmente sinto muito não poder, sr. Westcott, mas devo comparecer a uma reunião de equipe esta noite.

— Bem, então nos veremos quando Sibyl retornar. Terei que dar uma festa para eles, sem dúvida. Bom Deus, que alívio que está sendo para minha cabeça. Não tem ideia de como eu odiaria ter que voltar atrás e dizer: "Leve-a". Agora tudo o que tenho a fazer é fingir que estou com o coração partido, mas resignado, e perdoá-la com tristeza pelo bem de sua pobre mãe. Farei isso lindamente... Jarvis nunca suspeitará. Não vá estragar minha performance.

— Não irei — prometeu Anne.

Franklin Westcott acompanhou-a cortesmente até a porta. O buldogue sentou-se sobre as patas traseiras e choramingou atrás dela.

---

[1] "Enoch Arden" é um poema narrativo de Alfred Tennyson, que deu origem ao princípio legal de que uma pessoa desaparecida, depois de um período de tempo (normalmente sete anos), pode ser declarada morta para fins de herança ou novo casamento do ex-cônjuge.

Na porta, Franklin Westcott tirou o cachimbo da boca e deu um tapinha no ombro dela.

— Lembre-se sempre — disse ele solenemente —, há mais de uma maneira de esfolar um gato. Isso pode ser feito sem que o animal saiba como perdeu a pele. Dê lembranças a Rebecca Dew. Uma bela gatinha velha, se acariciada da maneira certa. E obrigado... obrigado.

Anne voltou para casa na noite suave e calma. A névoa havia se dissipado, o vento mudara e havia uma aparência de gelo no céu verde pálido.

— As pessoas me disseram que eu não conhecia Franklin Westcott — refletiu Anne. — E estavam certos... eu não o conhecia. Nem elas.

— Como ele reagiu? — Rebecca Dew ansiou em saber. Ela ficaria aflita, em suspense, durante a ausência de Anne.

— Não tão mal, no fim — disse Anne confidencialmente. — Acho que, com o tempo, ele perdoará Dovie.

— Eu nunca vi ninguém como você, srta. Shirley, por fazer as pessoas mudarem de ideia — disse Rebecca Dew com admiração. — Você certamente tem jeito com isso.

— "Uma tentativa, um acerto; uma noite de repouso ganha"[2] — citou Anne, cansada, enquanto subia os três degraus de sua cama naquela noite. — Mas espere só até que a próxima pessoa peça meu conselho sobre fugir para casar!

---

[2] *Something attempted, something done has earned a night's repose*, no original. Verso do poema "The Village Blacksmith", de Henry Wadsworth Longfellow. Ele foi um escritor e educador estadunidense, e o primeiro a traduzir a *Divina Comédia*, de Dante Alighieri.

IX

(Trecho da carta para Gilbert)

Fui convidada para um jantar amanhã à noite, com uma dama de Summerside. Sei que você não acreditará em mim, Gilbert, quando eu lhe disser que o nome dela é Tomgallon... srta. Minerva Tomgallon. Você dirá que tenho lido muito Dickens.

Querido, não se sente feliz por seu sobrenome ser Blythe? Tenho certeza de que nunca poderia me casar com você se fosse Tomgallon. Imagine só... Anne Tomgallon! Não, você não pode imaginar.

Esta é a honra final que Summerside tem para conceder... um convite para a Casa Tomgallon. Não tem outro nome. Nada de Elms ou Chestnuts ou Crofts para os Tomgallon.

Entendo que eles foram a "realeza" nos velhos tempos. Os Pringle são fichinhas se comparados a eles. E agora só resta uma deles, a srta. Minerva, a única sobrevivente de seis gerações dos Tomgallon. Ela mora sozinha em uma casa enorme na rua Queen... uma casa com grandes chaminés, venezianas verdes e o único vitral em uma casa particular da cidade. É grande o suficiente para quatro famílias e é ocupada apenas pela srta. Minerva, uma cozinheira e uma criada. A casa está muito bem cuidada, mas de alguma forma, sempre que passo por ali, sinto que é um lugar esquecido pela vida.

A srta. Minerva sai pouquíssimo, exceto para ir à igreja anglicana, e eu nunca a tinha visto até algumas semanas atrás, quando compareceu a uma reunião de funcionários e curadores da escola para fazer uma doação formal da valiosa biblioteca de seu pai. Ela tem a aparência exata de como você imaginaria uma Minerva Tomgallon... alta e magra, com um rosto longo e estreito, um nariz longo e fino e uma boca longa e fina. Isso não parece muito atrativo, mas a srta. Minerva é bastante bonita, tem um estilo imponente e aristocrático e está sempre vestida com muita elegância, embora de modo antiquado. Quando jovem, foi muito bonita, Rebecca Dew me disse, e seus grandes olhos negros ainda estão cheios de fogo e de uma centelha brilhante. Ela não economiza palavras, e acho que nunca ouvi ninguém gostar tanto de fazer um discurso de apresentação.

A srta. Minerva foi especialmente gentil comigo, e ontem recebi um pequeno bilhete formal me convidando para jantar com ela. Quando contei a Rebecca Dew, ela arregalou os olhos como se eu tivesse sido convidada para o Palácio de Buckingham.

— É uma grande honra ser convidada para a Casa Tomgallon — disse ela em um tom bastante admirado. — Nunca soube da srta. Minerva convidando quem quer que fosse da diretoria antes. Claro, eram todos homens, então suponho que teria sido extremamente inadequado. Bem, espero que ela não fale com você sem parar, srta. Shirley. Os Tomgallon falavam mal de tudo e de todos. E eles gostavam de estar na dianteira das coisas. Algumas pessoas pensam que o motivo pelo qual a srta. Minerva vive tão reclusa é porque, agora que está velha, não pode assumir a liderança como costumava fazer, e ela não gosta de ficar atrás de ninguém. O que vai vestir, srta. Shirley? Eu adoraria vê-la usando seu vestido de seda creme com os laços de veludo preto. É tão elegante.

— Receio que seria chique demais para uma noite tranquila — eu disse.

— A srta. Minerva ia gostar, eu acho. Todos os Tomgallon gostavam que suas visitas fossem bem-arrumadas. Eles dizem que

o avô da srta. Minerva uma vez fechou a porta na cara de uma mulher que fora convidada para um baile, porque ela estava usando o segundo melhor vestido dela. Ele disse que o melhor ainda não era bom o suficiente para os Tomgallon.

Mesmo assim, acho que vou usar meu vestido de voile verde, e os fantasmas dos Tomgallon que se contentem com isso.

Vou confessar algo que fiz na semana passada, Gilbert. Suponho que você vai pensar que estou de novo me intrometendo na vida de outras pessoas. Mas eu tinha que fazer algo. Não estarei em Summerside no ano que vem e não consigo suportar a ideia de deixar a pequena Elizabeth à mercê daquelas duas velhas sem amor que a cada dia ficam mais amargas e bitoladas. Que tipo de infância ela terá naquele lugar velho e sombrio com elas?

— Eu me pergunto — ela me disse melancolicamente, não muito tempo atrás — como seria ter uma avó de quem não se tem medo.

O que eu fiz: escrevi para o pai dela. Ele mora em Paris e eu não sabia o endereço dele, mas Rebecca Dew tinha ouvido e lembrava o nome da empresa cuja filial ele dirige lá, então arrisquei e mandei a carta para a firma aos cuidados dele. Escrevi uma carta tão diplomática quanto possível, mas disse-lhe claramente que ele deveria levar Elizabeth. Eu disse a ele como ela anseia e sonha com ele, e que a sra. Campbell era realmente muito severa e rígida com ela. Talvez nada aconteça, mas, se eu não tivesse escrito, isso teria me assombrado para sempre, pela certeza de que era o que eu deveria ter feito.

O que me fez pensar na carta foi Elizabeth me dizendo muito seriamente um dia que ela havia "escrito uma carta a Deus", pedindo a Ele que trouxesse seu pai de volta para ela e que fizesse com que ele a amasse. Ela disse que havia parado no meio de um terreno baldio, quando voltava da escola e fez ali a oração, olhando para o céu. Eu sabia que ela fizera algo estranho, porque a srta. Prouty tinha visto a cena e me contou quando veio costurar para as viúvas, uns dias depois. Ela achava que Elizabeth estava ficando "estranha"... "falando sozinha, olhado para o céu daquele jeito".

Perguntei a Elizabeth sobre o que aconteceu e ela me contou.

— Achei que Deus prestaria mais atenção a uma carta do que a uma oração — disse ela. — Já rezei tanto. Deus deve receber muitas orações.

Naquela noite, escrevi para o pai dela.

Antes de encerrar, devo contar a você sobre Dusty Miller. Algum tempo atrás, tia Kate me disse que sentia que precisava encontrar outro lar para ele porque Rebecca Dew continuava reclamando dele, de modo que sentiu que realmente não conseguiria mais suportar. Uma tarde da semana passada, quando voltei da escola, não havia mais nenhum Dusty Miller. Tia Chatty me disse que o tinham dado à sra. Edmonds, que mora bem longe de Windy Poplars, do outro lado de Summerside. Senti pena, porque Dusty Miller e eu éramos excelentes amigos. "Mas, pelo menos", pensei, "Rebecca Dew será uma mulher feliz."

Rebecca esteve fora durante o dia, tendo ido ao campo para ajudar um parente a trançar tapetes. Quando voltou ao anoitecer, nada foi dito, mas na hora de dormir, quando ela estava chamando Dusty Miller da varanda dos fundos, tia Kate disse baixinho:

— Não precisa mais chamá-lo, Rebecca. Dusty Miller não está mais aqui. Encontramos um lar para ele em outro lugar. Ele não vai mais incomodar você.

Se Rebecca Dew conseguisse ficar pálida, ela teria ficado.

— Não está aqui? Encontrou um lar para ele? Meu Deus! Aqui não é a casa dele?

— Nós o demos para a sra. Edmonds. Ela está se sentido muito solitária desde que a filha se casou e achou que um belo gato seria uma boa companhia.

Rebecca Dew entrou e fechou a porta. Ela parecia muito transtornada.

— Esta é a gota d'água — disse ela. E de fato parecia ser. Nunca vi os olhos de Rebecca Dew emitirem tantos lampejos de raiva. — Vou embora no final do mês, sra. MacComber, ou antes, se for possível.

— Mas, Rebecca — disse tia Kate, perplexa —, eu não entendo. Você nunca gostou de Dusty Miller. Justo na semana passada você disse...

— Isso mesmo — disse Rebecca com amargura. — Jogue tudo na minha cara! Não precisa ter nenhuma consideração pelos meus sentimentos! Coitadinho do gato! Eu o servi e o mimei e levantei quase todas as noites para deixá-lo entrar. E agora ele foi levado embora pelas minhas costas, sem nem mesmo me pedirem permissão. E para a Sarah Edmonds, que não compraria um pouco de fígado para a pobre criatura, mesmo se ele estivesse morrendo de vontade! A única companhia que eu tinha na cozinha!

— Mas, Rebecca, você sempre...

— Continue... continue! Não me deixe falar nada, sra. Mac-Comber. Eu criei Aquele Gato desde filhotinho... Eu cuidei de sua saúde e sua moral... e para quê? Para que Jane Edmonds tenha um gato bem treinado como companhia. Bem, espero que ela saia na geada à noite, como eu fiz, chamando Aquele Gato por horas em vez de deixá-lo congelar ao relento, mas eu duvido... Eu duvido seriamente. Bem, sra. MacComber, tudo que eu espero é que sua consciência não a incomode da próxima vez que estiver dez graus abaixo de zero. Eu não vou pregar o olho, mas claro, de que um velho sapato importa.

— Rebecca, se você ao menos...

— Sra. MacComber, eu não sou um verme, nem sou um capacho. Bem, esta foi uma lição para mim... uma lição valiosa! Nunca mais permitirei que meus afetos se voltem para um animal de qualquer tipo ou descrição. Se ao menos tivesse feito isso abertamente, mas pelas minhas costas... tirando vantagem de mim desse jeito! Nunca ouvi nada tão maldoso! Mas quem sou eu para esperar que meus sentimentos sejam levados em conta!

— Rebecca — disse tia Kate, desesperada —, se você quiser Dusty Miller de volta, podemos trazê-lo.

— Por que não disse isso antes? — indagou Rebecca Dew. — Mas eu duvido. Jane Edmonds colocou suas garras nele. Acha que ela vai desistir dele?

— Acho que sim — disse tia Kate, que aparentemente se transformara em gelatina. — E, se ele voltar, você não vai nos deixar, vai, Rebecca?

— Vou pensar a respeito — disse Rebecca, com o ar de quem está fazendo uma tremenda concessão.

No dia seguinte, tia Chatty trouxe Dusty Miller para casa em uma cesta coberta. Eu flagrei um olhar trocado entre ela e tia Kate depois que Rebecca carregou Dusty Miller para a cozinha e fechou a porta. Eu me pergunto, será que tudo não passou de uma intrincada conspiração por parte das viúvas, auxiliadas e estimuladas por Jane Edmonds?

Rebecca nunca mais disse uma só palavra para reclamar de Dusty Miller, e desde então percebe-se um verdadeiro sabor de vitória em sua voz quando ela chama por ele na hora de dormir. Parece que ela queria que toda Summerside soubesse que Dusty Miller está de volta ao lugar que lhe pertence e que, mais uma vez, ela levou a melhor sobre as viúvas!

X

Era uma tarde de março escura e com muito vento, quando até mesmo as nuvens que deslizavam pelo céu pareciam ter pressa, que Anne subiu suavemente o lance triplo de degraus largos e rasos, flanqueados por urnas pedregosas e leões mais pedregosos ainda, que levaram à enorme porta da frente da Casa Tomgallon. Normalmente, quando passava pela casa depois de escurecer, era sombria e melancólica, com o brilho fraco de uma luz em uma ou duas janelas. Mas agora a casa brilhava e até mesmo laterais da casa estavam acesas, como se a srta. Minerva estivesse recebendo a cidade inteira. Tal iluminação em sua honra surpreendeu Anne. Ela quase desejou ter colocado o vestido creme.

Mesmo assim, estava muito charmosa no vestido verde de voile e talvez a srta. Minerva, ao encontrá-la no hall de entrada, pensasse assim, pois seu rosto e sua voz foram muito cordiais. A própria srta. Minerva estava majestosa em um vestido de veludo preto, um pente de diamantes nas pesadas espirais de seu cabelo grisalho e um enorme broche de camafeu rodeado por uma trança feita com os cabelos dos Tomgallon que já haviam partido. Todo o conjunto estava um pouco fora de moda, mas a srta. Minerva o usava com um ar tão grandioso que parecia tão atemporal quanto o da realeza.

— Bem-vinda a Casa Tomgallon, minha querida — disse ela, estendendo à Anne uma mão muito magra, igualmente bem salpicada de diamantes. — Estou muito feliz por tê-la aqui como minha convidada.

— Estou...

— A Casa Tomgallon sempre foi o balneário da beleza e da juventude nos velhos tempos. Costumávamos dar muitas festas e divertir todas as celebridades visitantes — disse a srta. Minerva, conduzindo Anne à grande escadaria sobre um desbotado tapete de veludo vermelho. — Mas tudo mudou agora. Eu me divirto muito pouco. Sou a última dos Tomgallon. Talvez deva ser assim. Nossa família, minha querida, está *sob uma Maldição*.

A srta. Minerva infundiu um matiz tão horrível de mistério e horror em seu tom que Anne quase estremeceu. A maldição dos Tomgallon! Que título para uma história!

— Esta é a escada pela qual meu bisavô Tomgallon caiu e quebrou o pescoço na noite da recepção, oferecida para comemorar a conclusão da nova casa. Esta casa foi consagrada com sangue humano. Ele caiu *ali* — a srta. Minerva apontou um longo dedo branco de forma tão dramática para um tapete de pele de tigre no corredor que Anne quase pôde ver o falecido Tomgallon morrendo ali.

Ela não sabia o que dizer, então disse estupidamente:

— Oh!

A srta. Minerva conduziu-a por um corredor decorado com retratos e fotografias de desbotada beleza, com o famoso vitral em sua extremidade, até um grande quarto de hóspedes de teto alto muito imponente. A cama alta de nogueira, com sua enorme cabeceira, estava coberta por uma colcha de seda tão linda que Anne sentiu que seria um pecado colocar seu casaco e chapéu nela.

— A senhorita tem um cabelo muito bonito, minha querida — disse a srta. Minerva com admiração. — Eu sempre gostei de cabelo ruivo. Minha tia Lydia tinha... ela era a única Tomgallon ruiva. Uma noite, enquanto o escovava no quarto norte, ele pegou fogo por causa da vela, e ela correu gritando pelo corredor envolta em chamas. Tudo parte da Maldição, minha querida... tudo parte da Maldição.

— Ela morreu?...

— Não, ela não morreu queimada, mas perdeu toda a beleza. Era muito bonita e vaidosa. E nunca mais saiu de casa desde aquela noite até o dia de sua morte... e deixou instruções para que seu caixão fosse fechado, para que ninguém visse o rosto marcado pelas cicatrizes. Não quer sentar-se para tirar as galochas, minha querida? É uma cadeira muito confortável. Minha irmã morreu nela de derrame. Era viúva e voltou para cá depois da morte do marido. A filha dela acabou sendo escaldada em nossa cozinha com uma panela de água fervente. Não é uma maneira trágica para uma criança morrer?

— Ah, mas como...

— Mas pelo menos nós soubemos *como* ela morreu. Minha meia tia Eliza... pelo menos, ela teria sido minha meia tia se tivesse vivido... simplesmente desapareceu quando tinha seis anos de idade. Ninguém nunca soube o que aconteceu com ela.

— Mas, certamente...

— Fizeram *todas* as buscas, mas nunca a encontraram. Disseram que a mãe... minha madrasta... foi muito cruel com uma sobrinha órfã de meu avô, que estava sendo criada aqui. Ela trancou-a no armário no topo da escada, num dia quente de verão, para puni-la e, quando foi soltá-la, a encontrou... *morta*. Algumas pessoas pensaram que foi castigo quando a própria filha desapareceu. Mas eu acho que era apenas nossa Maldição.

— Quem colocou...?

— Que peito do pé alto a senhorita tem, minha querida! Meu peito do pé também costumava ser admirado. Diziam que um riacho podia correr por baixo dele... o teste de um aristocrata.

A srta. Minerva modestamente tirou o calçado de debaixo da saia de veludo e revelou o que era sem dúvida um pé muito bonito.

— É com certeza...

— Gostaria de ver a casa, minha querida, antes de jantarmos? Costumava ser o orgulho de Summerside. Suponho que tudo seja muito antiquado agora, mas talvez haja algumas coisas de interesse. Essa espada pendurada no topo da escada pertencia ao meu tataravô, oficial do Exército britânico que recebeu uma concessão de terras na Ilha do Príncipe Edward por seus serviços. Ele nunca morou nesta casa, mas minha tataravó morou por algumas semanas. Ela não sobreviveu por muito tempo à morte trágica do filho.

A srta. Minerva marchou com Anne impiedosamente por toda a enorme casa, cheia de grandes cômodos quadrados... salão de festas, jardim de inverno, sala de bilhar, três salões, sala de café da manhã, dormitórios sem fim e um enorme sótão. Eles eram todos esplêndidos e sombrios.

— Aqueles ali são meu tio Ronald e meu tio Reuben — disse a srta. Minerva, indicando dois dignos cavalheiros que pareciam estar olhando muito carrancudos um para o outro de lados opostos de uma lareira. — Eram gêmeos e se odiavam amargamente desde o nascimento. A casa vibrava com suas brigas. Isso obscureceu a vida da mãe deles. E durante a briga final, nesta mesma sala, durante uma terrível tempestade, Reuben foi morto por um raio. Ronald nunca se recuperou. Ele foi um *homem assombrado* desde aquele dia. Sua esposa — acrescentou a srta. Minerva relembrando — engoliu a própria aliança de casamento.

— Que coisa ex...

— Ronald pensou ser uma coisa muito descuidada e não quis fazer nada a respeito. Um emético imediatamente poderia ter... mas nunca mais se ouviu falar disso. Isso estragou a vida dela. Ela sempre se sentiu tão *não casada* sem a aliança de casamento.

— Que linda...

— Oh, sim, aquela era minha tia Emilia... não minha tia de verdade, é claro. Apenas a esposa do tio Alexander. Ela era conhecida por sua aparência angelical, mas envenenou o marido com um ensopado de cogumelos... cogumelos venenosos mesmo. Sempre fingimos que tinha sido um acidente, porque assassinato é uma coisa tão complicada de se ter em família, mas todos sabíamos a verdade. Claro, ela se casou com ele contra sua vontade. Era uma jovem alegre, e ele era velho demais para ela. Dezembro e maio, minha querida. Ainda assim, realmente não justifica os cogumelos. Ela entrou em declínio logo depois. Estão enterrados juntos em Charlottetown... todos os Tomgallon estão enterrados em Charlottetown. Esta era minha tia Louise. Ela tomou láudano. O médico fez uma lavagem e a salvou, mas todos sentimos que nunca mais poderíamos confiar nela. Foi realmente um alívio quando ela morreu de pneumonia e de maneira respeitável. Claro, alguns de nós não a culpamos muito. Bem, minha querida, o marido dela a espancava.

— Espancava...

— Isso mesmo. Existem mesmo algumas coisas que nenhum cavalheiro deve fazer, minha querida, e uma delas é espancar a esposa. Derrubá-la... talvez... mas espancá-la, nunca! Eu gostaria — disse a srta. Minerva, toda majestosa — de ver o homem que ousasse *me* espancar.

Anne sentiu que gostaria de ver também. Depois percebeu que existem limites para a imaginação, afinal. Em momento nenhum ela conseguia imaginar um marido espancando a srta. Minerva Tomgallon.

— Este é o salão de baile. Claro que nunca é usado agora. Mas houve muitos bailes aqui. Os bailes dos Tomgallon eram famosos. Pessoas de toda a Ilha vinham até aqui. Aquele lustre custou a meu pai quinhentos dólares. Minha tia-avó Patience caiu morta enquanto dançava aqui uma noite... bem ali naquele canto. Ela estava atormentada demais por causa de um homem que a decepcionara. Não consigo imaginar nenhuma garota tendo o coração partido por causa de um homem. Homens — disse a srta. Minerva, olhando para uma fotografia de seu pai; uma pessoa com os bigodes eriçados nas laterais e um nariz de falcão — sempre me pareceram criaturas tão *triviais*.

XI

A sala de jantar estava à altura do restante da casa. Nela havia outro lustre ornamentado, um espelho com moldura dourada também ornamentada sobre a lareira e uma mesa lindamente posta com prata e cristal e o antigo e maravilhoso aparelho de jantar Crown Derby.[1] O jantar, servido por uma empregada bastante sombria e idosa, foi abundante e estava delicioso, e o apetite jovem e saudável de Anne fez justiça a ele. A srta. Minerva ficou em silêncio por um tempo, e Anne não ousou dizer nada, com medo de iniciar outra avalanche de tragédias. Em determinado momento, um grande e elegante gato preto entrou na sala e sentou-se ao lado da srta. Minerva com um miado rouco. A srta. Minerva serviu um pires de creme e o colocou diante dele. Ela parecia tão mais humana depois disso que Anne perdeu uma boa parte de seu espanto com a última herdeira dos Tomgallon.

— Sirva-se de mais pêssegos, minha querida. A senhorita não comeu nada... absolutamente nada.

---

[1] Royal Crown Derby, fabricante de porcelana com sede em Derby, na Inglaterra. A empresa, famosa pela porcelana branca de alta qualidade, tem produzido louças e outros ornamentos desde aproximadamente 1750.

— Oh, srta. Tomgallon, eu adorei...

— Os Tomgallon sempre oferecem uma boa mesa — disse a srta. Minerva complacentemente. — Minha tia Sophia fazia o melhor pão de ló que já provei. Acho que a única pessoa que meu pai realmente odiou que tivesse vindo à nossa casa foi sua irmã Mary, porque ela tinha um apetite fraquíssimo. Ela apenas cortava a comida e a provava. Ele tomava isso como um insulto pessoal. Meu pai era um homem demasiadamente implacável. Nunca perdoou meu irmão Richard por se casar contra sua vontade. Expulsou-o de casa e nunca mais o autorizou a voltar. Meu pai sempre rezava o pai-nosso em família todas as manhãs, mas, depois de Richard tê-lo ignorado, ele sempre deixou de fora a frase: "Perdoai nossas ofensas assim como perdoamos a quem nos tenha ofendido". Ainda consigo vê-lo — disse a srta. Minerva com ar sonhador — ajoelhado ali e omitindo esse trecho da oração.

Depois do jantar, foram para a menor das três salas... que ainda era bastante grande e sombria, mas onde a lareira produzia um calor reconfortante e bastante amigável. Anne fez crochê em um conjunto de guardanapos, e a srta. Minerva tricotou uma manta, mantendo o que era praticamente um monólogo composto de grande parte da história colorida e horripilante dos Tomgallon.

— Esta é uma casa de memórias trágicas, minha querida.

— Srta. Tomgallon, nunca aconteceu *nada* agradável nesta casa? — perguntou Anne, conseguindo dizer uma frase completa por mero acaso. A srta. Minerva havia parado de falar para assoar o nariz.

— Oh, suponho que sim — disse a srta. Minerva, como se odiasse admitir. — Sim, claro, costumávamos ter momentos muito alegres aqui quando eu era menina. Alguém me disse que a senhorita está escrevendo um livro sobre cada pessoa de Summerside, minha querida.

— Eu não estou... isso não é verdade...

— Oh! — A srta. Minerva ficou visivelmente um pouco desapontada. — Bem, se algum dia o escrever, tem a liberdade de usar qualquer uma de nossas histórias que quiser, talvez com nomes trocados. E agora o que diria de uma partida de parcheesi?[2]

— Receio que já seja hora de eu ir para casa.

— Oh, minha querida, não pode ir para casa esta noite. Está chovendo muito forte, e ouça só o vento. Não tenho mais uma carruagem hoje em dia... não usaria quase nunca... e a senhorita não pode caminhar quase um quilômetro sob esse dilúvio. É minha convidada para passar a noite.

Anne não tinha certeza se queria passar uma noite na Casa Tomgallon. Mas também não queria caminhar até Windy Poplars em uma tempestade de março. Então jogaram uma partida de parcheesi, na qual a srta. Minerva ficou tão interessada que até se esqueceu de falar sobre horrores... e então fizeram um "lanche antes de dormir". Comeram torradas com canela e beberam chocolate quente em antigas xícaras da finíssima e maravilhosa porcelana dos Tomgallon.

Por fim, a srta. Minerva a levou para um quarto de hóspedes, que Anne, a princípio, ficou feliz em ver que não era onde a irmã da srta. Minerva morrera de derrame.

— Este é o quarto da tia Annabella — disse a srta. Minerva, enquanto acendia as velas nos castiçais de prata sobre uma penteadeira verde muito bonita e desligava o gás. Matthew Tomgallon explodiu o gás uma noite... e o gás em seguida explodiu Matthew Tomgallon. — Era a mais bonita de todos os Tomgallon. Essa é a foto dela acima do espelho. Notou que boca orgulhosa ela tinha? Ela fez aquela colcha incrível

---

[2] Parcheesi é uma adaptação norte-americana de um jogo de tabuleiro indiano com cruz e círculo. Pode ser jogado por até quatro jogadores, ou em duplas. Vence quem consegue percorrer o tabuleiro e levar todas as suas fichas antes do(s) adversário(s).

que está sobre a cama. Espero que se sinta confortável, minha querida. Mary arejou a cama e colocou dois tijolos quentes nela. E ela arejou esta camisola para a senhorita... — disse, apontando para uma ampla peça de roupa de flanela dobrada sobre uma cadeira e cheirando fortemente a bolinhas de naftalina. — Espero que sirva na senhorita. Não é usada desde que a pobre mamãe morreu com ela. Ah, quase me esqueci de contar. — A srta. Minerva voltou para a porta — Este é o quarto em que Oscar Tomgallon voltou à vida depois de ser considerado morto por dois dias. Eles *não queriam que ele voltasse*, a senhorita sabe, essa foi a tragédia. Espero que durma bem, minha querida.

Anne não sabia se conseguiria dormir ou não. De repente, parecia que havia algo estranho no quarto... algo um pouco hostil. Mas não existiria algo de estranho em qualquer aposento que fora ocupado por várias gerações? A morte se escondera ali... o amor florescera ali... nascimentos aconteceram ali... todas as paixões e todas as esperanças... um aposento assim está repleto de ressentimentos.

Mas essa era, na verdade, uma velha casa terrível, repleta de fantasmas cheios de ódios, pessoas mortas e corações partidos, carregada de eventos sombrios que nunca foram arrastados para a luz e ainda apodreciam em seus cantos e buracos ocultos. Muitas mulheres devem ter chorado ali. O vento uivava assustadoramente nos pinheiros perto da janela. Por um momento, Anne teve vontade de sair correndo, com tempestade e tudo.

Então, se controlou com resolução e deu voz ao bom senso. Se coisas trágicas e terríveis aconteceram ali, muitos e sombrios anos atrás, coisas divertidas e adoráveis devem ter acontecido também. Garotas bonitas e alegres dançaram ali e conversaram sobre seus encantadores segredos; bebês com covinhas nasceram ali; houve casamentos, bailes, música e risos. A senhora do pão de ló deve ter sido uma criatura maravilhosa, e o imperdoável Richard, um amante galante.

"Vou pensar nessas coisas e ir para a cama. Que colcha para dormir! Pergunto-me se estarei tão maluca pela manhã. E este é um quarto extra! Nunca me esqueço como ficava animada em ser convidada para dormir no quarto de hóspedes de alguém."

Anne soltou e escovou o cabelo debaixo do nariz de Annabella Tomgallon, que a olhou fixamente com uma expressão em que havia orgulho e vaidade, e algo de insolência e grande beleza. Anne se sentiu um pouco assustada ao se olhar no espelho. Quem sabia que rostos estariam olhando-a de volta? Todas as trágicas e assombradas mulheres que já o miraram, talvez. Corajosamente abriu a porta do armário, meio que esperando que vários esqueletos caíssem para fora, e pendurou o vestido. Sentou-se com calma em uma cadeira dura e desconfortável, que parecia que ficaria ofendida se alguém se sentasse nela, e tirou os sapatos. Em seguida, vestiu a camisola de flanela, apagou as velas e deitou-se na cama, agradavelmente aquecida pelos tijolos de Mary. Por algum tempo, a chuva caindo nas vidraças e o guincho do vento em torno dos velhos beirais a impediram de dormir. Então, se esqueceu de todas as tragédias dos Tomgallon em um sono sem sonhos, até que se viu olhando para os ramos de pinheiros escuros contra um vermelho nascer do sol.

— Gostei muito de tê-la aqui, minha querida — disse a srta. Minerva enquanto Anne saía, depois do café da manhã. — Tivemos uma noite bem animada, não? Embora eu viva sozinha há tanto tempo que quase me esqueci de como falar. E não preciso dizer que é um prazer conhecer uma jovem realmente charmosa e nem um pouco mimada nessa idade frívola. Não lhe contei ontem, mas era meu aniversário, e foi muito agradável ter um pouco de juventude em casa. Não há ninguém para se lembrar do meu aniversário agora... — a srta. Minerva deu um leve suspiro — mas houve uma época em que muita gente se lembrava.

— Bem, suponho que tenha ouvido uma ladainha de histórias sombrias — disse tia Chatty naquela noite.

— Todas aquelas coisas que a srta. Minerva me disse realmente aconteceram, tia Chatty?

— Bem, o estranho é que sim — disse tia Chatty. — É uma coisa curiosa, srta. Shirley, mas muitas coisas horríveis aconteceram aos Tomgallon.

— Não sei se houve muito mais coisas do as que acontecem em qualquer grande família no decorrer de seis gerações — disse tia Kate.

— Oh, eu acho que sim. Eles de fato pareciam estar sob uma maldição. Muitos deles morreram de forma repentina ou violenta. É claro que há um traço de insanidade neles... todo mundo sabe. Isso já seria maldição suficiente... mas já ouvi uma história antiga... não me lembro dos detalhes... do carpinteiro que construiu a casa e a amaldiçoou. Algo sobre o contrato... o velho Paul Tomgallon o obrigou a construí-la e isso o arruinou, custou muito mais do que ele havia imaginado.

— A srta. Minerva parece bastante orgulhosa da maldição — disse Anne.

— Oh, pobrezinha, isso é tudo o que ela tem — disse Rebecca Dew.

Anne sorriu ao pensar na imponente srta. Minerva sendo referida como uma pobre velha. Em seguida, foi para seu quarto na torre e escreveu para Gilbert:

Eu pensava que a Casa Tomgallon fosse um lugar velho e sonolento onde nada acontecesse. Bem, talvez as coisas não aconteçam agora, mas evidentemente aconteceram. *A pequena Elizabeth está sempre falando do Amanhã. Mas a velha casa dos Tomgallon é o Ontem. Fico feliz por não viver no Ontem... e o Amanhã ainda ser um amigo.*

Claro, acho que a srta. Minerva tem todo o gosto dos Tomgallon para os holofotes e obtém uma satisfação infinita com suas tragédias.

São para ela o que marido e filhos são para outras mulheres. Mas, oh, Gilbert, não importa quantos anos tivermos juntos, sei que nunca vamos ver a vida como uma tragédia e nos deleitar com isso. Acho que odiaria uma casa com cento e vinte anos. Espero que, quando conseguirmos nossa casa dos sonhos, ela seja nova, sem fantasmas e sem tradição, ou, se isso não for possível, pelo menos que tenha sido ocupada por pessoas razoavelmente felizes. Nunca esquecerei minha noite na Casa Tomgallon. E, pela primeira vez na minha vida, conheci alguém que conseguiu me deixar deprimida com sua conversa.

XII

A pequena Elizabeth Grayson nasceu esperando que as coisas acontecessem. O fato de quase nunca acontecerem sob os olhos vigilantes da avó e da Mulher nunca ofuscou suas esperanças nem minimamente. As coisas estavam prestes a acontecer algum dia... se não hoje, amanhã.

Quando a srta. Shirley veio morar em Windy Poplars, Elizabeth sentiu que o Amanhã deveria estar muito próximo e sua visita a Green Gables foi como uma amostra disso. Mas agora, no mês de junho do terceiro e último ano da srta. Shirley na escola Summerside, o coração da pequena Elizabeth caiu ao nível das lindas botas de abotoar que a avó lhe dera para usar. Muitas crianças na escola onde estudava a invejavam por aquelas lindas botas infantis abotoadas. Mas a pequena Elizabeth não se importava com botas abotoadas, já que não conseguia trilhar o caminho da liberdade com elas. E agora sua adorada srta. Shirley estava indo embora para sempre. No final de junho, ela deixaria Summerside e voltaria para aquele lindo lugar que era Green Gables. A pequena Elizabeth simplesmente não conseguia suportar a ideia. De nada adiantava a srta. Shirley prometer que a levaria para Green Gables no verão antes de se casar. A pequena Elizabeth sabia de alguma forma que a avó não a deixaria ir de novo. Sabia que a avó nunca tinha realmente aprovado sua intimidade com a srta. Shirley.

— Será o fim de tudo, srta. Shirley — ela soluçou.

— Esperemos, querida, que seja apenas um novo começo — disse Anne com alegria. Mas ela mesma se sentia abatida. Nenhuma palavra jamais veio do pai da pequena Elizabeth. Ou a carta dela nunca chegou até ele ou ele não se importou. E, se ele não se importava, o que seria de Elizabeth? Já era ruim o suficiente agora em sua infância, mas o que seria dela mais tarde?

— Essas duas velhas vão mandar nela até a morte — dissera Rebecca Dew. Anne sentiu que havia mais verdade do que elegância em seu comentário.

Elizabeth sabia que era "mandada". E ela se ressentia especialmente de ser mandada pela Mulher. Não gostava da avó, é claro, mas admitia com relutância que talvez uma avó tivesse o direito de mandar nela. Mas que direito tinha a Mulher? Elizabeth sempre quis perguntar. Em algum momento ela *faria* isso... quando o Amanhã chegasse. E, ah, como ela gostaria de ver o rosto da Mulher!

A avó nunca deixaria a pequena Elizabeth sair para passear sozinha... por medo, disse ela, de ser sequestrada por ciganos. Uma criança havia sido sequestrada uma vez, quarenta anos antes. Era raro ciganos virem para a Ilha hoje em dia, e a pequena Elizabeth achava que isso era apenas uma desculpa. Mas por que a avó se importaria se ela fosse sequestrada ou não? Elizabeth sabia que ela e a Mulher não a amavam de forma nenhuma. Se nem mesmo a mencionavam pelo nome. Sempre se referiam a ela como "a criança". Como Elizabeth odiava ser chamada de "a criança", assim como elas poderiam estar falando do "cachorro" ou do "gato", se tivessem um. Mas quando Elizabeth ousou protestar, o rosto da avó ficou sombrio e zangado, e ela foi punida por impertinência, enquanto a Mulher olhava, satisfeita. A pequena Elizabeth sempre se perguntava por que a Mulher a odiava. Por que alguém odiaria você quando se era tão pequeno? Valia a pena odiá-la? A pequena Elizabeth não sabia que a mãe cuja vida ela custara fora a queridinha daquela velha amarga e, se soubesse, não poderia ter entendido que formas distorcidas o amor frustrado pode assumir.

A pequena Elizabeth odiava os sombrios, os esplêndidos Evergreen, onde tudo parecia desconhecido para ela, embora tivesse vivido ali durante toda a vida. Mas, depois que a srta. Shirley veio para Windy Poplars, tudo mudou magicamente. A pequena Elizabeth viveu em um mundo de romance após a chegada da srta. Shirley. Havia beleza onde quer que olhasse. Felizmente, a avó e a Mulher não conseguiam evitar que ela visse as coisas, embora Elizabeth não tivesse dúvidas de que o fariam se pudessem. As curtas caminhadas ao longo da mágica e vermelha estrada para o porto, que ela raramente tinha permissão de compartilhar com a srta. Shirley, eram os pontos altos de sua vida sombria. Ela amou tudo o que viu... o farol distante pintado em estranhos anéis vermelhos e brancos... as margens distantes e azul-escuras... as pequenas ondas azuis prateadas... as luzes dos faróis que brilhavam através dos crepúsculos violeta... tudo lhe dava tanto prazer que doía. E o porto com suas ilhas esfumaçadas e crepúsculos brilhantes! Elizabeth sempre subia até uma janela no telhado da casa para observá-los entre as copas das árvores... e os navios que zarpavam ao nascer da lua. Navios que voltavam... navios que nunca mais voltavam. Elizabeth ansiava por estar em um deles... em uma viagem para a Ilha da Felicidade. Os navios que nunca mais voltavam ficavam lá, onde era sempre o Amanhã.

Aquela misteriosa estrada vermelha seguia sem parar e seus pés coçavam para segui-la. Para onde ela vai? Às vezes, Elizabeth pensava que explodiria se não descobrisse. Quando o Amanhã realmente viesse, ela sairia dali e talvez encontrasse uma ilha só sua, onde ela e a srta. Shirley pudessem morar sozinhas e a avó e a Mulher nunca pudessem vir. Ambas odiavam água e não colocariam os pés em um barco por nada. A pequena Elizabeth gostava de se imaginar parada em sua ilha zombando delas, enquanto olhavam em vão do continente.

— Já é Amanhã — ela as provocaria. — Vocês não podem mais me pegar. Vocês só estão no Hoje

Que divertido seria! Como ela gostaria de ver o rosto da Mulher!

Então, certa noite, no final de junho, uma coisa incrível aconteceu. A srta. Shirley disse à sra. Campbell que ela tinha uma missão no dia seguinte em Flying Cloud para ver uma tal de sra. Thompson, que era a coordenadora do comitê de refrescos do Grupo Assistencial das Senhoras e será que poderia levar Elizabeth com ela? A avó concordou, com sua severidade habitual... Elizabeth nunca conseguiu entender por que ela concordou, estando completamente alheia ao horror dos Pringle a uma informação que a srta. Shirley possuía... mas ela concordou.

— Vamos descer até a foz do porto — sussurrou Anne — depois que eu terminar minha missão em Flying Cloud.

A pequena Elizabeth foi para a cama tão animada que não esperava pregar o olho. Enfim ela responderia ao chamado da estrada que clamava por ela havia tanto tempo. Apesar da empolgação, cumpriu conscienciosamente seu pequeno ritual de deitar-se. Dobrou as roupas, escovou os dentes e penteou os cabelos dourados. Ela achava que tinha um cabelo muito bonito, embora fosse evidente que não era como o adorável vermelho-dourado da srta. Shirley, com as ondulações e os pequenos cachos de amor que se enrolavam em torno de suas orelhas. A pequena Elizabeth teria dado qualquer coisa para ter o cabelo como o da srta. Shirley.

Antes de ir para a cama, a pequena Elizabeth abriu uma das gavetas da velha escrivaninha alta, preta e polida e tirou uma foto cuidadosamente escondida sob uma pilha de lenços... um retrato da srta. Shirley que ela recortara de uma edição especial do *Weekly Courier*, que reproduzia uma fotografia do corpo docente da escola Summerside.

— Boa noite, querida srta. Shirley — ela beijou a foto e a devolveu ao seu esconderijo. Então subiu na cama e aninhou-se sob os cobertores... pois a noite de junho estava fresca e a brisa do porto era forte. Na verdade, nessa noite houve mais do que uma brisa. Foi um vento que assobiava, batia, sacudia, e Elizabeth sabia que o porto era uma extensão das ondas agitadas sob o luar. Que divertido seria estar perto dele sob a lua! Mas só no Amanhã se poderia fazer isso.

Onde ficava Flying Cloud? Que nome! De novo, direto do Amanhã. Era enlouquecedor estar tão perto do Amanhã e não ser capaz de entrar nele. Mas e se o vento trouxesse chuva amanhã! Elizabeth sabia que nunca teria permissão para ir a lugar nenhum se chovesse.

Sentou-se na cama e juntou as mãos.

— Querido Deus — disse ela —, não gosto de me intrometer, mas *pode* dar um jeito de amanhã ficar tudo bem? *Por favor*, meu Deus.

A tarde seguinte foi gloriosa. A pequena Elizabeth sentiu como se tivesse se libertado de grilhões invisíveis quando ela e a srta. Shirley se afastaram daquela casa sombria. Ela sorveu um grande gole de liberdade, mesmo que a Mulher parecesse carrancuda através do vidro vermelho da grande porta da frente. Como é maravilhoso caminhar pelo mundo com a adorável srta. Shirley! Era sempre encantador estar sozinha com a srta. Shirley. O que ela faria quando a srta. Shirley fosse embora? Mas a pequena Elizabeth afastou esse pensamento com firmeza. Não estragaria o dia pensando nisso. Talvez... um ótimo talvez... ela e a srta. Shirley entrariam no Amanhã esta tarde e então elas nunca se separariam. A pequena Elizabeth só queria caminhar calmamente em direção ao azul do fim do mundo, absorvendo a beleza ao seu redor. Cada curva da estrada revelava novos encantos... e ela girava e se torcia sem parar, seguindo as curvas de um minúsculo rio que parecia ter surgido do nada.

Por todos os lados, havia campos de botões de ouro e trevos onde abelhas zumbiam. De vez em quando, elas caminhavam por uma via láctea de margaridas. Bem longe, o estreito ria delas em ondas prateadas. O porto era como seda molhada. A pequena Elizabeth gostava mais assim do que quando era como cetim azul-claro. Elas sorveram o vento. Era um vento muito suave, que ronronava ao redor delas e parecia persuadi--las.

— Não é bom andar com o vento desse jeito? — disse a pequena Elizabeth.

— Um vento agradável, amigável e perfumado — disse Anne, mais para si mesma do que para Elizabeth. — Um vento que eu pensava ser um *mistral*.[1] O mistral deveria ter *esse* som. Que decepção quando descobri que era um vento forte e desagradável!

Elizabeth não entendeu muito bem... ela nunca tinha ouvido falar do mistral... mas a música da voz de sua amada era suficiente para ela. O próprio céu estava alegre. Um marinheiro com brincos de ouro nas orelhas — o tipo de pessoa que se encontraria no Amanhã — sorriu ao passar por elas. Elizabeth pensou em um versículo que aprendera na escola dominical: "E as colinas se vestem de alegria".[2] A pessoa que escreveu aquilo já tinha visto colinas como aquelas, azuis sobre o porto?

— Acho que essa estrada leva direto a Deus — disse ela com ar sonhador.

— Talvez — disse Anne. — Talvez todas as estradas levem, pequena Elizabeth. Nós viramos aqui agora mesmo. Precisamos ir para aquela ilha... ali é Flying Cloud.

---

[1] Mistral é um vento que transporta ar de alta densidade de um ponto elevado para a encosta, devido à ação da gravidade. São também chamados de "ventos de outono".

[2] Salmos 65,12.

Flying Cloud era uma ilhota longa e estreita, situada a cerca de quatrocentos metros da costa. Havia árvores nela e uma casa. A pequena Elizabeth sempre desejou ter uma ilha própria, com uma pequena baía de areia prateada.

— Como vamos chegar lá?

— Vamos remar nesse barquinho — disse a srta. Shirley, pegando os remos em um pequeno barco amarrado a uma árvore inclinada.

A srta. Shirley sabia remar. Havia alguma coisa que a srta. Shirley não pudesse fazer? Quando chegaram, a ilha provou ser um lugar fascinante onde tudo pode acontecer. Claro que ali era o Amanhã. Ilhas como aquela não acontecem, exceto no Amanhã. Elas não fazem parte da monotonia do Hoje.

Uma pequena empregada que as recebeu na porta da casa disse que Anne encontraria a sra. Thompson na outra extremidade da ilha, colhendo morangos silvestres. Imagine uma ilha onde cresciam morangos silvestres!

Anne foi procurar a sra. Thompson, mas primeiro perguntou se a pequena Elizabeth poderia esperar na sala de estar. Anne estava achando que ela parecia bastante cansada depois de sua longa caminhada, à qual não estava acostumada, e precisava descansar. A pequena Elizabeth achava que não, mas o mais leve desejo da srta. Shirley era lei.

Era uma sala linda, com flores por toda a parte, com brisas marinhas entrando pelas janelas. Elizabeth gostou do espelho sobre a lareira, que refletia a sala tão lindamente, e, através da janela aberta, tinha um vislumbre do porto, da colina e do estreito.

De repente, um homem entrou pela porta. Elizabeth sentiu um momento de consternação e terror. Era um cigano? Ele não era parecido com sua ideia de cigano, mas é claro que ela nunca tinha visto um. Podia ser um... e, então, em um rápido lampejo de intuição, Elizabeth decidiu que não se importava se ele a sequestrasse. Ela gostava dos seus olhos castanhos enrugados, seu cabelo castanho encaracolado, seu queixo quadrado e seu sorriso. Pois ele sorria.

— Mas, diga-me, quem é você? — ele perguntou.

— Eu sou... eu sou eu — hesitou Elizabeth, ainda um pouco atrapalhada.

— Oh, com certeza... você. Surgiu do mar, eu suponho... veio das dunas... nenhum nome conhecido entre os mortais.

Elizabeth sentiu que estava se divertindo às suas custas. Mas ela não se importou. Na verdade, ela gostou bastante. Mas respondeu com um pouco de afetação.

— Meu nome é Elizabeth Grayson.

Houve um silêncio... um silêncio muito estranho. O homem a olhou por um momento sem dizer nada. Então ele educadamente pediu que ela se sentasse.

— Estou esperando a srta. Shirley — explicou ela. — Ela foi ver a sra. Thompson sobre a Ceia do Grupo Assistencial das Senhoras. Quando ela voltar, iremos para o fim do mundo. Agora, se tem alguma intenção de me sequestrar, sr. Homem!

— Claro. Mas enquanto isso você pode muito bem ficar à vontade. E eu devo fazer as honras. De que gostaria em termos de refrescos? É provável que o gato da sra. Thompson tenha trazido algo.

Elizabeth se sentou. Ela se sentia estranhamente feliz e em casa.

— Posso pedir apenas o que eu gosto?

— Claro.

— Então — disse Elizabeth triunfante —, eu gostaria de um pouco de sorvete com geleia de morango.

O homem tocou uma campainha e deu uma ordem. Sim, isso aqui deve ser o Amanhã. Não há dúvida quanto a isso. Sorvete e geleia de morango não aparecem dessa maneira mágica no Hoje, com ou sem gato.

— Vamos reservar um pouco para a sua srta. Shirley — disse o homem.

E de imediato se tornaram bons amigos. O homem não falava muito, mas olhava para Elizabeth com frequência. Havia uma ternura em seu rosto... uma ternura que ela nunca vira antes no rosto de ninguém, nem mesmo no da srta. Shirley. Sentiu que ele gostava dela. E sabia que gostava dele.

Finalmente, ele olhou pela janela e se levantou.

— Acho que devo ir agora — disse ele. — Vejo a sua srta. Shirley subindo pelo caminho, então você não estará sozinha.

— Não vai esperar para ver a srta. Shirley? — perguntou Elizabeth, lambendo a colher para tirar o último vestígio da geleia. A avó e a Mulher teriam morrido de horror se a tivessem visto.

— Não desta vez — disse o homem.

Elizabeth sabia que ele não tinha a menor intenção de sequestrá-la e sentiu o mais estranho e inexplicável sentimento de decepção.

— Até logo e obrigada — disse ela com educação. — É muito bom aqui no Amanhã.

— Amanhã?

— Hoje é o Amanhã — explicou Elizabeth. — Sempre quis entrar no Amanhã e agora eu consegui.

— Oh, entendo. Bem, sinto dizer que não me importo muito com o Amanhã. Eu gostaria de voltar ao Ontem.

A pequena Elizabeth ficou com pena dele. Mas como ele poderia estar infeliz? Como alguém que vive no Amanhã pode ser infeliz?

Elizabeth olhou ansiosamente para Flying Cloud enquanto elas iam embora remando. Assim que abriram caminho por entre os pinheiros silvestres que margeavam a costa até a estrada, ela se virou para dar outra olhada de despedida. Uma parelha de cavalos galopantes, presa a uma carroça, girou em torno da curva, evidentemente fora do controle do cocheiro.

Elizabeth ouviu a srta. Shirley gritar...

XIII

A sala começou a girar de forma estranha. A mobília também se mexeu. A cama… como ela fora parar em uma cama? Alguém de quepe branco estava saindo pela porta. Que porta? Como sua cabeça parecia estranha! Havia vozes em algum lugar… vozes baixas. Ela não conseguia ver quem estava falando, mas de alguma forma sabia que era a srta. Shirley e o homem.

O que estavam dizendo? Elizabeth ouviu frases aqui e ali, saindo de uma confusão de murmúrios.

— O senhor realmente é…? — A voz da srta. Shirley parecia muito animada.

— Sim… sua carta… vi por mim mesmo… antes de chegar até a sra. Campbell… Flying Cloud é a casa de verão de nosso gerente geral…

Se aquele quarto apenas ficasse parado! De fato, as coisas agiam de forma bastante estranha no Amanhã. Se ela pudesse virar a cabeça e ver quem estava falando… Elizabeth deu um longo suspiro.

Logo eles foram até ela… a srta. Shirley e o homem. A srta. Shirley toda alta e branca como um lírio, parecendo ter passado por uma experiência assustadora, mas com uma faísca brilhando dentro dela… um brilho que parecia parte da luz

381

dourada do pôr do sol que de repente inundou o cômodo. O homem sorria para ela. Elizabeth sentia que ele a amava muito, e que havia algum segredo terno e querido entre eles, que ela descobriria assim que aprendesse a língua falada no Amanhã.

— Está se sentindo melhor, querida? — perguntou a srta. Shirley.

— Eu estive doente?

— Você foi derrubada por uma parelha de cavalos em fuga na estrada do continente — disse a srta. Shirley. — Eu... não fui rápida o suficiente. Pensei que a tivessem matado. Trouxe você de volta aqui para o apartamento do seu... deste senhor, ele telefonou para chamar um médico e uma enfermeira.

— Eu vou morrer? — disse a pequena Elizabeth.

— Não, claro que não, querida. Você ficou apenas atordoada e logo ficará bem. E, Elizabeth, querida, este é o seu pai.

— Meu pai está na França. Eu também estou na França? — Elizabeth não teria ficado surpresa com isso. Não era o Amanhã? Além disso, as coisas ainda estavam um pouco estranhas.

— Papai está bem aqui, meu doce. — Ele tinha uma voz tão encantadora... e ela o amava por sua voz. Ele se curvou e a beijou. — Eu vim por sua causa. Nós nunca mais nos separaremos.

A mulher de quepe branco estava voltando. De alguma forma, Elizabeth sabia que tudo o que tinha a dizer precisava ser dito antes de a moça entrar.

— Vamos morar juntos?

— Para sempre — disse o pai.

— E a avó e a Mulher vão morar conosco?

— Não, elas não vão — disse o pai.

O dourado do pôr do sol estava desbotando, e a enfermeira parecia contrariada. Mas Elizabeth não se importou.

— Encontrei o Amanhã — disse ela, enquanto a enfermeira observava o pai e a srta. Shirley saírem.

— Encontrei um tesouro que não sabia que possuía — disse o pai, enquanto a enfermeira fechava a porta na cara dele. — E nunca poderei agradecê-la o suficiente por sua carta, srta. Shirley.

E então, escreveu Anne a Gilbert naquela noite, *a estrada misteriosa da pequena Elizabeth levou-a até a felicidade e ao fim de seu velho mundo.*

XIV

Windy Poplars
Alameda do Susto,
(Pela última vez)
27 de junho

Querido,

Cheguei a outra curva na estrada. Escrevi muitas cartas para você neste velho quarto da torre nos últimos três anos. Suponho que esta seja a última que escreverei a você por muito, muito tempo. Porque, depois disso, não haverá necessidade de cartas. Em apenas algumas semanas, pertenceremos um ao outro para sempre... estaremos juntos. Pense nisso... em estarmos juntos... conversando, caminhando, comendo, sonhando, planejando juntos... compartilhando os momentos maravilhosos um com o outro... fazendo da nossa casa dos sonhos um lar. **Nossa** *casa! Isso não soa místico e maravilhoso, Gilbert? Tenho sonhado com inúmeras casas por toda a minha vida e agora uma delas vai se tornar realidade. Quanto a com quem eu realmente quero dividir minha casa dos sonhos... bem, vou lhe dizer às quatro horas do ano que vem.*

Três anos pareciam intermináveis no início, Gilbert. E agora eles se foram como uma noite de vigília. Foram anos muito felizes... exceto por aqueles primeiros meses com os Pringle. Depois disso, a vida pareceu fluir como se por um rio dourado e agradável. E minha velha rixa com os Pringle parece um sonho. Eles gostam de mim agora por quem eu sou... se esqueceram que um dia me odiaram. Cora Pringle, uma das netas da viúva Pringle, trouxe-me um buquê de rosas ontem e enrolado em volta dos caules havia um pedaço de papel com a legenda "Para a professora mais doce do mundo inteiro". Imagine isso de uma Pringle!

Jen está com o coração partido porque estou indo embora. Vou acompanhar a carreira dela com interesse. Ela é brilhante e bastante imprevisível. Uma coisa é certa... não será uma existência comum. Ela não pode se parecer tanto com Becky Sharp à toa.

Lewis Allen está indo para o McGill. Sophy Sinclair está indo para a Queen's Academy. Então, ela pretende ensinar até que tenha economizado dinheiro suficiente para ir para a Escola de Arte Dramática em Kingsport. Myra Pringle vai "debutar na sociedade" no outono. Ela é tão bonita que não importa se não reconheceria um particípio nem se o encontrasse na rua.

E não há mais uma pequena vizinha do outro lado da porta coberta de videiras. A pequena Elizabeth partiu para sempre daquela casa sem o brilho do sol... foi para o Amanhã dela. Se eu ficasse em Summerside, ficaria muito triste, sentindo a falta dela. Mas, do jeito que está, estou feliz. Pierce Grayson a levou com ele. Ele não voltará a Paris; em vez disso, vai morar em Boston. Elizabeth chorou amargamente em nossa despedida, mas ela está tão feliz com o pai que tenho certeza de que suas lágrimas logo secarão. A sra. Campbell e a Mulher foram muito ríspidas com toda a situação e colocaram toda a culpa em mim... o que aceito com alegria e sem arrependimento.

— Ela tinha uma boa casa aqui — disse a sra. Campbell majestosamente.

"Onde nunca ouviu uma única palavra de afeto", pensei, mas não disse.

— Acho que serei Betty o tempo todo agora, querida srta. Shirley — foram as últimas palavras de Elizabeth. — Exceto — ela gritou de volta — quando estiver com saudades, então serei Lizzie.

— Nunca se atreva a ser Lizzie, não importa o que aconteça — eu disse.

Nós nos lançamos beijos enquanto pudemos nos ver, e eu vim para o meu quarto na torre com lágrimas nos olhos. Ela foi sempre tão doce, uma coisinha querida e dourada. Ela sempre me pareceu uma pequena harpa eólica, tão sensível ao menor sopro de afeto que viesse em seu caminho. Foi uma aventura ser sua amiga. Espero que Pierce Grayson perceba a filha que tem... e acho que ele sabe. Ele parecia muito grato e arrependido.

— Eu não tinha percebido que ela não era mais um bebê — disse ele — nem como o ambiente dela era hostil. Agradeço mil vezes por tudo que você fez por ela.

Mandei emoldurar nosso mapa do país das fadas e dei-o para a pequena Elizabeth como uma lembrança de despedida.

Estou triste por deixar Windy Poplars. Claro, estou de fato um pouco cansada de viver em uma caixa, mas adorei aqui... amei minhas frescas horas da manhã na minha janela... amei minha cama para onde escalei todas as noites... amei minha almofada de rosquinha azul... amei todos os ventos que sopraram. Receio nunca mais ser tão amiga dos ventos novamente como fui aqui. E algum dia voltarei a ter um quarto de onde consiga ver tanto o sol nascente como o poente?

Finalizei com Windy Poplars e com os anos que me ligam a este lugar eu mantive a fé. Nunca revelei o esconderijo da tia Chatty para a tia Kate ou o segredo do leitelho de cada uma para as outras.

Acho que todos estão tristes por eu ir... e estou feliz por isso. Seria terrível pensar que estavam felizes pela minha partida... ou que não sentiriam nem um pouco a minha falta quando eu fosse. Rebecca Dew está preparando todos os meus pratos favoritos há uma semana... ela até abdicou de dez ovos para o bolo de anjo duas vezes... e está usando a porcelana "de verdade". E os olhos castanhos e suaves da tia Chatty transbordam sempre que menciono minha partida. Até mesmo Dusty Miller parece me olhar com reprovação ao se sentar sobre suas pequenas ancas.

Recebi uma longa carta de Katherine na semana passada. Ela tem o dom de escrever cartas. Conseguiu um cargo como secretária particular de um importante membro do Parlamento que viaja pelo mundo. Que frase fascinante é "andar pelo mundo"! Uma pessoa que diz: "Vamos para o Egito" da mesma forma que alguém diria "Vamos para Charlottetown"... e ir! Essa vida vai ser muito boa para Katherine.

Ela insiste em atribuir todas as suas novas perspectivas a mim. "Gostaria de poder dizer o quanto você trouxe para a minha vida", escreveu ela. Suponho que a ajudei. E não foi fácil no início. Ela raramente dizia algo sem uma ferroada, e ouvia qualquer sugestão que eu fazia a respeito do trabalho escolar com um ar de desdém e ironia, como se tivesse vindo de algum lunático. Mas, de alguma forma, esqueci de tudo. Era apenas fruto de sua secreta amargura contra a vida.

Todo mundo está me convidando para jantar... até Pauline Gibson. A velha sra. Gibson morreu há alguns meses, então Pauline se atreveu a fazer isso. E estive na Casa Tomgallon para outro jantar daquele tipo com a srta. Minerva, e tivemos outra conversa unilateral. Mas me diverti muito, saboreando a deliciosa refeição que a srta. Minerva providenciou, e ela se divertiu me contando mais algumas tragédias. Ela não conseguia esconder o fato de que sentia pena de quem não era um Tomgallon, mas me elogiou muito e me deu um lindo anel decorado com uma água-marinha... uma mistura de azul e verde ao luar... que o pai lhe dera em seu aniversário de dezoito anos. "Quando fiz dezoito anos, era jovem e bonita, querida, muito bonita. Posso dizer isso agora, suponho." Fiquei feliz por ele ter pertencido à srta. Minerva e não à esposa do tio Alexander. Tenho certeza de que nunca o teria usado se tivesse. É muito bonito. Há um encanto misterioso nas joias do mar.

A Casa Tomgallon é esplêndida, especialmente agora que seus gramados estão todos aparados e floridos. Mas eu não daria minha casa dos sonhos, que ainda não existe, pela Casa Tomgallon nem pelos seus jardins com seus fantasmas lá dentro.

Nada como um fantasma para dar um ar agradável e aristocrático a um lugar. Minha única questão com a Alameda do Susto é que ela não tem fantasmas.

Fui ao meu antigo cemitério ontem à noite para um último passeio... andei por todo lado e me perguntei se Herbert Pringle ocasionalmente ria de si mesmo em seu túmulo. E estou me despedindo hoje à noite do velho Tempestade-Rei, com o pôr do sol em sua curva e meu pequeno vale sinuoso preenchido pelo crepúsculo.

Estou um pouco cansada depois de um mês de exames e despedidas e "últimas coisas". Vou ser preguiçosa por uma semana depois de voltar para Green Gables... não farei absolutamente nada além de correr livre em um mundo verde de beleza de verão. Vou sonhar com a Brota da Dríade no crepúsculo. Vou ficar à deriva no Lago das Águas Cintilantes em uma chalupa em forma de raio de luar... ou na casa do sr. Barry, se as chalupas de raio de luar não estiverem disponíveis. Vou colher flores estelares e campânulas na Floresta Mal-Assombrada. Vou procurar morangos silvestres no pasto do sr. Harrison na colina. Vou me juntar à dança dos vaga-lumes na Alameda dos Namorados e visitar o antigo jardim esquecido de Hester Gray... e me sentar na porta dos fundos sob as estrelas e ouvir o mar que chama por ela em seu sono.

E quando a semana terminar você estará em casa... e eu não vou querer mais nada.

No dia seguinte, quando chegou a hora de Anne se despedir do pessoal de Windy Poplars, Rebecca Dew não estava por perto. Em vez disso, a tia Kate gravemente entregou uma carta a Anne:

Prezada srta. Shirley, escreveu Rebecca Dew, *estou escrevendo isto para me despedir, porque não posso confiar em mim mesma para dizê-lo. Por três anos, a senhorita tem permanecido sob nosso teto.*

A feliz possuidora de um espírito alegre e um gosto natural para as alegrias da juventude, a senhorita nunca se entregou aos vãos prazeres da turba vertiginosa e inconstante. Conduziu a si mesma em todas as ocasiões e a todos, especialmente a quem traça estas linhas, com a mais requintada delicadeza. Teve muita consideração pelos meus sentimentos e sinto uma profunda tristeza no espírito ao pensar na sua partida. Mas não devemos lamentar aquilo que a Providência ordenou. (1 Samuel, 29 e 18).

Sua partida será lamentada por todos em Summerside que tiveram o privilégio de conhecê-la, e a homenagem de um coração fiel, embora humilde, sempre será sua, e minha oração sempre será por sua felicidade e bem-estar neste mundo e por sua felicidade eterna no que está por vir.

Algo me sussurra que não será "srta. Shirley" por muito mais tempo, e que em breve estará conectada em uma união de almas com a escolha de seu coração, que, pelo que ouvi, é um jovem muito excepcional. Quem escreve, possuidora de poucos encantos pessoais e começando a sentir sua idade (mas não para o que ainda sirvo), nunca se permitiu nutrir quaisquer aspirações matrimoniais. Mas ela não nega a si mesma o prazer de se interessar pelas núpcias de seus amigos e gostaria de expressar meu fervoroso desejo de que sua vida de casada seja uma felicidade contínua e ininterrupta. (Só não espere muito de um homem.)

Minha estima e, devo dizer, meu afeto pela senhorita nunca diminuirão, e de vez em quando, quando não tiver nada melhor para fazer, lembre-se gentilmente de que existe uma pessoa que é

Sua obediente serva,

Rebecca Dew

P.S.: Deus a abençoe.

Os olhos de Anne estavam embaçados quando ela dobrou a carta. Embora suspeitasse fortemente que Rebecca Dew tivesse extraído a maioria de suas frases de seu "Livro de Comportamento e Etiqueta" preferido, isso não as tornava menos sinceras, e o P. S. certamente veio direto do seu coração afetuoso.

— Diga à querida Rebecca Dew que nunca a esquecerei e que voltarei para ver todas vocês em todos os verões.

— Temos lembranças suas que nada pode apagar — soluçou tia Chatty.

— Nada — disse tia Kate, enfaticamente.

Mas, enquanto Anne se afastava de Windy Poplars, a última mensagem que viu foi uma grande toalha de banho branca esvoaçando freneticamente da janela da torre. Rebecca Dew acenava com ela.

© *Copyright* desta tradução: Editora Martin Claret Ltda., 2021.

Direção
MARTIN CLARET

Produção editorial
CAROLINA MARANI LIMA / MAYARA ZUCHELI

Direção de arte
JOSÉ DUARTE T. DE CASTRO

Diagramação
GIOVANA QUADROTTI

Ilustrações de capa e guarda
LILA CRUZ

Tradução
ANNA MARIA DALLE LUCHE

Preparação
FERNANDA BELO

Revisão
ALEXANDER B. A. SIQUEIRA

Impressão e acabamento
GRÁFICA SANTA MARTA

A ortografia deste livro segue o novo Acordo Ortográfico da Língua Portuguesa.

Dados Internacionais de Catalogação na Publicação (CIP)
(Câmara Brasileira do Livro, SP, Brasil)

Montgomery, L. M., 1874-1942
Anne de Windy Poplars / L. M. Montgomery; tradução Anna Maria Dalle Luche. – 1. ed. – São Paulo: Martin Claret, 2021.

Título original: Anne of Windy Poplars.
ISBN 978-65-5910-115-3

1. Ficção canadense I. Luche, Anna Maria Dalle. II. Título

21-83187   CDD-C813

Índices para catálogo sistemático:

1. Ficção: Literatura canadense: C813
Aline Graziele Benitez – Bibliotecária – CRB-1/3129

EDITORA MARTIN CLARET LTDA.
Rua Alegrete, 62 — Bairro Sumaré   — CEP: 01254-010 — São Paulo — SP
Tel.: (11) 3672-8144 — www.martinclaret.com.br
Impresso — 2021